DER PROFESSOR UND SEIN DRACHE

LASS ES DRACHEN

BUCH ZWEI

LOUISA MASTERS

ÜBER DER PROFESSOR UND SEIN DRACHE

Es war Liebe auf den ersten Blick ... mit meinem Professor. Was soll man da machen als Drache?

Seit zwei Jahren schwärme ich für Professor Sarris. Als ich ihn zum ersten Mal sah, wusste ich sofort, dass wir füreinander bestimmt sind, dass es aber nicht sein sollte. Einmal, weil ich sein Student war, und er der moralischste Mann ist, den ich kenne. Außerdem hatte er keine Ahnung, dass ich in Wirklichkeit ein viertausend Jahre alter Drache aus einer anderen Dimension bin.

Nach der Flucht meines Volkes zur Erde, um nicht auszusterben, habe ich geschworen, mein Leben besser in den Griff zu bekommen und aufzuhören, mich wie ein Jungdrache aufzuführen. Es ist schlimm genug, dass mich niemand ernst nimmt ... auch wenn ich möglicherweise früher etwas leichtsinnig und wenig verantwortungsbewusst war, was einige Interspezies-Vorfälle nach sich gezogen hat. Aber das liegt alles in der Vergangenheit. Für die Zukunft habe ich große Pläne, und mein Studium am

College ist der erste Schritt, um mich zu beweisen. Diesen Neuanfang werde ich für niemanden aufs Spiel setzen.

Aber dann finde ich mich auf einer Party wieder, zu der auch mein Professor eingeladen ist, und auf einmal scheint es, als wäre er doch nicht ganz und gar unerreichbar. Nur leider bin ich immer noch der bezaubernd kokette Luftikus, auf den sich niemand verlassen möchte; ihn davon zu überzeugen, dass wir zusammengehören und gleichzeitig unter Beweis zu stellen, dass ich ein ganz neuer Drache bin, ist eine monumentale Aufgabe.

Zum Glück mag ich Herausforderungen.

PROLOG

DUSTIN

Das Grinsen auf meinem Gesicht ist so breit, dass ich fast schon befürchte, meinen Kommilitonen Angst zu machen. Meinen *Kommilitonen*. Ganz recht, ich bin jetzt Student! Heute ist mein erster Tag am College, und ich könnte vor Aufregung platzen.

Zu denken, dass ich einer der ersten Drachen bin, der zum College geht ... also auf der Erde. Zu Hause hatten wir aber auch kein College in dem Sinne – unser Bildungssystem funktionierte anders. Es zählt also auf jeden Fall.

Die Migration aus unserer Heimat-Dimension liegt inzwischen drei Jahre zurück. Damals wurde uns hier auf der Erde Asyl angeboten, und seither sind wir vorwiegend damit beschäftigt, das Trauma der Vertriebenen aufzuarbeiten und uns in die Gesellschaft hier auf der Erde zu integrieren. Zum ersten Mal wurde mir von meinem Großvater, Flügelführer aller Drachen, und Elfenkönig Raðulfr Verantwortung übertragen. Ich bin der »inoffizielle« Verbindungsbeauftragte zwischen Regierung und Bevölkerung.

Anfangs ging es hauptsächlich darum, allen das Geschehene verständlich zu machen und ihnen von der Erde zu erzählen. Später war ich ihnen beim Einleben behilflich und sorgte dafür, dass sie Unterstützung bekamen, wo es notwendig war. Ich bin recht beliebt, also fiel es unseren Leuten leicht, mir zu vertrauen, und mir fiel es leicht, sie zu unterstützen. Zum ersten Mal in fast viertausend Jahren erfüllte ich eine sinnvolle Aufgabe, und das fühlte sich großartig an.

Es war auch wundervoll, zu merken, wie Großvater begann, mich mit anderen Augen zu sehen. Geliebt hat er mich immer – ich bin mehr oder weniger bei ihm aufgewachsen, da meine beiden Eltern starben, als ich noch ein Jungdrache war – aber ich hatte davor nicht das Gefühl, besonders viel Respekt zu genießen. Das mag zum Teil meine eigene Schuld gewesen sein. Es gab da einige Vorfälle, die nicht unbedingt Vertrauen einflößend waren; aber als mein Großvater und König Raðulfr überzeugt wurden, mir das Amt des zivilen Verbindungsbeauftragten zu übertragen, änderte sich das. Nach und nach wurde ich in dieser Funktion weniger gebraucht, denn alle lebten sich in unserer neuen Heimat ein. Doch Großvater hörte jetzt mehr auf mich. Es bedurfte einiger Überredung, aber schließlich stimmte er zu, mir und anderen interessierten Drachen zu erlauben, am College mehr über die Geschichte und die Gesellschaft auf der Erde zu lernen, und mehr in Kontakt mit den Menschen zu treten. Bisher hatten wir uns möglichst wenig unter Menschen begeben, da es katastrophal wäre, wenn sie von unserer Existenz erfahren würden. Die Community of Species hier auf der Erde lebt seit neuntausend Jahren im Verborgenen unter den Menschen, stets darauf bedacht, nicht zu enthüllen, dass sie anders sind. Es wäre wirklich unverschämt von uns, schon nach einigen wenigen Jahren ihr Geheimnis zu offenbaren, nachdem sie uns so gastfreundlich aufgenommen hatten.

Im Alltag hatten wir uns also integriert und uns unter Menschen begeben, aber alles, was längeren Kontakt erfordern würde – beispielsweise College – war bisher nicht erlaubt. Es gibt einige wenige Drachen und Elfen, die mit Menschen zusammenarbeiten. Da wir so wenige sind, hatte das Community of Species Government dafür gesorgt, dass die meisten bei der Community angehörenden Unternehmen Arbeit fanden. Diejenigen, denen es gestattet wurde, mit Menschen zusammenzuarbeiten, waren generell ältere, erfahrene Vertraute meines Großvaters und des Königs.

Bis heute. Heute mache ich einen neuen Schritt, was Drachen-Menschen-Beziehungen angeht – auch wenn die Menschen nichts davon ahnen.

Ich sollte dann mal los. Meine erste Vorlesung beginnt in ein paar Minuten, und wenn ich weiter hier herumstehe und alle auf dem Campus angrinse, werde ich da nicht hinkommen.

Ich setze mich Richtung Hörsaal in Bewegung. Wo ich hin muss, weiß ich genau – ich war schon mehrmals vor Ort, um mich mit dem Campus vertraut zu machen. Es ist wichtig, dass Großvater mich weiterhin als verantwortungsbewussten Erwachsenen betrachtet und nicht mehr als das unzuverlässige junge Problem, das ich früher mal war. Ich lächle und winke ein paarmal im Vorbeilaufen, denn wie sonst soll man neue Freunde finden? Manche winken zurück, andere wirken verwirrt, und einer wirft mir einen eindeutig giftigen Blick zu. Anscheinend sind nicht alle so sozial kompetent wie ich.

Im Hörsaal ergattere ich einen Platz in der ersten Reihe. Aus irgendwelchen Gründen ist sie nur halb voll, obwohl die anderen Plätze sich rasch füllen. Sind diese Plätze am Ende reserviert? Aber mir bedeutet niemand, mich umzusetzen, also hole ich das Laptop heraus, bereit zum Mitschreiben. Wieso auch immer die anderen nicht in der ersten Reihe sitzen möchten – mir kommt es zugute. Nach drei Jahren ist mein Englisch gut genug, um ohne den Übersetzungs-Zauber auszukommen. Aber manche Texte auf der Leseliste für diese Vorlesung – Einführung in englische Literatur – sind Jahrhunderte alt und in einer anderen Version von Englisch geschrieben. Mein Freund Alistair, ein Höllenhund, der mir eine unschätzbare Hilfe war beim Erlernen aller auf der Erde wichtigsten Dinge, sagte, es könnte anfangs etwas schwieriger zu verstehen sein, also möchte ich schön nah am Professor sitzen, um gut hören zu können und mir aus seiner Mimik zusätzlich den Kontext erschließen zu können. Sollte das nicht reichen, kann ich immer noch auf den Übersetzungs-Zauber zurückgreifen, ich würde es allerdings lieber nicht tun. Ich wünsche mir eine möglichst authentische Erfahrung.

Zwei Männer kommen herein und treten nach vorne. Einer von ihnen ist etwas älter, wenn auch nicht alt. Mir fällt es nach wie vor schwer, das Alter der Erden-Spezies richtig einzuschätzen, bei den Menschen ganz besonders. Seine Haare sind mit Grau durchsetzt, aber sein Gesicht hat fast keine Falten. Er ist wunderschön. Also ... mein Herzschlag beschleunigt sich, so schön finde ich ihn. Ich kneife die Augen zu. Das muss doch sicher eine Halluzination sein. Kein lebendes Wesen kann so schön sein.

Doch als ich die Augen wieder aufschlage, ist er immer noch da. Und der jüngere Mann an seiner Seite – der ... Helfer? Assistent? Alistair hatte mir von ihnen berichtet, aber mir fällt nicht mehr ein, wie sie genannt werden – verteilt zusammengeheftete Papierstapel. Ich nehme einen an mich und reiche den Rest weiter, wie es die anderen in der ersten Reihe auch tun, aber mein Blick wandert wie von selbst nach vorne. Ist das der Professor? Kann ich so ein Glück haben? Diese Perfektion soll ich das ganze Semester über zweimal pro Woche sehen dürfen?

Kann so ein Fluch auf mir lasten?

Denn wie soll ich mich nur auf den Stoff und seine Vorlesungen konzentrieren, wenn ich von seiner Schönheit so verzaubert bin?

Er stellt sich ans Pult und klopft ans Mikrofon, und im Raum wird es still. Die Studierenden setzen sich auf ihre Plätze, und von denen, die mit der Hand mitschreiben, ist Papierrascheln zu hören. Ich selbst zähle nicht dazu, da ich nie gelernt habe, wie man auf Englisch schreibt. Ich kann es lesen, am besten die Druckschrift, aber ich hatte noch keine Zeit, zu lernen, die Buchstaben mit der Hand zu schreiben.

»Willkommen zur Einführung in englische Literatur. Ich bin Professor Sarris. Falls Sie gerade feststellen, dass Sie im falschen Hörsaal sitzen, haben Sie jetzt Gelegenheit, diesen zu verlassen. Ich werde es Ihnen nicht übelnehmen, versprochen.« Er macht eine Pause, und ich nutze sie, um Luft zu holen. Seine Stimme ist genau so schön wie der ganze Rest ... tief, sonor, mit einem Hauch Humor.

Hinter mir bewegt sich etwas, vermutlich geht tatsächlich jemand, der eigentlich eine andere Vorlesung besuchen wollte, aber ich mache mir nicht die Mühe, mich umzudrehen. Wieso sollte ich, wenn ich eine solche Augenweide direkt im Blick habe?

»Okay, dann lassen Sie uns beginnen. Das hier ist Marcus, mein Lehrbeauftragter, der Ihre Kontaktperson sein wird für alles, was nicht unmittelbar mit dem Stoff zu tun hat. Sie sollten alle ein Exemplar des Lehrplans vorliegen haben – legen Sie es bitte beiseite. Wenn Sie ihn noch nicht online gelesen haben, tun Sie das bitte nachträglich. Und machen Sie es auch wirklich – all Ihre Abgabetermine sind darin aufgeführt. Hat jemand Fragen zum Lehrplan?« Wieder unterbricht er, und ich brauche einen Moment, bis mir klar wird, dass er eine Frage gestellt hat – so sehr genieße ich den Klang seiner Stimme. Er hat eine wundervolle Ausstrahlung.

Glücklicherweise habe ich keine Fragen zum Lehrplan – die Online-Version war sehr klar verständlich – denn ich glaube kaum, dass ich in der Lage wäre, einen einzigen zusammenhängenden Satz von mir zu geben. Das will ich zwar – oh, wie sehr ich es will. Ich will seine Aufmerksamkeit. Seinen Blick erhaschen, dieses kleine Schmunzeln auf mich gerichtet sehen. Diese Intensität auf mich konzentriert zu wissen wäre sicher der Höhepunkt meines Lebens.

Irgendein alberner Kommilitone aus der hinteren Reihe fragt nach, wie verbindlich die Termine sind – er will mehr Zeit! Wir haben doch noch gar nicht begonnen – und Professor Sarris antwortet geduldig. Ich kann seine genauen Worte nicht verstehen, denn ich bin zu sehr vom Klang seiner Stimme berauscht, aber ich höre alle lachen, also muss er wohl etwas Witziges gesagt haben. Ich lächle, hocherfreut, nicht der einzige zu sein, der bemerkt, wie wundervoll er ist.

Ich kneife mich. Diese übermächtige Berauschtheit fühlt sich langsam unheimlich und komisch an. Vielleicht hätte ich mehr frühstücken sollen. Bin ich vielleicht unterzuckert? Ist das vielleicht gar eine Halluzination, und Professor Sarris ist eigentlich ganz durchschnittlich? Oder sogar unattraktiv, mit einer durchdringenden, schrillen Stimme?

Mit einem kleinen Zauber zapfe ich aus meinem Umfeld etwas Energie ab und wandle sie in Nährstoffe um, die mein Körper braucht. Diesen Zauber benutzen wir kaum noch, weil es so viel mehr Freude macht, zu essen. Der Zauber hat kein Aroma. Außerdem brauche ich kaum etwas davon, also scheint mit meinem Energiehaushalt alles in Ordnung zu sein. Eine durch Hunger verursachte Halluzination ist es offenbar nicht.

»Keine weiteren Fragen?«, erkundigt sich der Professor, während er sich im Hörsaal umschaut. »Wenn Ihnen später noch etwas einfällt, wenden Sie sich an Marcus – oder machen Sie einen Termin in meiner Sprechstunde. Dann lassen Sie uns anfangen.«

Meine Hoffnung, über die spontane Schwärmerei hinwegzukommen, ist schon nach wenigen Minuten zerstört. Seine Leidenschaft für sein Fach und die eindeutige Begeisterung in seiner Stimme, wenn jemand eine kluge Frage stellt, geben mir den Rest. Das war's. Es ist passiert. Um mich ist es geschehen.

Seufz.

SCHON NACH WENIGEN Wochen ist meine Situation unerträglich geworden. Er sieht gut aus. Er hat eine tolle Stimme. Seine Aura ist wunderschön. Er ist begeistert von seinem Fachgebiet. Er weiß gut Bescheid. Sein Unterrichtsstil schließt alle im Hörsaal Anwesenden mit ein. Er ist niemals bissig oder unhöflich, selbst wenn jemand etwas Albernes sagt. Seine leichte Reserviertheit verschwindet, wenn er unterrichtet, ist aber sofort nach der Vorlesung wieder da.

Aus meiner Schwärmerei ist eine tiefe Liebe zu ihm erwachsen.

Es ist überaus lästig.

Unter anderem habe ich mit den Hausarbeiten doppelt so viel Mühe, weil ich mich in der Vorlesung kaum konzentrieren kann. Neulich hat er mich aufgerufen, und ich habe zwanzig Sekunden vor mich hin gestammelt, bis ich schließlich geschafft habe, eine leider falsche Antwort zu geben. Und ich liebe ihn zwar dafür, dass er einfach freundlich lächelnd gesagt hat: »Nicht ganz, aber ich finde es toll, dass Sie sich so für Nebenfiguren begeistern«, würde ich es doch vorziehen, einfach ich selbst sein zu können. Bisher hat mich noch nie ein Mann zum Stottern gebracht, noch nicht mal als Jungdrache, als ich zum ersten Mal verliebt war. Selbstvertrauen habe ich normalerweise im Überfluss. Seit ich alt genug war, sexuelle Bedürfnisse zu entwickeln, war es mir ein Leichtes, Fremde anzusprechen und mit ihnen zu flirten.

Darum weiß ich auch: Das hier muss Liebe sein. Es ist anders. Es macht einen ganz dumm. Ich hasse es.

Aber ich liebe ihn so sehr.

Und es beginnt aufzufallen. Zara, meine neue beste Menschen-Freundin und Kommilitonin, mit der ich mehrere gemeinsame Lehrveranstaltungen habe, hat bereits erraten, dass ich »verknallt bin«, wie sie das nennt. Einer der Kommilitonen aus der Arbeitsgruppe hat mich ganz offen gefragt, wieso es mir so leicht fällt, schlau über das Buch zu sprechen, wenn wir unter uns sind, und ich mich in der Vorlesung zu einem »brabbelnden Trottel« verwandele. Das Mädchen an seiner Seite hat ihn hart in die Rippen geknufft, andere haben ihn angezischt. Zara hat mir später erklärt, dass alle denken, ich hätte eine soziale Angststörung, die in größeren Gruppen auftritt. Davor wusste ich gar nicht, was soziale Angststörungen sind – ich musste es nachschlagen. Ich kann nur hoffen, dass sie nicht in meinen anderen Vorlesungen sitzen, wo ich absolut keine Schwierigkeiten habe, vor hunderten anderen zu sprechen, sonst würden sie Verdacht schöpfen. Gerüchte über meine unerwiderte Liebe sind das Letzte, was ich brauchen kann.

Denn natürlich bleibt sie unerwidert. Wenn ich auch nur eine Ahnung davon hätte, er würde ähnlich empfinden, würde ich mich ihm an den Hals werfen ... möglicherweise unbekleidet. Alistair, mit dem ich darüber gesprochen habe, hat mir zugeredet, genau das zu tun – aber wie könnte ich ein solches Risiko eingehen? Das ist nicht einfach ein heißer Mann für schnellen Sex. Ich *liebe* ihn. Es ist viel besser, mich in seiner Gegenwart zu sonnen und ihn von Weitem zu bewundern, als zu riskieren, die Vorlesung wechseln zu müssen. Obwohl Sex auch mal wieder schön wäre. Denn dank der einseitigen Liebe tut sich bei mir nicht mehr viel.

Laut Alistair ist das umso mehr Grund, es auf Sex mit ihm anzulegen, aber das fühlt sich nicht richtig an. Es ist wirklich seltsam, da ich bisher nie Gefühle mit Sex assoziiert habe. Also jedenfalls nie mehr als beiläufige Zuneigung und Respekt. Das Konzept sexueller Treue zu jemandem, dem kaum bewusst ist, dass ich existiere, ist verstörend und merkwürdig und sehr, sehr frustrierend. Zara hat mir zehn Minuten beim Jammern zugehört und mir dann empfohlen, mir ein Fleshlight zu besorgen und ein Video von einer seiner Vorlesungen herunterzuladen. Niemand scheint zu begreifen, in welcher höllischen Situation ich mich befinde.

Wenn das Liebe ist, will ich damit nichts zu tun haben.

Andererseits will ich nichts lieber als das.

KAPITEL 1

DUSTIN

»Ich glaube, mir wird es am College gefallen«, sagt Fabian, während er lächelnd einer Gruppe Jungs aus einer Studentenverbindung zuwinkt. »Die machen einen wirklich fitten Eindruck, oder?«

Ich verdrehe die Augen. Fabian hat noch mehr sexuelles Selbstvertrauen als ich – oder besser gesagt als ich früher. Die letzten zwei Jahre waren eine große Veränderung für mich. Ich kann mich nicht dazu durchringen, mit jemand anderem als meinem Geliebten Sex zu haben, und da der unerreichbar ist, bin ich auf mein Fleshlight und das Sortiment anderer Toys angewiesen, die ich angeschafft habe. Ich hatte mal versucht, jemanden für ein paar Stunden Spaß aufzugabeln, aber das endete damit, dass ich ihm tränenreich von meiner unerwiderten Liebe vorgejammert habe. Zum Glück war er wirklich nett, hat mir heiße Schokolade gemacht und mich stundenlang reden lassen. Wir treffen uns immer noch ab und zu auf einen Kaffee. Ich habe ihn seinem jetzigen festen Freund vorgestellt, und jetzt ist schon die Rede von Zusammenziehen. Also ... es besteht noch Hoffnung.

»Komm schon. Zur Cafeteria geht's da entlang.« Ich bin jetzt im fünften Semester, kenne also die meisten Gebäude auf dem Campus, selbst die, in denen ich keine Vorlesung hatte, denn ich habe überall Freunde. Ich bin ein offener Typ. Ich bin beliebt. *Warum* nur sieht mein Geliebter mich nicht auch auf diese Weise?

Jedenfalls ... wo war ich? Ach ja. Ich hatte mich bereit erklärt, Fabian herumzuführen, der sich entschlossen hat, zu studieren. Er ist unser Historiker und Archivar, und er hat mich so viel über den Einfluss der Literatur und der Künste auf die Kulturgeschichte der Erde sprechen hören, dass er neugierig wurde. Besonders hat ihn die Philosophie interessiert. Wir Drachen sind bekannt dafür, Philosophen zu sein; es geht Hand in Hand mit unserer unbegrenzten Lebenszeit und der Tatsache, dass wir aus Energie entstehen. Und doch ist der Ansatz auf der Erde deutlich anders. Ich habe einige Vorlesungen mit Fabian gemeinsam belegt, nur um ihn mit den Dozent*innen diskutieren zu hören.

»Dustin!«

Ich drehe mich zu der vertrauten Stimme um, und Zara winkt. Kurz darauf hat sie uns eingeholt. »Hey. Geht ihr etwas essen? Ich bin am Verhungern.« Lächelnd stellt sie sich Fabian vor: »Ich bin Zara.«

»Das ist mein Cousin Fabian«, erkläre ich schnell. Es stimmt zwar nicht, aber wir hatten besprochen, dass das am wenigsten fragen aufwerfen würde. Jetzt, da wir uns mehr unter Menschen begeben, haben wir festgestellt, dass sie eine Art sechsten Sinn dafür haben, dass wir nicht ganz so sind wie sie. Natürlich fehlt ihnen die Vorstellungskraft, um die Wahrheit zu erraten, aber ich bin schon oft gefragt worden, ob ich mit einem von uns verwandt bin, den sie schon kennengelernt hatten. Anscheinend verbuchen sie den Eindruck der »Andersartigkeit«, den sie von uns bekommen, unter äußerlicher Ähnlichkeit, auch wenn sie gar nicht gegeben ist.

Fabian und ich wohnen außerdem zusammen, was plausibel ist – auch wenn wir nie Menschen zu uns einladen.

»Freut mich.« Zara sieht mich an. »Dustin hatte schon von dir erzählt.«

Das stimmt. Ich habe viel von meiner »Familie« gesprochen. Das ist auch nicht weiter verwunderlich, wenn man mit ihnen zusammenlebt.

»Ich bin sein Lieblingscousin«, behauptet Fabian sofort, während ich den Kopf schüttele. Dann fügt er grinsend hinzu: »Er hat auch von dir erzählt. Du bist seine zweitliebste Person hier am College.«

Wir stoßen die Türen zur Cafeteria auf. Zara fragt lachend nach: »Ach ja? Wer ist denn sein Favorit?« Mit einem Seitenblick fügt sie hinzu: »Oder muss ich das überhaupt fragen?«

»Darüber reden wir nicht«, sage ich entschieden und versuche zu ignorieren, wie leichthin sie über meine Seelenqualen sprechen, als wäre es eine unterhaltsame Seifenoper. Wir holen uns Essen und setzen uns auf drei freie Plätze am Fenster.

»Mein Glücksbringer«, sagt Zara, während sie die Hand ausstreckt, um meine Haare zu verstrubbeln. Ich ducke mich weg und lasse mich auf einen Stuhl fallen. »Dustin hat immer das Glück, einen Tisch zu finden. Jedes Mal, wenn ich mit ihm unterwegs bin, bekommen wir Plätze.«

Ich weiche Fabians spöttischem Blick aus. Er weiß ganz genau, dass ich einen Zauber wirken kann, um Leute, die sich angeregt unterhalten, zum Gehen zu bewegen.

Was ist schon dabei? Wenn sie fertig gegessen haben, können sie sich doch auch draußen an der frischen Luft weiter unterhalten, statt hier Tische zu blockieren.

Zum Glück hat das die beiden davon abgebracht, sich über mein Liebesleben – besser gesagt mein nicht vorhandenes Liebesleben – lustig zu machen. Wir sprechen über unsere Stundenpläne, über Fabians Eindruck vom Campus, und wie wir unseren Sommer verbracht haben. Fabian und ich lassen nicht allzu viele Details verlauten – es wäre nicht gut, wenn wir erwähnen würden, dass wir beide im Pamir-Gebirge waren und Jungdrachen an der dortigen Flugschule unterrichtet haben.

»… so viel Spaß«, erzählt Zara über den Skydiving-Kurs, den sie belegt hatte, als ein leichtes Kribbeln in meinen Sinnen mir verrät, dass mein Geliebter naht. Das ist in den zwei Jahren schon mehrmals vorgekommen – ich bekomme so ein warmes, schmelzendes Gefühl, und alle Nervenenden in meinem Körper werden stimuliert. Bevor ich Professor Sarris getroffen habe, habe ich so etwas nie erlebt, was die Theorie, dass dies wahre Liebe sein muss, weiter bestätigt.

Egal. Ich konzentriere mich auf meinen Burger. Ich werde mich nicht umdrehen. Dieses Jahr wird alles anders. Ich werde mich nicht länger von der Liebe beherrschen lassen.

»Dustin«, zischt Zara. »Er ist *hier*.«

»Wer?«, bluffe ich, obwohl wir das schon oft durchexerziert haben, und wir beide genau wissen, wen sie meint. Und da ist er schon, der finstere Blick.

»Ja, wer?«, fragt Fabian, und oh, nein. Er weiß von meinem Schmerz und der unerwiderten Liebe. Ich hätte mir allerdings nie träumen lassen, dass er sich mal im gleichen Raum wie Professor Sarris aufhalten würde. Daran hatte ich überhaupt nicht gedacht, als ich ihm erzählt habe, wie gut es ihm am College gefallen würde.

»Niemand.« Ich gebe mir Mühe, nicht allzu betroffen zu klingen, aber Fabians weit aufgerissene Augen machen deutlich, dass ich kläglich dabei versagt habe.

»Ist *er* es?«, flüstert er vorgebeugt und sieht sich neugierig um.

»Ich weiß gar nicht, wen du meinst.« Ich spüre Schweiß an meiner Wirbelsäule herabrinnen. Wir Drachen können unsere Körpertemperatur regulieren, also kann es nicht daran liegen, dass mir warm wäre.

»Wo ist er denn?«, fragt Fabian Zara, die mich von der Seite mitfühlend anschaut.

Um mich gleich darauf verrät.

»Siehst du den großen Mann da? Der mit dem blauen Jackett und der Brille?«

Fabian blinzelt ein paarmal. »Der da? Moment mal, reden wir über das gleiche Thema? *Das* ist der Typ, in den Dustin verliebt ist?«

»Japp.« Zara lehnt sich zurück und nimmt ihre Cola zur Hand. »Seit zwei Jahren himmelt er ihn schon an und macht sich in den Vorlesungen lächerlich.«

»Damit ist es vorbei«, erkläre ich. »Ein Glück habe ich das endlich hinter mir.«

Sie zieht überrascht beide Augenbrauen hoch. »Du bist nicht mehr verliebt? Kein Schmachten mehr?«

Seufzend schüttele ich den Kopf. »Leider hat das nicht aufgehört. Aber da ich nicht mehr in seine Vorlesungen muss, werde ich mich wenigstens nicht mehr so lächerlich machen.«

»Moment, Moment«, unterbricht Fabian, noch bevor Zara eine bissige Bemerkung über mein lächerliches Verhalten machen kann. »*Das* da ist der Mann, den du liebst? Dreh dich bitte um und schau hin. Ich will sichergehen, dass es kein Missverständnis ist.«

»Ich war in zwei seiner Vorlesungen mit Dustin«, wirft Zara trocken ein. »Ich bin ziemlich sicher, dass es da nichts misszuverstehen gibt.«

Fabian schüttelt den Kopf. »Ich kann einfach nicht ... Dustin, schau bitte kurz hin.« Er sieht mich aus großen Augen bittend an und schmollt.

Mit einem weiteren tiefen Seufzer wappne ich mich, drehe mich halb um und spähe durch die Menge, obwohl ich genau weiß, dass er da ist. Ich spüre ihn. Und in der Tat, da steht er und lässt sich mit höflichem Lächeln von einem Studenten Pasta auf den Teller füllen. Mein Herzschlag stockt wie immer, wenn ich ihn erblicke, und ich muss lächeln. Es ist Monate her, dass ich ihn Ende des vergangenen Semesters gesehen habe. Mir war gar nicht klar, wie sehr ich es gebraucht habe. Das nagende Gefühl in meiner Magengrube wird schwächer.

Das könnte ein Problem werden. Ich hatte gehofft, es würde helfen, wenn ich nicht mehr in seinen Vorlesungen sitze, und meine Gefühle würden langsam nachlassen, wenn ich ihn nicht mehr so häufig sehen muss. Stattdessen scheint es so, als würde ich ihn stattdessen einfach vermissen.

Mühsam wende ich mich wieder ab und zwinge mich dazu, Fabian anzuschauen. »Blaues Jackett, Brille, holt sich gerade einen Teller Pasta«, bestätige ich. Einerseits wünschte ich, ich hätte ihm nichts von meinen Gefühlen erzählt, andererseits war ich im ersten Semester so davon erfüllt, dass ich kaum anders konnte. Außerdem hatte ich solche Schwierigkeiten, mich in den Vorlesungen zu konzentrieren, dass ich Percys Hilfe brauchte. Und wenn in unserem Haus eine Person etwas weiß, wissen es alle. Geheimnisse gibt es keine auf »Lass es Drachen«.

So heißt unser Anwesen, nebenbei bemerkt. Eingängiger Name, oder?

»A-aber«, stottert Fabian, »du hattest gesagt, der Mann, den du liebst, sei eine unglaubliche, strahlende Schönheit. Ein Blick auf ihn würde reichen, um den Himmel selbst erbeben zu lassen.«

»Wie war das nochmal?«, fragt Zara.

Ich kneife die Augen schmal zusammen. »Was soll das heißen?«

Sie wechseln einen Blick.

»Hör mal, Dustin«, setzt Zara beschwichtigend an, »nicht falsch verstehen – das Objekt deiner unsterblichen Liebe hat durchaus sexy-Professoren-Vibes. Aber als strahlende Schönheit würde ich ihn jetzt nicht unbedingt beschreiben. Oder was auch immer das war mit dem Himmel selbst.«

Ich ziehe die Nase hoch. »Ganz offensichtlich täuschst du dich. Vielleicht siehst du so etwas als Lesbe einfach nicht.«

Sie verzieht das Gesicht – eindeutig glaubt sie nicht, dass es das ist. Trotzdem räumt sie ein: »Möglich.«

»Also ich bin keine Lesbe«, verkündet Fabian laut – zu laut. Das Gespräch am Nebentisch wird unterbrochen und die Leute schauen uns an. »Ich bin eindeutig schwul, und ich bin Experte für alles, was mit Schwänzen zu tun hat, einschließlich männlicher Schönheit.«

»Oh mein Gott«, murmelt Zara, die auf ihrem Stuhl nach unten rutscht, während um uns herum Gelächter ertönt. Die Mädchen aus der Studentenvereinigung applaudieren.

»Richtig so, Süßer!«, ruft eine von ihnen.

Fabian schaut sich verwirrt um. »Wie denn? Was?«

»Das sollte eine Ermutigung sein«, erkläre ich. »Weil du dem halben Raum verkündet hast, dass du auf Schwänze stehst und Experte dafür bist.«

»Oh.« Er scheint darüber nachzudenken, dann zuckt er die Achseln. »Das ist nicht gelogen.« Er winkt den Mädchen zu und ruft hinüber: »Danke!«

Sie scheinen begeistert, und er dreht sich lächelnd wieder zu uns. »Wo war ich stehengeblieben?«

Zara sieht mich an wie in Trance. »Weißt du noch, als ich zu dir gesagt habe, dass du ein schräger Vogel bist, ich dich aber trotzdem mag?«

Ich nicke. »Klar. Es war gleich nachdem wir festgestellt hatten, dass wir im ersten Semester die gleichen Fächer belegt hatten.«

»Und du hast gesagt, dass du der Normale in deiner Familie bist?«

»Japp.«

»Und dass ich lachen musste und dir nicht geglaubt habe?«

Ich grinse. »Hab ich doch gesagt.«

»Entschuldigung, soll das vielleicht heißen, dass *Dustin* normaler sein soll als ich? Das ist erwiesenermaßen nicht so. Ich bin *Experte* für soziale Normen in unserer Kultur, und nach jeder denkbaren Definition ...«

Ich unterbreche, bevor er sich verplappern kann, da unsere Kultur ja aus einer anderen Dimension stammt, und wir Flügel haben und Feuer spucken können. »Was hast du vorhin gesagt? Als du es für nötig befunden hast, der Welt mitzuteilen, dass du keine Lesbe bist?«

Er runzelt die Stirn. Fabian mit einer Frage abzulenken ist eine ganz sichere Wette. Er ist wirklich ein Quell des

Wissens und Experte für Millionen Dinge, und er liebt es, sein Wissen zu teilen.

»Wir hatten über Dustins Professor gesprochen«, erinnert ihn Zara mit einer Geste zur anderen Seite des Raumes, wo mein Geliebter inzwischen sitzt. Ich beiße mir auf die Lippe und wünschte, er wäre wirklich *mein* Professor.

»Oh! Genau. Ich sagte, dass ich dir als nicht lesbischer Schwanz-Experte versichern kann, dass euer Professor zwar attraktiv ist, aber dass die Himmel nicht wegen seiner Schönheit erbeben würden.«

Das kann er ja wohl kaum ernst meinen. Ich wende mich wieder um und betrachte Professor Sarris. Wie immer bin ich absolut überwältigt von seinem guten Aussehen. Wieso sieht Fabian das nicht?

»Vielleicht brauchst du eine Brille?«, vermute ich, obwohl es unmöglich der Fall sein kann. Wir sind Energie-Wesen. Unsere Körper nutzen sich nicht auf diese Weise ab.

»Oder die Liebe hat dein Gehirn durcheinander gebracht«, kontert er. »Da ich bereits mit dir zusammengelebt habe, bevor du dich verliebt hast, bin ich geneigt, anzunehmen, dass das des Rätsels Lösung sein muss.«

»Percy und Großvater lieben sich auch, und ihre Gehirne sind nicht durcheinandergeraten.«

»Stimmt«, gibt Fabian zu. »Vielleicht liegt es einfach an dir.«

»Eure Familien-Essen müssen ja ein echtes Erlebnis sein«, bemerkt Zara. »Aber Fabian wird recht haben. Das ist einfach ein Fall von rosaroter Brille.«

Wir schweigen beide abrupt. Ich kenne den Ausdruck zwar, bin aber nicht ganz sicher, ihn richtig verstanden zu haben, und ein Blick auf Fabian sagt mir, dass es ihm ähnlich geht.

»Kann sein«, sage ich also unverbindlich. Wir fragen

später Percy. »Es spielt sowieso keine Rolle. Er ist für mich unerreichbar.«

»Ist er das wirklich?«, fragt Zara. »Ich verstehe, dass du nichts unternehmen wolltest, solange du ihn als Dozenten hattest, aber jetzt, das du das nicht mehr tust ... warum nicht dein Glück versuchen?«

»Ja«, sagt Fabian zustimmend. Er strahlt übers ganze Gesicht. »Warum denn nicht? Ich kann dir helfen.«

Zara betrachtet ihn prüfend. »Wie genau würdest du ihm denn helfen? Lass gut sein«, fügt sie dann mit abwehrend erhobener Hand hinzu. »Ich denke, manche Dinge muss ich nicht unbedingt wissen. Ich würde aber gern erfahren, ob du ... ähm«, sie hält einen Moment inne. »... nicht für deine Liebe kämpfen willst.« Bei ihren letzten Worten zittert ihre Stimme, als wäre sie von Gefühlen überwältigt bei dem Gedanken.

Was für eine gute Freundin sie doch ist.

Aber dann platzt sie lachend heraus. »Tut mir leid, tut mir leid«, ruft sie. »Ich lache dich nicht aus, ich schwör's!«

Fabian schaut sich stirnrunzelnd um. »Wen denn sonst?«

»Sie lacht schon über mich«, erkläre ich. »Nur nicht auf bösartige Weise. Es ist eher so, dass sie über die Situation lacht.«

Er schüttelt den Kopf. »Ich versteh's nicht. Du bist in jemanden verliebt, von dem du annimmst, dass er kaum weiß, dass es dich gibt, und du willst nicht für deine Liebe kämpfen. Wieso ist das witzig?«

»Ist es gar nicht«, keucht Zara zwischen Lachsalven. »Es ist nur die Ausdrucksweise – für deine Liebe kämpfen. Es ist zum Totlachen! Ich weiß gar nicht, wie ihr sowas laut aussprechen könnt, ohne zu lachen. Hat eure ganze Familie einen solchen Hang zum Drama?«

Fabian und ich wechseln einen Blick. Wir haben keinen Hang zum Drama.

Oder etwa doch?

Glücklicherweise fährt sie fort, bevor wir antworten können. »Bringt mich nicht vom Thema ab. Ich will nur wissen, ob du jetzt, da du nicht mehr sein Student bist, etwas wegen dieser unerwiderten Liebe unternehmen wirst.«

Ich beiße mir auf die Lippe. Sie gibt ein ungeduldiges Geräusch von sich.

»Wie schaffst du es nur, dir gleichzeitig auf die Lippe zu beißen und zu schmollen? Das sollte eigentlich unmöglich sein. Du bist geradezu der … Supertwink.«

Supertwink! Yesss! »Bekomme ich ein Kostüm? Etwas mit Glitzer vielleicht«, überlege ich laut. Alistair könnte mir sicher behilflich sein. Er hat ein gutes Händchen für Kostüme.

»Oh Mann … wir sind wieder vom Thema abgekommen!« Zara kneift mich.

»Aua! Womit habe ich das verdient?« Ich tue so, als würde ich die Stelle reiben, wie ich es bei ihr und anderen Menschen schon gesehen habe, aber dank eines schnellen Heil-Zaubers spüre ich den Schmerz schon gar nicht mehr.

»Beantworte die Frage, sonst kneife ich dich nochmal. Und das mache ich jedes Mal, wenn wir vom Thema abkommen.«

»Ich mag dich«, sagt Fabian zu ihr. »Kannst du auch meine Freundin sein?«

Sie strahlt. »Sicher. Du scheinst ein guter Kerl zu sein. Wir könnten – Argh, und da ist es schon wieder passiert!«

Dieses Mal weiche ich aus, als sie den Arm ausstreckt, um mich zu kneifen. Dass ich den Schmerz wegzaubern kann bedeutet noch lange nicht, dass ich ihn nochmal aushalten will.

»Hör auf, Zara – ich antworte ja schon!«

Sie starren mich erwartungsvoll an, während ich versuche, meine Gedanken zu ordnen. Wie soll ich das nur erklären? Ich hatte noch nie im Leben Scheu davor, meine Wünsche zum Ausdruck zu bringen. Ich bin nie davor zurückgeschreckt, mit jemandem zu flirten, der mein Interesse geweckt hat. Wenn man es nicht versucht, wird man auch keinen Erfolg haben, richtig?

Das hier ist etwas anderes. Wenn er nein sagt ...

»Dustin, ich schwöre–«

»Ich habe Angst«, platze ich heraus. »Was, wenn er nein sagt?«

Sofort wird Zaras Ausdruck mitfühlend, und jetzt streckt sie den Arm aus, um meinen zu tätscheln, nicht um mich zu kneifen. Puh. »Ach, Schätzchen. Das wäre natürlich ätzend. Aber die Sache ist die ... es würde nichts ändern.«

Ich blinzele.

»Denk mal darüber nach«, fährt sie fort. »Jetzt liebst du ihn aus der Ferne, und ihr habt gar nichts miteinander zu tun, richtig?«

Ich nicke verhalten. Ich kann mir denken, worauf sie hinaus will, und es gefällt mir nicht.

»Wenn du jetzt da rübergehen würdest – oder später zu ihm ins Büro, oder ihm irgendwo auf dem Campus über den Weg laufen würdest – und es bei ihm versuchen würdest, und er würde nein sagen? Dann würdest du ihn weiter aus der Ferne lieben, und ihr hättet nichts miteinander zu tun.«

»Vielleicht, aber–«

»*Aber*«, unterbricht sie mit erhobenem Zeigefinger. Fabian fixiert den Finger, als würde er die Antworten auf alle Mysterien des Lebens kennen. »Was, wenn du es bei ihm versuchen würdest, und er würde ja sagen?«

»Das wäre toll«, muss ich zugeben, während vor meinem inneren Auge Bilder entstehen. Ich und Professor Saris kuschelnd auf der Couch, zusammen lachend, Hand in Hand gehend ... nackt aneinander geschmiegt. Ich verdränge diese Visionen. »Die Sache ist die ... ich glaube nicht, dass er ja sagen würde.« Ich spüre einen Stich in der Brust, als ich die Worte hervorpresse, und Zara zuckt zurück, als hätte sie einen Schock erhalten. Sogar Fabian sieht überrascht aus.

Ich zwinge mich, weiter zu sprechen. »Denk doch mal darüber nach. Er wäre nicht mehr *mein* Professor, aber immer noch Professor an dieser Universität, und die erlaubt keine Beziehungen zwischen Lehrenden und Studenten in den unteren Semestern. Er wäre vielleicht nicht bereit, seine Karriere und seinen Ruf aufs Spiel zu setzen. Er wäre vielleicht nicht interessiert an einer Beziehung mit jemandem, der, äh, so viel jünger ist.« Ich werfe Fabian einen strengen Blick zu. Die Wirklichkeit mag anders aussehen, aber das darf Zara nicht erfahren. »Oder er ist vielleicht gar nicht an Männern interessiert. Oder nicht an blonden Personen. Oder er könnte verheiratet oder in einer Beziehung sein. Unter dem Strich ist es so viel wahrscheinlicher, dass er nein sagen würde.«

Zara nickt verständnisvoll, aber Fabian schüttelt den Kopf. »Und weiter? Es könnte doch trotzdem sein, dass er ja sagen würde, oder? Der Dustin, den ich kenne, hat sich nie gescheut, sich in etwas hineinzustürzen, nur weil die Chancen nicht gut waren.«

Ich hasse ihn. Wenn ich nach Hause komme, werde ich als allererstes Kethe bitten, Fisch zu kochen. Er *hasst* Fisch. Das würde ihm recht geschehen.

Zu meiner Überraschung stellt Zara sich auf meine Seite. »Ich versteh das schon«, sagt sie. »Wenn die Chancen so schlecht stehen, ist es besser, am kleinen Hoffnungsschimmer festzuhalten, dass es vielleicht passieren *könnte*, als das Risiko einzugehen und zu erfahren, dass es auf keinen Fall passiert.«

Ich zeige mit dem Finger auf sie und schaue Fabian an. »Was sie sagt.«

Er sieht aus, als würde er zweifeln, zuckt aber die Achseln. »Ich verstehe Liebe nicht, schätze ich. Ich fand Sex immer gut, egal mit wem.«

»Was ich für ihn empfinde, hat nichts mit Sex zu tun«, erkläre ich hitzig, dann räume ich ein: »Also jedenfalls nicht *nur* mit Sex. Sicher würde es Sex geben – gar nicht so wenig – aber es sind auch Gefühle im Spiel. Sehr viele Gefühle.« Seufzend erlaube ich mir, mich noch einmal umzudrehen und Professor Sarris quer durch die Cafeteria anzuschauen. »Großartige Gefühle.«

»Klingt unangenehm«, sagt Fabian. »Ich halte mich da lieber an Sex.«

Schön wär's.

KAPITEL 2

ROB

»DEIN BEWUNDERER STARRT DICH WIEDER AN«, bemerkt Gerald, mein Kollege im Fachbereich Englisch mit boshafter Belustigung. »Ich hatte schon Sorge, er könnte seinen Abschluss machen oder das Studium abbrechen, und ich würde ihn nicht mehr beim Anschmachten beobachten können.«

Am liebsten würde ich ihn ignorieren, kann mich aber nicht so recht bremsen, meinen »Bewunderer«, wie er ihn nennt, in Schutz zu nehmen.

»Nicht so garstig bitte. Und er schmachtet nicht.« Ich spieße meine Pasta etwas fester mit der Gabel auf als unbedingt notwendig. Nicht zum ersten Mal wünschte ich, ich hätte nie mit Gerald darüber gesprochen. Aber als ich vor knapp zwei Jahren erwähnte, dass ich einen Verehrer unter den Studenten zu haben scheine, hatte ich mir nicht viel dabei gedacht.

Im Nachhinein war es ein Fehler. Ein großer Fehler.

Denn er kann es einfach nicht gut sein lassen. Und dass Dustin nicht besonders subtil ist, hilft auch nicht gerade.

»Was höre ich da?«, fragt Kelly, ein neues Mitglied unseres Fachbereichs. Gerald hatte nach ihrem Antritt angeboten, sie herumzuführen und ihr alles zu zeigen, und jetzt ist er dabei, uns alle vorzustellen. Darum essen wir auch gerade gemeinsam zu Mittag, und ich kann nicht ein Sandwich am Schreibtisch verzehren und dabei lesen, wie es mir wesentlich lieber wäre.

»Einer der Studenten schwärmt für Rob«, erklärt Gerald. »Er schm ... äh ...«, unterbricht er, als er meinen bösen Blick auffängt, »bewundert ihn schon seit zwei Jahren.«

»Ach, der arme Junge«, sagt Kelly, was meine Wertschätzung für sie erheblich steigen lässt. »Ich vermute, du hattest ihn in deinen Vorlesungen? Hat er dir Schwierigkeiten gemacht?«

Ich schüttele den Kopf. Ehrlich gesagt hatte ich insgeheim sogar gehofft, Dustin würde etwas unternehmen. Dann hätte ich ihm behutsam eine Abfuhr erteilen und ihn für die unvermeidlichen Einzelgespräche an einen anderen Kollegen verweisen können.

Das ist natürlich der einzige Grund, warum ich das gehofft hätte. Keine weiteren Hintergedanken.

Ob mir das ernsthaft jemand abnimmt? Es ist nämlich glatt gelogen. Nicht, dass ich je etwas unternehmen würde, was als Missbrauch meiner Autorität gegenüber Studenten gesehen werden könnte ... aber in diesem Semester unterrichte ich ihn gar nicht mehr. Ich hatte schon nachgesehen. Und allein das spricht ja wohl Bände.

»Er hat nie etwas Unpassendes unternommen«, sage ich zu Kelly. »Hauptsächlich starrt er mich an und wird rot, wenn ich ihn dabei ertappe. Anfangs war er auch verlegen, wenn ich ihn aufgerufen habe, also habe ich das gelassen. Mein Lehrbeauftragter und die anderen Kollegen haben mir versichert, dass er entsprechend eloquent ist, wenn ich nicht in der Nähe bin. Es scheint, als würde ich ihn nervös machen.«

»Er ist ein guter Student«, räumt Gerald etwas widerwillig ein. »Sehr intelligent, schnelle Auffassungsgabe, gute Mitarbeit – man kann sich darauf verlassen, dass er die Hand hebt, auch wenn die anderen sich nicht trauen. Und er ist hilfsbereit, wenn er darum gebeten wird. Soviel ich gehört habe, ist er allseits beliebt, ohne deswegen eingebildet zu sein. Er hat ein gesundes Selbstwertgefühl und scheint das auch ganz normal zu finden, ist aber nicht arrogant.« Er zuckt die Achseln. »Ich weiß auch nicht. Schweigsam und verlegen habe ich ihn jedenfalls nur erlebt, wenn ich mal den Kopf in Robs Vorlesung gesteckt habe.«

»Waren es viele?«, fragt Kelly.

»Drei. Eine im ersten Jahr und im letzten Jahr zwei.«

Sie verzieht das Gesicht. »Das war sicher nicht leicht für ihn. Hast du ihn dieses Jahr auch?«

Ich schüttele den Kopf. Gerald grinst. »Ach, du hast schon nachgeschaut?«

Mist. Ich hätte sagen sollen, dass ich es nicht weiß. Denn ja, ich hatte nachgeschaut, aber das geht die anderen ja nichts an. »Glaube ich jedenfalls«, füge ich hinzu, aber Geralds Lachen nach zu schließen kam das nicht überzeugend – und außerdem zu spät.

»Er ist also nicht mehr dein Student«, sagt er nachdenklich mit Blick auf Dustin, der mit zwei anderen Studierenden zusammensitzt. Die eine kenne ich, glaube ich, weiß aber ihren Namen nicht. Ich weiß, dass Dustin und sie befreundet sind, denn man sieht die beiden viel zusammen. Den anderen jungen Mann habe ich noch nie gesehen.

»Worauf du auch immer anspielst, lass es.« Ich bin mir der Regularien zu Beziehungen zwischen Fakultät und Studierenden sehr wohl bewusst. Ich bin jetzt nicht mehr Dustins Dozent, also gäbe es eigentlich keinen Autoritätskonflikt, aber regelwidrig wäre es trotzdem, und außerdem kein Schritt, den ich zu gehen bereit wäre. Vor allem, da er über zwanzig Jahre jünger ist als ich. Letztes Jahr hatte ich mitbekommen, dass er sogar noch zu Hause wohnt – bevor er sich in eine Beziehung zwischen Erwachsenen, wie ich sie mir vorstelle, begibt, muss er erstmal alleine leben.

Obwohl ein One-Night-Stand extrem verlockend wäre.

Gerald sieht so aus, als würde er gerne noch weiter darüber reden, aber Kelly wechselt liebenswürdigerweise das Thema.

Und ich bemühe mich nach Kräften, nicht zu diesem bezaubernden Twink hinüber zu schauen, der mich viel zu sehr beschäftigt

ALS MEIN HANDY KLINGELT, bereite ich gerade in der Küche mein Abendessen zu; ich weiß auch ohne hinzusehen, dass es meine Mutter ist. Sie hatte schon gestern eine Nachricht hinterlassen, auf die ich noch nicht geschafft habe, zu reagieren, was bedeutet, dass sie überzeugt ist, dass ich entweder tot oder von Sexhändlern entführt worden sein muss. Sie ist nicht davon abzubringen, egal wie oft ich darauf aufmerksam mache, dass Sexhändler normalerweise kein Interesse an fünfundvierzigjährigen Englischprofessoren haben, die langsam grau und um die Mitte schon etwas weicher werden.

»Hi, Mom«, sage ich, während ich mich innerlich wappne.

»Robbie! Wie *konntest* du nur? Noch nicht mal eine Textnachricht, um mich wissen zu lassen, dass ich nicht die Polizei verständigen muss? Ich war so in Sorge! Habe die ganze Nacht kaum ein Auge zugetan.«

Ich bin nicht wirklich ein Scheusal, das seiner Mutter Sorgen bereitet. Sie schläft jede Nacht durch wie ein Stein. Es ist eines ihrer Talente – kaum hat sie sich hingelegt, ist sie die nächsten acht Stunden weg, vollkommen egal, was gerade los ist.

»Tut mir leid, Mom. Die Vorlesungen haben wieder begonnen, und es war alles etwas chaotisch.«

Sie zieht die Nase hoch. Ich schmunzele. Meine Mutter ist einer der wunderbarsten Menschen, die ich kenne, aber sie hat einen Hang zum Dramatischen. Mein Stiefvater hat mal die Vermutung geäußert, sie müsse in einem früheren Leben ein Höllenhund gewesen sein. Das ist keine Beleidigung – also, nicht wirklich. Höllenhunde sind nicht wirklich Vorboten der Hölle. Es sind canide Shifter, die sich dank ihres merkwürdigen Humors selbst als Spezies so umbenannt haben.

Ja, ganz recht – es gibt tatsächlich Gestaltwandler, auch Shifter genannt. Cool, nicht wahr? Als meine Mutter Julian kennenlernte, war ich sieben Jahre alt. Er war ein wirklich netter Kerl, der verstand, wie toll meine Mom ist. Als es ernst mit den beiden wurde, erfuhren wir dann von seiner wahren Identität. Er ist ein Inkubus – ein Wesen, das von sexueller Energie lebt – und es gibt eine ganze Community anderer Spezies, die ohne unser Wissen unter uns Menschen leben. Shifter, Vampire, Dämonen (auch diese haben nichts mit der Hölle zu tun), und natürlich Inkuben und Sukkuben. Nach Moms Hochzeit wurden auch wir in die Community of Species aufgenommen, und ich fand das alles sehr aufregend und faszinierend. Dadurch bin ich zu meinem heutigen Beruf gekommen – wenn man Gelegenheit hat, mit Zeitgenossen von Dickens, Shakespeare und Chaucer zu sprechen und erfährt, wie repräsentativ die Literatur ihrer Zeit für ihr tatsächliches Leben war … ist es wirklich überwältigend.

Und von den Ereignissen vor fünf Jahren, als Elfen und Drachen aus einer anderen Dimension auf der Erde Asyl bekamen, will ich gar nicht erst anfangen. Ich kann es nach wie vor kaum fassen, habe aber seither schon mehrere Elfen kennengelernt, und diese Begegnungen wären die besten Momente meines Lebens, wenn ich Kulturanthropologe wäre. Ihre Geschichte muss wirklich unglaublich sein.

Mom hat inzwischen begonnen, mir alles zu berichten, was in ihrem Leben so los ist. Julian ist sehr wohlhabend – im Sinne von »die Ming-Vase in der Eingangshalle bitte nicht als Türstopper benutzen, Rob!« – und ehemaliger Industrieller. Also einer von denen aus der Zeit der Industriellen Revolution. Vor etwa zwanzig Jahren hat er das Unternehmen seinen Kindern übertragen, die alle über fünfzig Jahre älter sind als ich, obwohl sie jünger aussehen. Stattdessen hat er sich wohltätigen Zwecken zugewandt. Mom war begeistert, und jetzt verbringen die beiden ihre Zeit damit, aktiv Mittel für diverse karitative Stiftungen zu sammeln.

»… hast die Party am Samstag noch im Kopf, oder?«, fragt Mom, als ich gerade die Flamme unter dem Wok abstelle.

»Ich hab's nicht vergessen«, antworte ich pflichtschuldigst. Ich bin nicht zu all ihren Veranstaltungen eingeladen, aber hin und wieder findet sie es gut, wenn ich dort als »ihr Sohn, der College-Professor« in Erscheinung trete. Es ist süß, wie stolz sie auf mich ist, und gewöhnlich muss ich auch nur zu Partys, zu denen auch viele Mitglieder der Community kommen, erscheinen, was mir entgegenkommt. Auch nach fast vierzig Jahren kann ich sie kaum von Menschen unterscheiden, und ich würde *nie* riskieren, sie bloßzustellen, indem ich jemanden auf der Straße anspreche, der möglicherweise zur Community gehören *könnte*. Wenn ich mich also mit einem Vampir oder Angehörigen anderer Spezies unterhalten will, sind die Partys bei Julian und meiner Mom meine einzige Gelegenheit. »Ich komme auf jeden Fall.«

»Wunderbar! Julian hat diese Woche eine Besprechung mit dem CSG und wird den Luzifer und ein paar andere einladen. Es sollte ein toller Abend werden.«

Wir plaudern weiter, während ich esse. Mom ist der Meinung, dass man, da man sich während des Essens unterhält, ebenso gut während des Essens telefonieren kann. Darüber werde ich nicht mit ihr streiten. Sie fragt nach meinen Stundenplänen in diesem Jahr und erzählt nostalgisch von ihrer eigenen Studienzeit, was mit braver Regelmäßigkeit zu dieser Jahreszeit passiert. Glücklicherweise erzählt sie inzwischen nicht mehr allzu wilde Geschichten. Es gibt einfach Dinge, die man nicht unbedingt von seiner Mutter wissen möchte.

Als wir auflegen, habe ich aufgegessen, also mache ich noch die Küche sauber, dann klappe ich das Laptop auf, um ein paar letzte Ergänzungen an der Vorlesung von morgen zu machen. Der Stoff ist mehr oder weniger der gleiche wie im vergangenen Jahr, aber man kann auch immer mal wieder einen neuen Blickwinkel einbauen, und während des Sommers habe ich einiges gelesen, das mich auf neue Gedanken gebracht hat, um mehr Studierende zu begeistern. In den verbindlichen Einführungskursen sitzen meist jede Menge gelangweilte junge Leute, die sich für Literatur nicht im Geringsten interessieren; mir wurde wiederholt empfohlen, sie doch an jemand Jüngeren abzutreten – meine Seniorität erlaubt mir, selbst auszuwählen, welche Veranstaltungen ich selbst halten will und welche nicht. Aber ich betrachte es als Chance, zu hören, was die Studierenden wirklich über Literatur denken, und sie eines Besseren zu belehren. Das mag arrogant von mir sein, aber es ist ja nicht so, als würde es jemandem schaden.

Als ich mich ins Bett aufmache, ist es noch nicht allzu spät. Ich schlüpfe in die kühle, saubere Bettwäsche, schließe die Augen und lasse den Tag Revue passieren. Ich muss an Dustins Gesicht denken, und mein Atem stockt. Seit zwanzig Jahren unterrichte ich jetzt Studierende, und noch nie bin ich in Versuchung gekommen, noch nicht mal, als ich kaum älter war als sie. Ich hatte immer eine unsichtbare Grenze im Kopf, die als Barriere für jede mögliche Anziehung fungierte. Ich habe mich sogar gefragt, wie andere so dumm und unbeherrscht sein konnten, sie zu ignorieren.

Aber inzwischen verstehe ich sie. Ich bin nach wie vor entschlossen, der Versuchung nicht nachzugeben, aber ich kann nachvollziehen, warum jemand anderer es vielleicht tun würde. Wenn Dustin mir Anlass zur Vermutung geben würde, dass er an mehr interessiert ist … tja, dann wäre ich vielleicht nicht in der Lage, zu widerstehen.

Das Bild, das ich von ihm im Kopf habe, macht sich selbständig; ein grün-braunes Auge funkelt mich an, seine Wangen färben sich rosa, und ich schiebe die Hand in die Pyjamahose und umfasse meine Erektion. Das hier bricht wenigstens keine Regeln. Das ist auch ein Glück, denn es könnte auf absehbare Zeit mein einziger Trost sein.

KAPITEL 3

DUSTIN

Fabian findet sich schon nach knapp einem Tag bestens auf dem Campus zurecht. Es wundert mich nicht besonders – wir sind uns sehr ähnlich, was das betrifft. Keiner von uns ist zögerlich, Neues auszuprobieren. Schon Donnerstag sehe ich ihn nur noch auf dem Hin- und Rückweg und natürlich zu Hause.

Ich hasse diese Autofahrten. Es sind nur fünfundvierzig Minuten, und wir haben einen schönen Wagen, aber für uns ist es unangenehm, länger in einer Kiste eingeschlossen zu sein – außerdem könnten wir die Strecke in wenigen Minuten fliegen. Aber es gibt keinen Platz in Uni-Nähe, an dem wir sicher landen und uns verwandeln könnten, da zu jeder Tag- und Nachtzeit Studierende unterwegs sind. Also kommt es nicht infrage. Täglich zu fahren ist aber immer noch besser, als auf dem Campus zu wohnen, wo wir überhaupt keine Möglichkeit zur Verwandlung hätten – das wäre die andere Option.

Also nicht falsch verstehen – ich liebe meine zweibeinige Gestalt. Es gibt vieles, was ich in dieser Form tun kann und als Drache nicht ... Sex zum Beispiel. Aber unsere natürliche Form ist nun mal die Drachengestalt, und wir werden unruhig, wenn wir sie nicht regelmäßig annehmen. Es ist so, als würde man den ganzen Tag enge Kleidung tragen. Abends kann man es dann kaum erwarten, sie abzulegen.

Heute hat Großvater mich gebeten, im Büro in der Stadt an einer Besprechung mit dem Team teilzunehmen, das den Kontakt zur Community hält. Ich bin sehr geschmeichelt – es war schon so lange mein Wunsch, als jemand gesehen zu werden, der einen wertvollen, nützlichen Beitrag leisten kann. Die Team-Mitglieder sind alle sehr fähig und sehr gut in ihrem Job, also ist es unwahrscheinlich, dass ich mehr tun werde als lächeln und mich mit ihren Plänen einverstanden erklären. Trotzdem ist es schön zu wissen, dass Großvater so zufrieden mit meiner Arbeit als ziviler Verbindungsbeauftragter war, dass ihn meine Meinung interessiert. Es lässt mich hoffen, das Projekt, das ich seit einer Weile plane, in Angriff nehmen zu können.

Fabian beschließt, mich zu begleiten, denn er möchte mit den Archivaren des CSG über die Überschneidungen zwischen der Geschichte der Community und dem Geschichtsunterricht der Menschen sprechen. Schon nach wenigen Tagen ist er ganz begeistert von den Forschungs-Möglichkeiten am College. Was für ein Nerd er doch ist.

Das College liegt in einer mittelgroßen Stadt zwischen der Stadt und unserem Zuhause – allerdings näher zu uns. Wir brauchen knapp zwei Stunden zum Büro. Zum Glück hatte Großvater uns ein paar sichere Parkplätze gemietet, wir müssen also nicht extra suchen. Heute Abend übernachten wir in den Wohnungen, die Großvater und seine

Leute unter der Woche nutzen, um nicht zurück nach »Lass es Drachen« fahren zu müssen. Das bedeutet einen frühen Aufbruch morgen, aber Fabian und ich sind ohnehin Frühaufsteher.

Wir sind fünfzehn Minuten vor dem Termin da, und ich winke Fabian zum Abschied, während ich aus dem Fahrstuhl steige. Er fährt nach oben zu den dem CSG vorbehaltenen Stockwerken. Im Empfangsbereich bleibe ich stehen. Ich sehe Großvater und den König, den amtierenden Luzifer Sam, den Zauberer David, der seine rechte Hand ist, und einen Inkubus, den ich nicht wiedererkenne.

Ich trete an den Empfangstresen, über den Dáithí herrscht, und frage: »Bin ich zu spät?« Ich bin zwar sicher, pünktlich zu sein, aber vielleicht wurde auch etwas verschoben, und ich habe nicht Bescheid bekommen.

Er schüttelt den Kopf. »Der Luzifer und David wollten ihn mit dem König und Brandt bekannt machen. Sie sagten, wir müssten keinen Besprechungsraum reservieren, da er nicht lange bleibt.« Er schaut betont auf die Uhr. »Das war vor zehn Minuten.«

Sam ist felider Shifter und hat ein außergewöhnlich scharfes Gehör. Er lacht. Großvater verdreht die Augen.

»Schon gut, Dáithí, wir machen den Empfang gleich frei. Nur noch ein paar Minuten«, sagt er. Ich schmunzele Dáithí an und trete zu der Gruppe.

»Guten Tag zusammen«, sage ich, und »Schön, euch wiederzusehen«, an Sam und David gewandt. Mit ihnen habe ich viel Zeit verbracht, als wir das erste Mal mit der Vorhut zur Erde kamen. Wir haben gemeinsam Pläne geschmiedet, um den Bösewichten das Handwerk zu legen und den drohenden Untergang zu verhindern – das verbindet.

»Gleichfalls, Dustin«, antwortet Sam lächelnd. »Du solltest öfter zu Besuch kommen.«

»Das werde ich«, verspreche ich. »Ich war mit meinem Studium beschäftigt.«

»Und damit, die Nacht zum Tage zu machen?«, fragt David spitz, und ich huste.

»Das war ein einziges Mal, und es war Alistairs Idee. Woher sollte ich wissen, dass es nicht wörtlich gemeint war?«

Er schmunzelt – was mich immer überrascht, da er normalerweise so nüchtern erscheint. Dann klopft er mir auf die Schulter. »Ich sage Caolan Bescheid, dass du hier bist. Wundere dich nicht, wenn er dich nachher sucht.« Sein Ehemann Caolan ist ein Elf, einer der engsten Berater von König Raðulfr – und außerdem eine meiner Lieblingspersonen. Er war derjenige, der Großvater und den König überredet hat, mir Verantwortung zu übertragen. Ich werde ihm stets dankbar sein, dass er an mich geglaubt hat.

»Ich freue mich schon«, sage ich, dann wende ich mich an den Fremden und reiche ihm die Hand. »Hallo. Ich bin Dustin.«

Er schüttelt mir mit belustigtem Lächeln die Hand. »Ist mir eine Freude, Prinz Dustin«, sagt er freundlich. »Julian Harlow. Ich bin für mehrere Wohltätigkeits-Organisationen verantwortlich, für die ich mir die Unterstützung der Regierung erhoffe.«

»Einfach Dustin«, korrigiere ich. Ich bin zwar genau genommen Prinz, da mein Großvater Flügelführer ist, aber wir Drachen nehmen es mit der Förmlichkeit nicht allzu genau. Wenn man so lange lebt wie wir, findet man das irgendwann albern. »Was sind das für Organisationen?«

Wir sprechen noch ein paar Minuten über die

Programme, die er leitet, und diejenigen, die er gern einrichten will. Wir machen uns beide Sorgen wegen der zu geringen Mittel für Jugendprogramme in ländlichen und abgelegenen Gegenden. Es gibt ein paar Überschneidungen zwischen den Programmen, mit denen er sich befassen will, und meinen Zukunftsplänen, also kann ich auf der Basis meiner Recherchen ein paar Vorschläge machen. Er wirkt beeindruckt.

»Sie sind ein ungewöhnlicher junger Mann«, bemerkt er, und ich lache leise.

»Ich meine das so nett wie möglich, Julian – aber ich bin vermutlich älter als Ihre gesamte bekannte Ahnenreihe.«

»Dustin«, ermahnt mich Großvater lächelnd. Aber es stimmt. Diese Erden-Spezies leben alle nicht so lange wie wir – die älteste Person, von der man weiß, war um die eintausendfünfhundert Jahre alt.

Julian muss ebenfalls lachen, dann schüttelt er reumütig den Kopf. »Daran muss ich mich immer noch gewöhnen«, gibt er dann zu. »Sie wirken wie ein junger Mann, aber ich sollte es natürlich besser wissen. Sagen Sie, haben Sie Samstagabend schon etwas vor? Meine Frau und ich veranstalten ein Wohltätigkeitsevent, und es wäre uns eine Freude, Sie dort zu sehen. Ich glaube, Ihre Erkenntnisse wären sehr wertvoll, um die Spender und Spenderinnen zu überreden, sich von ihrem Geld zu trennen.«

Ich spüre Stolz in mir aufsteigen. Es gelingt mir aber, es zu verheimlichen – ich lächle einfach weiter leicht belustigt. Noch jemand, der erkennt, dass ich etwas beizutragen habe! Obwohl ... vielleicht schmeichelt er sich nur bei Großvater und den anderen ein. Die hatten schon deutlich gemacht, wie sehr sie an mir hängen.

Dennoch – es ist eine weitere Gelegenheit, mich zu beweisen.

Ich werfe Großvater einen Blick zu. Er nickt, also ist er einverstanden. Ich würde nichts tun wollen, das seinem offiziellen Standpunkt zuwider läuft – das habe ich schon zur Genüge getan, als ich jünger war.

»Danke, das wäre schön«, sage ich also freundlich, und Julian strahlt.

»Ausgezeichnet! Tja, dann will ich Ihnen nicht weiter die Zeit stehlen – ich weiß ja, ich kam unerwartet.« Er entfernt sich mit Sam und David, die mich bitten, anschließend noch bei ihnen vorbeizukommen. Ich muss also noch in die Räume des CSG.

»Dustin«, sagt der König, »du bist eine Offenbarung.«
Ich blinzele ihn an. »Ich?«

»In der Tat. Ich hätte nie gedacht, dass dieser Tag kommen würde, und bin so froh, mich getäuscht zu haben. Ich glaube, du wirst einen ausgezeichneten Staatsmann abgeben.«

»Das denke ich auch«, sagt Großvater, der mir den Arm um die Schultern legt und mich in Richtung Besprechungsräume schiebt. Ich bin immer noch dabei, mich wieder zu berappeln. »So, dann lass uns gehen, sonst kommen wir noch zu spät.«

Das könnte der beste Tag aller Zeiten sein.

Die Wohltätigkeitsveranstaltung findet bei Julian und seiner Frau zu Hause statt, also hatte ich erst angenommen, es würde kein besonders großes Event werden. Als ich aussteige und zu der Residenz vor mir hochschaue, werde ich eines Besseren belehrt.

»Wow.«

»Ganz schön groß, was?«, fragt Steffen, während er neben mich tritt. Als Chef des Sicherheitsdienstes für Großvater und alle Drachen ist er bei allen Anlässen dieser Art mit dabei. Das ist etwas problematisch, da Steffen paranoider Verschwörungstheoretiker ist, der vermutlich schon mehrere potenziell gefährliche Punkte im nahem Umkreis gefunden hat, die gar nicht wirklich existieren. Ich habe Großvater und Percy versprochen, ihn im Auge zu behalten. Er macht seinen Job wirklich gut, kann aber übereifrig werden, und es wäre nicht wünschenswert, wenn er bei dieser eleganten Party jemanden niederringen würde, nur weil er zu lange in Großvaters Richtung geblickt hat.

»Sehr groß. Es werden mehr Leute hier sein als ich erwartet hatte.«

»Es sollte ein netter Abend werden«, sagt Percy, nimmt mich am Arm und zieht mich Richtung Haus. »Julian und seine Frau sind tolle Gastgeber. Oh, und nur damit du es weißt, seine Frau ist ein Mensch.«

»Wirklich?« Ich wusste, dass ein paar Menschen in die Community integriert sind – mein Freund Noah ist einer von ihnen – aber es ist recht selten. »Wie funktioniert das denn normalerweise? Wartet man, bis aus der Beziehung etwas Ernstes wird, bevor man die Wahrheit verrät? Wenn ich eine feste Beziehung hätte–«

»Was du noch nie hattest«, unterbricht Steffen.

Ich verdrehe die Augen. »Nein, aber *wenn* ich eine hätte, dann wäre ich sicher sehr wütend, zu erfahren, dass mein Partner mir etwas so Bedeutendes verschwiegen hat.«

»Aber man kann so etwas doch nicht frühzeitig verraten«, widerspricht Steffen. »Sonst gäbe es ja Millionen Menschen, die Bescheid wüssten.«

Mit ihm zu reden kann einen wirklich ermüden. »Das

weiß ich doch. Ich meine nur, es ist keine einfache Situation, und ich weiß nicht genau, wie es funktionieren sollte.«

»Glücklicherweise«, mischt Großvater sich ein, »können wir Percy fragen.«

Wir wenden uns geschlossen zu ihm um, und er seufzt. »Ernsthaft? Das wollen wir wirklich hier auf der Türschwelle besprechen?«

Wir warten.

»Also gut. Normalerweise hofft man, dass der betreffende Mensch verliebt genug ist, Verständnis zu haben und die Geheimniskrämerei zu verzeihen. Die meisten tun es auch, sobald die Situation ausführlich erklärt wird. Es gab auch schon Fälle, in denen der Mensch es bereits wusste, bevor die Beziehung begann – meist, weil es ein Familienmitglied oder enge Freunde gab, die zur Community gehören. Die Fruchtbarkeitsrate zwischen den Spezies ist extrem gering, aber doch vorhanden, also gibt es auch Community-Mitglieder mit einem menschlichen Elternteil und menschlichen Geschwistern.« Er streckt den Arm hoch und richtet Großvaters Kragen. »So. Können wir jetzt reingehen?«

Steffen hebt die Hand. »Ich habe einige Fragen.«

»Können die bis später warten?«

Er schüttelt den Kopf. »Nicht alle.«

»Wie viele betreffen potenzielle Verschwörungstheorien?«, fragt Großvater, und Steffen lässt die Hand sinken. »Niemand hier wird uns etwas tun, Stef. Versprochen.«

»Definitiv nicht«, versichert Percy. »Die wollen Spenden von uns, heute Abend und zukünftig. Sie werden sich größte Mühe geben, dafür zu sorgen, dass wir sicher und zufrieden sind.«

Stef kneift die Augen zusammen, und es ist mit neuen Theorien über einen langfristigen Plan, uns in Sicherheit zu wiegen, zu rechnen. Ich ergreife die Initiative und laufe die Treppe zur Eingangstür hoch.

»Das wäre also geklärt. Lasst uns reingehen.«

Ich höre Steffen murren, aber sie folgen mir trotzdem.

Ein Mann im schwarzen Anzug öffnet die Tür, bevor ich sie erreicht habe. »Guten Abend«, sagt er. »Darf ich Ihren Namen erfahren?«

Ooh, wie aufregend! Einige Schritte hinter ihm steht ein weiterer Mann an der Seite, mit Klemmbrett und Headset ausgestattet. Bei so einer Party war ich ja noch nie.

»Dustin Draco«, verkünde ich. Draco ist der Nachname, den alle Drachen nutzen, seit wir festgestellt haben, dass auf der Erde ein Nachname gebraucht wird, wenn man sich unter Menschen begibt. Es gibt nur etwa fünftausend Drachen, also ist der Planet nicht gerade überrannt von Dracos. Ich drehe mich zu Großvater und Percy um. »Sind alle Partys und Wohltätigkeitsveranstaltungen, die ihr besucht, so? Mit so schicker Security? Wenn ich das gewusst hätte, wäre ich schon längst mal mitgekommen.« Es ist wie im Film.

Der Mann an der Tür räuspert sich, aber als ich ihn wieder ansehe, ist seine Miene höflich und unbewegt wie zuvor. Der andere lächelt aber, und ich zwinkere ihm zu. Und weiter? Nur weil ich kein Interesse mehr an unverbindlichem Sex habe, kann ich doch trotzdem flirten. Es ist wie Atmen.

»Danke, Mr Draco«, sagt der erste Mann. »Die anderen gehören zu Ihnen?« Er schaut mir kurz über die Schulter, dann sieht er nochmal genauer hin. »Luzifer! Äh, ich meine, Mr. Caraway.« Er schüttelt reumütig den Kopf. »Verzeihung, Sir.«

»Kein Problem«, sagt Percy leichthin, tritt lächelnd vor und verbreitet sofort diese beruhigende Atmosphäre, die alle entspannt. Er ist wirklich wie ein personifiziertes Mittel gegen Angstzustände. Man fühlt sich in seiner Gegenwart einfach besser.

»Schön, Sie zu sehen, Sir.« Percy ist schon fast fünf Jahre nicht mehr der Luzifer, und Sam scheint sich auch allgemeiner Beliebtheit zu erfreuen, aber die Reaktion auf Percy kommt trotzdem überall, wo er auftaucht. Schön ist das.

Jetzt wendet der Mann sich Großvater zu. »Und das muss Flügelführer Brandt sein.«

Da sie alles unter Kontrolle zu haben scheinen, schlüpfe ich an Mann eins vorbei zu Mann zwei. »Hi.«

Er schaut auf mich herab und betrachtet meine Stirn – wahrscheinlich, weil ich keinen Tarnzauber trage und wir als Drachen einen anderen Knochenbau haben als die Spezies der Erde. Aus der Nähe erkenne ich die Hörner, die ihn als Dämon ausweisen. Kein Wunder also, dass er so groß ist. Und ich habe ihm bereits ein Lächeln entlockt! Es ist jetzt wieder verschwunden, aber es ist beileibe nicht immer leicht, Dämonen zum Lächeln zu bringen. Die meisten sind recht verdrießlich.

Er erwidert nichts, aber ich lasse mich davon nicht entmutigen. »Ich bin Dustin. Ich mag deine Muskeln. Sehen toll aus unter diesem schwarzen Anzug.«

Blinzelnd sagt er: »Äh ... danke.« Dann schaut er hilfesuchend über meinen Kopf hinweg zur Tür zu seinem Kollegen.

Pfft.

Mit einem Augenaufschlag fahre ich fort: »Die erste Person auf der Erde, die ich je kennengelernt habe, war ein Dämon, und seither habe ich eine Schwäche für sie. Ein großer, gut aussehender Dämon wie du ist für mich wie ein Magnet. Hast du später eine Pause? Wir könnten ein biss-

chen plaudern. Ich könnte dir alles über Drachen verraten.«
Das meine ich ganz wörtlich – ich bin wie gesagt nicht
mehr auf schnellen Sex aus. Außerdem bin ich quasi als
Diplomat hier. Aber ich liebe es, neue Freundschaften zu
schließen, und er ist wirklich ein großer, gut aussehender
Dämon.

Der gerade zu stottern beginnt.

»Lass ihn in Ruhe, Dustin«, sagt Percy, legt mir den
Arm um die Schultern und schiebt mich weiter. Ich schaue
über die Schulter zurück und winke zum Abschied. Mein
neuer Freund schüttelt nur den Kopf, aber er lächelt. Zwei
Punkte für mich.

Wir betreten eine Art großes Wohnzimmer. Das Design
ist wirklich toll – eine Wand aus Glastüren öffnet sich zum
Innenhof, und der Raum geht durch einen Bogen in einen
zweiten über – der Gesamteindruck ist der eines großen
Gesellschaftsraums. Nicht so groß wie manche auf »Lass es
Drachen«, aber das ist auch ein Landsitz und etwas größer
angelegt. Ich verspüre ein euphorisches Kribbeln – freudige
Erwartung vermutlich.

»Percy, Brandt!«

Wir schauen nach links, von wo unser Gastgeber sich
nähert, begleitet von einer wunderschön gekleideten,
attraktiven älteren Frau. Ich kann das Alter der Menschen
nach wie vor nicht besonders gut einschätzen, würde aber
auf um die Sechzig tippen. Sie und Julian scheinen ungefähr
im gleichen Alter zu sein. Vermutlich wurde ihr beige-
bracht, mit der von Menschen benutzten Magie umzuge-
hen, und sie hat schon einen Lebenszauber gewirkt oder
wird bald damit anfangen.

Ich nehme mir vor, Percy später danach zu fragen. Das
möchte ich lieber nicht jetzt anschneiden und damit einen
Fauxpas riskieren.

»Wie schön, dass ihr gekommen seid«, sagt Julian freundlich. »Das ist Erika, meine Frau und bessere Hälfte. Liebling, Percy kennst du ja, aber lass mich dir Flügelführer Brandt und Prinz Dustin vorstellen.«

Ich zucke zusammen. Scheinbar hat er vergessen, die Titel außer Acht zu lassen.

Großvater und Erika schütteln sich die Hände und tauschen Höflichkeiten aus, dann wendet sie sich mit ausgestreckter Hand mir zu.

Ich nehme sie und lächle sie mit Augenaufschlag an. Ich bin bezaubernd, und das weiß ich auch. Ältere Frauen *lieben* mich. »Dustin reicht«, sage ich. »Darf ich Sie Erika nennen? Ich bin nicht gerne förmlich in Gegenwart schöner Frauen.«

Wie erwartet lacht sie. »Oh, ich mag Sie. Aber ich wette, Sie haben es faustdick hinter den Ohren.«

Großvater seufzt. »Früher war das auf jeden Fall so.«

»Ich bin reformiert«, versichere ich. Bei Großvaters Worten durchzuckt mich ein Glücksgefühl.

Sie mustert mich von oben bis unten. »Normalerweise würde ich sagen, Sie sind viel zu jung, um schon reformiert zu sein, aber ich nehme an, Sie sind älter, als Sie aussehen.«

Ich lege die Hand auf die Brust. »Haben Sie mich gerade gebeten, mein Alter preiszugeben?«, flüstere ich. Dann neige ich mich vor. »Ich hätte Ihrem Mann die Windeln wechseln können ... aber wenn jemand fragen sollte: Ich sehe keinen Tag älter aus als dreißig.«

Sie lacht erneut. »Sie sehen keinen Tag älter aus als zwanzig, Sie Frechdachs. Aber da Sie nicht wirklich zwanzig sind, möchte ich Ihnen gern jemanden vorstellen.« Sie macht eine halbe Drehung, zeigt quer durch den Raum, dann wendet sie sich wieder zu mir. »Sie sind doch Single, oder, mein Lieber? Ich glaube nämlich, dass Sie perfekt für meinen Sohn wären, möchte aber keine feste Beziehung auseinander bringen.«

»Ich bin Single«, beruhige ich sie. »Aber ich habe kein Interesse, das zu ändern.« Nach kurzem Zögern füge ich hinzu: »Mein Herz ist vergeben.« Das sage ich normalerweise nicht zu Fremden, aber sie ist mir wirklich sympathisch – alle Instinkte signalisieren mir, dass sie vertrauenswürdig ist. Wir verstehen uns auf eine ganz besondere Weise.

Ihr Lächeln erlischt, und sie klopft mir auf den Arm. »Oh, mein Lieber. Können wir den Besitzer Ihres Herzens irgendwie überzeugen, seine Ansprüche geltend zu machen?«

Ich schüttele den Kopf.

Sie nickt. »Tja, dann werden Sie wohl oder übel darüber hinweg kommen müssen. Und wie sollte das besser funktionieren, als sich unter jemand Neuen zu legen?«

Percy schnaubt. »Ich hatte ganz vergessen, was für eine Frohnatur du bist, Erika.«

Erika winkt ab. »Ich tue mein Bestes. Also, Dustin, Sie mögen doch Männer, oder? Ich will meinem Sohn keine Hoffnungen machen, nur um dann festzustellen, dass Sie hetero sind.«

»Er mag Männer«, sagt Percy beruhigend. Mit einem Seitenblick frage ich mich, auf wessen Seite er eigentlich ist.

Sie klatscht in die Hände. »Wunderbar! Und da ist auch schon der Mann, den ich Ihnen vorstellen will.« Sie streckt den Arm zur Seite aus, außerhalb meines Blickfeldes. Ein seltsamer Schauer läuft mir den Rücken hinunter, ich drehe mich in die Richtung des Neuankömmlings und –

Erstarre.

Meine Kehle ist wie zugeschnürt, und ich gebe ein Geräusch von mir, das Percy einen besorgten Ausruf entlockt und Großvater fragen lässt: »Alles in Ordnung, Dustin?«

Ich hebe beruhigend die Hand, huste leicht, um meine Atemwege zu befreien, und krächze: »Alles okay. Tut mir leid. Hab mich nur … verschluckt.« Wieder huste ich und dann hebe ich den Blick, um der Liebe meines Lebens in die Augen zu sehen.

Er sieht umwerfend aus in seinem eleganten Outfit, die Haare zurückgekämmt … und er ist definitiv überrascht, mich hier zu sehen.

Erika klopft mich sanft auf der Rücken, dann sagt sie: »Prinz Dustin, ich möchte Ihnen meinen Sohn vorstellen, Robert Sarris. Rob unterrichtet englische Literatur an der Universität von Beresford.«

Hinter mir höre ich Großvater und Percy scharf Luft holen. Sie sind nicht dumm. Sie wissen genau, was hier gerade passiert.

»*Prinz* Dustin?« Er klingt, als hätte er einen Schock erlitten. Erika runzelt die Stirn.

»Ja. Dustin ist der Enkel von Flügelführer Brandt … den ich dir auch gleich vorstellen möchte. Sei nicht ungezogen, Rob.«

Er scheint sich innerlich einmal zu schütteln. »Verzeihung. Aber ich kenne Dustin bereits. Er hat einige meiner Vorlesungen belegt. Ich wusste gar nicht, dass du ein Drache bist, Dustin.«

Er. Weiß. Wer. Ich. Bin.

Er erkennt mich. *Erinnert* sich an mich.

Jemand stupst mich mit einem spitzen Finger in den Rücken, und das weckt mich aus meiner Starre. »Äh, ja. Ein Drache. Das bin ich. Hi.«

»Oh je«, murmelt Percy, dann stellt er sich Neben mich.

»Guten Abend – Rob, richtig? Ich glaube, wir sind uns schon begegnet. Percy Caraway.«

Professor – äh, Rob, reißt den Blick von mir los und schüttelt Percy die Hand. »Ja, ich erinnere mich. Schön, Sie wiederzusehen. Ich hoffe, Sie haben sich gut ins Leben nach dem Luzifer-Amt eingewöhnt.«

»Ganz großartig sogar. Lassen Sie mich Ihnen Brandt vorstellen, dessen Mission es ist, es dabei zu halten.«

Großvater gesellt sich zu uns und mustert Rob von Kopf bis Fuß. »Sie sind also Dustins Professor.« Ich würde am liebsten tausend Tode sterben. Vielleicht wird Rob es so verstehen, als meinte er nur einen von meinen Professoren und nicht *meinen* Professor.

»Sieht ganz danach aus«, sagt Rob mit charmantem Lächeln. »Ich freue mich, Sie kennenzulernen, Sir. Ich habe so viele Fragen über Drachen.«

»Dustin kann Ihnen die alle beantworten!«, verkündet Percy.

»Ich bin sicher, Dustin kann dir genauestens Auskunft geben!«, fügt Erika hinzu.

Sie sehen sich verschwörerisch lächelnd in die Augen, und ich will am liebsten –

Moment mal.

Ganz kleinen Moment.

Er ist nicht mehr mein Dozent.

Seine Mutter versucht uns zu verkuppeln, was bedeutet, dass er Männer mag und Single sein muss.

Er weiß, dass ich ein Drache bin und kein zwanzigjähriger Mensch.

Vielleicht ... vielleicht ist es an der Zeit, etwas zu riskieren.

Aber was, wenn ich das tue und er nicht interessiert ist? Meine Hoffnung würde auf ewig zerstört werden.

Ich brauche ein Zeichen. Ein Zeichen von ihm, aus dem ich ersehen kann, ob er mich attraktiv findet oder nicht.

Lächelnd lege ich all meine Nervosität ab und packe die Gelegenheit beim Schopf. »Aber natürlich kann ich ... äh, darf ich dich Rob nennen? Oder sollte ich bei ›Professor‹ bleiben?«, füge ich mit einem reumütigen Lachen hinzu. Ich will nicht sofort zu kokett wirken. Ich muss ihn langsam heranführen.

Und siehe da, seine Miene wird schon sanfter. »Rob ist absolut in Ordnung. Ich bin schließlich nicht mehr dein Dozent.«

Es klingt fast schon gequält, aber ich kann mich nur auf eines konzentrieren: Es ist ihm aufgefallen. Er hat bemerkt, dass ich nicht in seinen Veranstaltungen sitze. Das muss doch ein guter erster Schritt sein, oder?

»Toll! Warum zeigst du mir nicht, wo ich etwas zu trinken bekomme, und dann können wir alles besprechen, was mit Drachen zu tun hat. In meinen viertausend Lebensjahren habe ich eine ganze Menge gelernt.« Ja, das habe ich absichtlich erwähnt. Nur für den Fall, er könnte annehmen, ich wäre ein ganz junger Drache.

Er atmet einmal tief durch die Nase, und errötet leicht. Ein weiterer guter Schritt.

Ich küsse Erika auf die Wange. Denn wenn alles gut läuft, wird sie zur Familie gehören. »Lass uns später weiter plaudern. Ich bin noch nicht fertig damit, dich kennenzulernen.«

»Oh, du Charmeur!« Sie drückt mich schnell an sich. »Wir werden beste Freunde werden.«

Mit einem Augenzwinkern für sie nehme ich allen Mut zusammen und hake Rob unter. Er zuckt kurz zusammen, zieht sich aber nicht zurück.

»Großvater, Percy – ich werde mich ein bisschen mit

Rob unterhalten. Benehmt euch bitte in meiner Abwesenheit.«

Percy lacht leise, aber Großvater sieht ein bisschen besorgt aus, und ich habe ihn gerade unglaublich lieb. Er hat mich aufgezogen, und ich habe nie an seiner Liebe gezweifelt. Selbst damals, als er geschworen hat, dass ich die anstrengendste, aufrührerischste Kreatur bin, die jemals existiert hat, war er hauptsächlich darum besorgt, dass ich zu Schaden kommen könnte.

»Wir werden ein Auge auf sie haben«, versichert Julian schmunzelnd, und ich blicke zu Rob auf.

»Drink?«

Er schüttelt sich leicht. »Ja, sicher. Hier entlang.« Er führt mich zur anderen Seite des Raumes an die Bar in der Ecke. Ich konzentriere mich auf meine Schritte und versuche, gleichmäßig zu atmen, obwohl meine ganze rechte Seite sich wie betäubt anfühlt, weil wir uns berühren.

Keine falschen Hoffnungen machen. Bleib cool. Warte auf ein Zeichen.

Das kriege ich hin.

Wir bekommen unsere Getränke und nehmen sie mit in den Innenhof.

»Es ist so ein schöner Abend«, sage ich, als wir hinaustreten. »Ich muss aber zugeben, dass euer Himmel immer noch ein ungewohnter Anblick für mich ist.«

Das schreckt ihn aus seinen Gedanken, die ihm ein Stirnrunzeln aufs Gesicht gezaubert hatten. »Wirklich? Gab es bei euch keinen Himmel ... oder sah er nur ganz anders aus?«

Ich versuche, mich nicht von der Trauer übermannen zu lassen. Ich hatte schließlich selbst davon angefangen. »Ein bisschen von beidem. Die Sterne waren natürlich ganz anders, und mit dem fortschreitenden Kollaps der

Dimension begannen sie zu verschwinden, was den Nacht-himmel noch mehr verändert hat. Während der letzten zweitausend Jahre war unsere Atmosphäre so beschädigt, dass wir gar keine klare Sicht mehr hatten.« Ich betrachte den Himmel über mir. Trotz der Lichtverschmutzung durch die Stadt um uns herum sind die Sterne zu sehen. Es ist schön.

Er räuspert sich. »Es tut mir so leid, was du – was ihr alle durchmachen musstet. Ich bin froh, dass es euch gelungen ist, hierher zu kommen.« Er klingt steif, so anders als der selbstbewusste, begeisterte Mann, den ich zu sehen gewöhnt bin. Andererseits ist er es gewohnt, mich als stotterndes Häuflein Unsicherheit zu erleben. Wir stecken wohl beide voller Überraschungen heute Abend.

»Danke. Es war eine Umstellung für uns, aber die Erde ist schön, und wir finden es toll, so viele neue Völker kennenzulernen. Wir Drachen sind sehr neugierig, musst du wissen.«

»Ehrlich? Das ist also kein Mythos? Es gibt so vieles, was Drachen nachgesagt wird. Wir dachten lange Zeit, es wären alles Märchen, und jetzt ist es schwer, die Wahrheit vom ganzen Rest zu trennen.«

Ich klopfe ihn leicht auf den Arm und lasse die Hand liegen. »Alles, was mit mittelalterlichen Schlössern und Jungfrauenopfern zu tun hat, ist erfunden. Es war damals niemand von uns hier. Aber wir sind wissbegierig, und wir horten Schätze.« Das werde ich oft von meinen eingeweihten Erden-Freunden gefragt. Außerdem lenke ich ihn in eine ganz bestimmte Richtung.

Er fängt an zu strahlen. »Du hast einen Schatz? Darf ich fragen, was du hortest?«

Ich lächle ihn an und streichle seinen Arm. »Küsse.«

Einen Moment lang sieht er mich verwirrt an, dann

verfinstert sich seine Miene. »Wenn du es nicht verraten willst, ist das in Ordnung. Ich will nicht zudringlich sein.«

Ich lehne mich lachend an ihn. Ich liebe es, wie er vom Kragen aufwärts errötet. »Nein, das stimmt wirklich. Ich sammle Küsse. Es gibt einen Zauber – eigentlich für Kinder gedacht. Eltern benutzen ihn beim zu Bett Bringen, oder wenn sie von ihren Jungen getrennt sein müssen, und die sie vermissen würden. Der Zauber verwandelt einen Kuss in etwas, das sie in der Hand halten oder auf ihr Kissen legen können – als Erinnerung daran, dass sie geliebt werden.«

Seine Lippen sind leicht geöffnet. »Wirklich?«, fragt er tonlos. »Das klingt wundervoll.« Dann kneift er die Augen leicht zusammen. »Wieso habe ich das Gefühl, dass du keine elterlichen Küsse sammelst?«

Ich klopfe ihn leicht auf die Brust – und lasse erneut meine Hand liegen. »Wie gut du mich schon kennst«, sage ich kokett. «Ich habe tatsächlich Küsse von meinem Großvater und meinen Eltern. Die konnte ich bei der Migration herüberretten. Den Großteil meines Schatzes musste ich leider zurücklassen, also habe ich versucht, ihn wieder aufzufüllen. Es ist keine sexuelle Sache, obwohl ich auch ein paar von früheren Partnern habe.« Von früher, als ich noch Sex mit anderen hatte. »Es sind aber hauptsächlich Freundschaftsküsse.«

»Freundschaftsküsse?« Er scheint etwas skeptisch, aber ich meine es ganz ernst.

»Ja. Schau mal – gib mir einen Kuss. Auf die Wange. Dann zeige ich es dir.«

Er schaut sich um. »Äh ...«

»Keiner beachtet uns, und ehrlich gesagt wird niemand, der mich kennt, sich wundern. Ich werde dauernd geküsst. Ich bin bezaubernd. Ich habe vorhin deine Mutter geküsst, ohne dass jemand eine Miene verzogen hat.« Ich unterbreche mich und lache kurz auf. »Wow, hat das sich daneben angehört.«

»Dass du meine Mutter geküsst hast, oder als du behauptet hast, bezaubernd zu sein?«, fragt er trocken, schmunzelt aber dabei.

Ich ziehe eine Augenbraue hoch und schmolle. »Das ist keine Behauptung. Sieh mich doch an!« Ich mache einen Schritt zurück und drehe mich einmal um mich selbst. »Das Wort ›bezaubernd‹ wurde quasi für mich erfunden.«

Jetzt lacht er auf. »Das kann man nicht leugnen.«

»Oder?« Ich trete näher, beuge ich vor und versuche, die Schmetterlinge in meinem Bauch zu ignorieren. *Das ist die Chance.* »Also, gib mir einen Kuss.«

Er zögert, dann beugt er sich zu mir herab und gibt mir einen ungeschickten kleinen Kuss auf die Wange. Ich wirke den Zauber genau im richtigen Moment, um das Gefühl, das in dem Kuss liegt, einzufangen. Als er sich wieder aufrichtet, flattert es zwischen uns, gelb-orange, was bedeutet, dass er etwas unsicher, aber hoffnungsvoll ist.

»Siehst du?«, sage ich und halte die Hand auf, auf die sich der Kuss niederlässt.

»Er kann *fliegen*?«, fragt er atemlos. »Hat er ein Bewusstsein?«

Ich schüttele den Kopf. »Nein. Und er fliegt nicht wirklich. Die Energie der Emotionen bei dem Kuss lässt ihn nur ein bisschen flattern, das ist alles. Darum ist er auch so klein – denn das war ja kaum wirklich ein Kuss.« Ich blinzele mit leicht zusammengezogenen Brauen durch die Wimpern zu ihm hoch. Das hat sich in der Vergangenheit als sehr effektive Waffe erwiesen.

Robert räuspert sich. »Also ... hortest du alle Küsse, die du bekommst?«

»Nicht alle. Es muss ein Kuss von jemandem sein, an

den ich mich erinnern möchte.« Sein Atem stockt, und ich sehe eine leichte Röte auf seinen Wangenknochen erscheinen. Ich unterdrücke mein Glücksgefühl und fahre fort: »Wenn er in meinen Schatz kommt, werde ich ihn noch Jahrtausende lang sehen. Den von dem ekligen Kerl, der mich auf der Tanzfläche im Club geküsst hat, bevor ich ihm ausweichen konnte, hätte ich nicht behalten wollen.«

Er runzelt die Stirn, und ich spreche schnell weiter.

»Aber Freunde, Familie und Leute, die ich mag? Na klar. Meine Freundin Sophie, die auch auf unserem Anwesen lebt, gibt mir jeden Morgen einen Kuss, weil sie weiß, dass ich sie horte. Das sind tolle Erinnerungen. Und ich habe auch welche von früheren Partnern – die Beziehungen sind auseinander gegangen, aber es gab auch gute Gefühle, an die ich mich erinnern möchte.«

Er sieht nachdenklich aus, und ich beschließe, etwas mehr Druck aufzubauen. »Willst du mir jetzt einen richtigen Kuss geben? Etwas, das etwas größer wäre als ein halbes TicTac?«

Er platzt heraus. »Ein halbes TicTac?« Dann mustert er den Kuss in meiner Handfläche und bemerkt: »Das kommt ungefähr hin. Okay. Warum nicht?«

Nicht verraten: Ich bin selber überrascht, dass das funktioniert hat.

Ich halte ihm meine Wange hin. Ich könnte ihm auch meine Lippen anbieten, aber hier geht es nicht um gestohlene intime Handlungen, zu denen er nicht bereit ist. Hier geht es darum, Vertrauen aufzubauen und ihm zu zeigen, dass ich nicht nur sein Student bin.

Ich schwöre!

Als er mit den Lippen meine Wange berührt, ist das alles, was ich will. Ich wirke den Zauber und erwarte, dass er sich sofort wieder zurückzieht, darum bewege ich mich auch schon ... wirklich, ich hatte nicht erwartet, dass er verharren würde. Hatte nicht damit gerechnet, dass unsre Lippen sich streifen würden.

Und nicht mit dem Feuerwerk, das dabei explodiert.

In meinem Kopf natürlich. Und vielleicht auch ein bisschen in meiner Hose – keine buchstäbliche Explosion, denn das ist bei uns Drachen nicht üblich. Aber Soldat Dustin meldet sich eindeutig zum Dienst.

Bin das nur ich, oder verharrt Rob immer noch?

Er zuckt zurück, und der Zauber verfliegt.

»Tut mir leid«, stottert er. »Ich hatte nicht die Absicht ...«

»Ist schon gut«, versichere ich. »Ein kleines Versehen. Ein sehr angenehmes, aber kein Grund zur Sorge. Und schau nur.« Ich deute auf unseren zweiten Kuss, der neben dem ersten flattert. Dieser ist viel größer und die Farben schillern von gelb über orange bis tief rosa, der Farbe sexueller Leidenschaft,

Das war ein Zeichen, oder nicht? Er hat definitiv Interesse.

»Er ist wunderschön«, gibt er zu. »Trotzdem, das war übergriffig. Ich hätte es nicht tun dürfen.«

Okay. Zeit für offene Worte. »Wieso nicht?«, frage ich. »Wir sind beide erwachsen. Ich übrigens mehr als du.«

Über seine Miene huscht Erschrecken, als hätte er vergessen, dass ich viel, viel, *viel* älter bin als er.

»Äh ... ja. Aber ich bin dein Professor.«

»Nicht mehr.«

Wieder stockt sein Atem, und ich sehe, wie sich seine Augen verdunkeln. »Ich – es wäre trotzdem ... nicht ...« Er verstummt und schluckt einmal heftig. Ich sage nichts, schaue nur zu ihm hoch, die Lippen leicht geöffnet, und versuche nicht zu hyperventilieren, so glücklich bin ich, in seiner Nähe zu sein.

Dann beugt er den Kopf herunter und drückt seinen Mund auf meine Lippen.

Yes!

Es ist tausendmal besser als der versehentliche Kuss vorhin, denn jetzt meint er es ernst, und er will es auch. Und er ist ausgesprochen leidenschaftlich.

Was ich nur zu gern erwidere.

Ich lege die Arme um seinen Nacken, und nur weil er mich so eng an sich gedrückt hält, schlinge ich ihm nicht auch die Beine um die Hüften. Noch nie hat sich etwas so gut angefühlt – mein ganzer Körper ist hellwach, kribbelt vom Kopf bis zu den Zehen, und ich werde von der Magie durchströmt. Ich fühle mich mächtiger, selbstbewusster, mehr wie *ich selbst* als je zuvor in meinem Leben.

»Na sowas«, höre ich eine belustigte Stimme sagen. »So hatte ich mir die Wissensvermittlung über Drachen an meinen Sohn nicht ganz vorgestellt.«

Eine Sekunde lang hoffe ich, dass Rob nichts gehört hat. Doch diese Hoffnung wird zerstört, als er sich abrupt von mir löst. Wir starren uns schwer atmend in die Augen, dann dreht er sich zu seiner Mutter und lässt mich los.

»Das war … ich hätte nicht … entschuldige bitte.« Damit tritt er einen Schritt zurück, richtet mich noch einmal kurz auf, als ich stolpere – absichtlich natürlich – dann lässt er die Arme wieder sinken, sobald er sicher ist, dass ich mein Gleichgewicht wieder erlangt habe. »Entschuldigt mich.« Er wendet sich ab und zum Gehen, aber seine Mutter packt ihn am Arm.

»Sei doch nicht albern, Rob. Du hast nichts falsch gemacht.« Sie schaut mich an. »Oder?«

Ich schüttele den Kopf. »Absolut nicht. Bis auf das Weggehen.«

Erika lächelt mich beifällig an, dann wendet sie sich an ihren Sohn. »Siehst du? Warum lernt ihr beiden euch nicht besser kennen? Ihr könntet euch nach oben in mein Arbeitszimmer zurückziehen – da würdet ihr nicht gestört werden.«

Wow. Hat Robs Mutter gerade …?

»*Mutter*«, zischt er. Anscheinend ja. Ich weiß nicht genau, wie ich das finden soll.

Nun … wenn er mich tatsächlich mit nach oben nehmen sollte, wäre ich ihr dankbar. Leider sieht es nicht so aus, als würde das passieren.

Und da schüttelt er auch schon den Kopf, entschuldigt sich erneut und eilt dann ins Haus. Ich seufze.

Erika wendet sich zu mir um. »Ich bin sicher, dass seine Flucht nicht diesen Kuss reflektiert«, bemerkt sie, und ich antworte grinsend: »Oh, auf keinen Fall, glaube mir.«

Wenn ich die mentale Kapazität gehabt hätte, einen Zauber zu wirken, während er mich geküsst hat, wäre das eine riesige, leuchtend rote und violette Energiemasse geworden. Ich habe in meinem Leben schon viele Küsse bekommen, gute und schlechte – aber der hier hat sie alle in den Schatten gestellt.

»Ich weiß auch nicht, warum er so stur ist«, sagt sie, während sie ihm besorgt nachschaut. »Ich würde ihn nur zu gerne zur Ruhe kommen und glücklich sehen. Er verbringt viel zu viel Zeit mit Arbeit. Sogar die meisten seiner Freunde hat er durch seine Arbeit kennengelernt. Er braucht jemanden, der ihn etwas aufrüttelt«, fügt sie mit hoffnungsvollem Blick auf mich hinzu.

Sieht so aus, als hätte ich Erika auf meiner Seite. Das ist

auch besser so. Sie wird schließlich meine Schwiegermutter sein.

»Ich bin die perfekte Person, um ihn erst aufzurütteln und dann zur Ruhe kommen zu lassen«, versichere ich ihr. »Keine Sorge. Er muss noch verinnerlichen, dass ich kein naiver Zwanzigjähriger bin. Er wird sich schon noch anders besinnen.«

Jetzt, da ich keine Zweifel mehr an seinem Interesse habe, wird mich nichts mehr bremsen können. Angst und Verlegenheit sind verschwunden, und ich bin wieder ganz der Alte.

Er will mich. Ich will ihn. Damit kann ich arbeiten.

KAPITEL 4

ROB

Lächelnd und winkend eile ich durchs Haus, ohne stehenzubleiben. Schnell noch die Treppe hinauf, dann schließe ich mich in einem der Gästezimmer ein und lehne mich an die Tür.

Verdammt. Verdammt.

Ich atme tief durch, dann durchquere ich den schwach beleuchteten Raum zum angrenzenden Badezimmer, schalte die Beleuchtung an und blinzele ins helle Licht, das sich in den weißen Wandfliesen spiegelt.

Verdammt.

Ich lasse das kalte Wasser laufen und spritze es mir ins Gesicht. Einerseits bin ich zögerlich, Dustins Geschmack von meinen Lippen abzuwaschen, andererseits weiß ich: wenn ich es nicht tue, kann ich nicht funktionieren.

Wie konnte mein Leben nur so plötzlich auf den Kopf gestellt werden?

Ich drehe den Wasserhahn ab und betrachte mich im Spiegel. Wassertropfen rinnen mir übers Gesicht und bleiben an der Nasenspitze hängen. Mich wundert, wie normal ich aussehe. Wie kann nach diesem Kuss noch irgendetwas normal sein?

Oh mein Gott, was für ein Kuss.

Unwillkürlich verspüre ich Schuldgefühle wie einen Tritt gegen die Brust, doch dann vergegenwärtige ich mir: Dustin ist nicht der unerfahrene junge Mann, für den ich ihn gehalten hatte, außerdem ist er nicht mehr mein Student.

Aber er ist noch am College eingeschrieben. Diese Grenze habe ich noch nie überschritten, und obwohl ich absolut keine ihm überlegene Position habe – er ist schließlich ein verdammter *Drache* – bin ich nach wie vor nicht sicher, ob ich es tun soll oder nicht.

Ach du Scheiße – ich habe einen Jahrtausende alten Drachen geküsst. Wie viele Jahrtausende? Er hat es erwähnt, da bin ich ziemlich sicher, aber ich kann gerade kaum ein klaren Gedanken fassen, geschweige denn mich an etwas erinnern. Und was es für ein Kuss war. Liegt es daran, dass er ein Drache ist? Haben die so eine Art Zauberkraft, was Küssen angeht, so wie Inkuben?

Oder liegt es daran, dass es Dustin war, den ich geküsst habe? Haben wir eine ganz besondere Anziehung zueinander, wie ich sie noch nie im Leben verspürt habe?

Stöhnend nehme ich das Gästehandtuch von der Stange und tupfe mein Gesicht ab. »Was mache ich denn jetzt?«, frage ich mein Spiegelbild.

Der Blödmann antwortet nicht.

Okay. Ich habe also Dustin geküsst. Es war der beste Kuss, den ich je bekommen habe. Und wenn schon? Das heißt nicht, dass noch mehr passieren muss.

Vielleicht sollte ich einfach Geduld haben. Er ist schon im zweiten Studienjahr. Nur noch zwei Jahre bis zu seinem

Abschluss. Dann studiert er nicht mehr an meinem College. Zwei Jahre sind nicht lang – schon gar nicht im Vergleich zu der Lebensspanne von Drachen. Und jetzt habe ich ihn privat kennengelernt. Ich kann zwei Jahre warten, so tun, als sei er nichts weiter als einer von vielen jungen Leuten auf dem Campus, und dann, wenn er sein Studium abgeschlossen hat, kann ich Mom um eine Einladung bitten und mich ihm nähern.

Falls er dann noch Single ist. Ich meine, ein bezaubernder, sexy, intelligenter Mann wie er? Jemand, der schlauer ist als ich, würde ihn mir doch sicher wegschnappen. Jemand, der kein Mann mittleren Alters mit einem Hang zu Büchern und minimalem Privatleben ist.

Wenn ich Mom davon erzähle, wird sie mich auslachen. Es ist offensichtlich, dass ihr die Vorstellung von Dustin und mir als Paar gefällt – die Kuppelei und der Vorschlag, sich in einen privaten Raum zurückzuziehen, waren doch sehr deutlich. Und sie wird es nicht gut aufnehmen, wenn die Sache auf später verschoben wird.

Seufzend räume ich im Badezimmer auf und stütze mich dann auf den schwarzen Granitstein. Dieser Abend war ein großer Schock für mich – alleine zu erfahren, dass einer meiner Studenten ein Drache ist, war überwältigend. Ihn ohne den Tarnzauber zu sehen, der ihn »menschlich« erscheinen lässt, hat ihn nur noch attraktiver gemacht. Dass er mir jetzt ohne Hemmungen nachsetzt, und dass ich mich so gern einfangen lassen möchte, trotz meiner ethischen Bedenken ... dafür muss es eine Lösung geben.

Aber es gibt keine. Entweder kompromittiere ich meine Moral und meine ethischen Prinzipien ... oder ich lasse Dustin ziehen.

Wieder muss ich an den Kuss denken.

Wie werde ich diese Erinnerung wieder los?

Ein Klopfen an der Tür reißt mich aus meinen traurigen introspektiven Gedanken. »Rob?«

Verdammt. Das hätte ich mir denken können. Mom wird nicht locker lassen. Resigniert ergebe ich mich in mein Schicksal. Ich bin schon halb aus dem Bad draußen, als Mom schon die Tür aufstößt. Anscheinend hat sie genug vom Warten.

»Unhöflich«, tadele ich. »Warten wir jetzt nicht mehr, bis wir hereingebeten werden?«

Sie winkt ab. »Alte Leute dürfen das mit den Manieren etwas lockerer sehen«, scherzt sie und macht Licht. »Warum versteckst du dich im Dunklen?«

Ich lösche das Licht im Badezimmer, dann setze ich mich zu ihr in einen der Sessel am Fenster. »Ich habe mich nicht versteckt. Und du bist nicht alt«, füge ich nach kurzer Pause hinzu. Sie murrt:

»Danke, aber das hat ein bisschen zu lange gedauert, mein Junge.«

»Du sollst nicht nach Komplimenten fischen, alte Frau«, sage ich neckend. Dieser frotzelnde Umgangston ist normal für uns. Gleichzeitig hoffe ich, sie davon ablenken zu können, über Dustin zu sprechen. Es ist eine schwache Hoffnung, aber das muss ausreichen.

Ihr scharfer Blick beweist, dass ich sie allzu gut kenne. »Was war das denn da unten?«

»Ich habe mich bereits entschuldigt«, erinnere ich sie. »Es wird nicht wieder vorkommen.«

Sie verdreht die Augen. »Das habe ich nicht gemeint, wie du genau weißt. Na komm schon, schnell, heraus mit der Sprache. Ich muss wieder runter zu meinen Gästen.«

»Lass dich bitte nicht aufhalten«, sage ich, während ich mich erhebe. »Ich komme mit.« Jetzt hat es keinen Sinn mehr, mich hier oben zu verstecken. Mit Dustin allein zu sein kann ich ebenso gut unten vermeiden – es müssen mindestens hundert Personen eingeladen sein.

»Setz dich«, befiehlt sie, und ich mag zwar ein erwachsener Mann sein, aber ich lasse sie gewähren ... mit einem Seufzer, als würde ich ein riesiges Opfer bringen. »Wieso hast du Angst vor Dustin?«

Was? Ich starre sie an. »Angst? Ich habe keine Angst. Hast du ihn dir mal angesehen? Drache hin oder her, er ist die am wenigsten furchteinflößende Person der Welt. Es gibt Kätzchen, die weniger bezaubernd sind als er.«

»Ich rede von *emotionaler* Angst.«

»Hast du was getrunken, Mom?« Es ist ein verzweifelter letzter Versuch, diesem Gespräch auszuweichen, aber sie ringt mich mit einem mütterlichen Blick nieder. Der, bei dem ich immer das Gefühl bekomme, als hätte ich etwas angestellt, für das ich mich entschuldigen müsste. Ich widerstehe der Versuchung, sie um Verzeihung zu bitten.

»Also gut«, sage ich einlenkend, füge aber hinzu: »Ich habe keine emotionale Angst.« Das werde ich auch nicht stehenlassen. »Aber er ist Student an unserem College, und es wäre unethisch – von regelwidrig ganz zu schweigen – etwas mit ihm anzufangen. Heute Abend habe ich eine Grenze überschritten, und ich schäme mich dafür.«

Sofort wird aus der strengen Miene eine verständnisvolle. »Liebling, du hast nichts getan, wofür du dich schämen müsstest. Dir muss doch klar sein, dass dies besondere Umstände sind? Dustin ist alles andere als ein naives Kind, das sich gerade von den Fittichen seiner Eltern löst. Julian sagt, er hat entscheidend zum Erfolg der Migration beigetragen, und er war sehr beeindruckt von ihm nach ihrem Gespräch neulich.«

»Das ist mir klar«, sage ich zustimmend. »Ich habe ihn schließlich unterrichtet – in mehreren Vorlesungen. Mir ist durchaus bewusst, wie intelligent er ist. Und reflektiert«, füge ich hinzu. »Beliebt ist er obendrein. Aber es bleibt dabei, dass er Student ist, und da es keine Möglichkeit geben würde, der Universität die Situation zu erklären, und jede wie auch immer geartete ...« Beziehung will ich nicht sagen. Wir haben uns schließlich gerade erst kennengelernt, und es fühlt sich voreilig an, aber wie sollte man es sonst nennen? »... Interaktion, die wir potenziell haben würden, müsste geheim bleiben. Und das fühlt sich auf so vielen Ebenen falsch für mich an. Ich will nicht mit jemandem zusammen sein, zu dem ich mich nicht öffentlich bekennen kann.«

Sie seufzt und schürzt die Lippen. »Das kann ich natürlich verstehen«, lenkt sie dann ein. »Allerdings bitte ich dich inständig, in diesem Zusammenhang nie wieder ›Interaktion‹ zu sagen.«

Ich schnaube lachend. »Das werde ich nicht, versprochen.« Dieses Mal hält sie mich nicht zurück, als ich mich erhebe. Ich strecke die Hand aus, um ihr hochzuhelfen, und sie nutzt den Schwung, um sich in meine Arme zu werfen.

»Ich will doch nur, dass du glücklich bist, Liebling. Ich habe dich so lieb«, sagt sie, während sie mich aus Leibeskräften umarmt, und ich werde von einer Welle der Liebe zu ihr überspült. Meine Mom mag nicht immer konventionell sein, und sie mag sich einmischen und einen Hang zum Drama haben, außerdem wild entschlossen sein, mein Leben für mich zu regeln; aber sie war die beste Mutter, die ich mir hätte wünschen können, auch früher, als es nicht einfach war. Sie wurde dafür verurteilt, unverheiratet Mutter geworden zu sein, sie hatte zwei Jobs, damit wir zu essen hatten, und gleichzeitig ihr Studium absolviert, und sie musste für ihre Überzeugungen (den Vermieter Abschaum zu nennen und sein Auto abzufackeln) das Dach über dem Kopf für uns beide opfern. Wir hatten aber einen exakten Plan für die Brandstiftung geschmiedet, bis hin zu unserem Fluchtweg nach Kanada. Als Julian in unser Leben trat, setzte das zwar den finanziellen Sorgen ein Ende und vertrieb die ekligen Männer, die dachten, sie könnten ihre Situation ausnutzen, aber daran, mit welcher Entschlossenheit und Absolutheit sie auf meiner Seite war, hat sich nie etwas geändert.

»Hab dich auch lieb, Mom. Und ich bin glücklich.«

Sie lässt von mir ab und sieht mich ungläubig an. Ich diskutiere aber nicht weiter mit ihr, sondern begleite sie nur wieder hinunter zur Party.

Und verbringe die folgenden Stunden damit, Dustin aus dem Weg zu gehen.

Es ist nicht einfach. Er scheint *überall* zu sein. Und jegliche Befangenheit, die er in den Vorlesungen an den Tag gelegt hat, ist eindeutig verschwunden. Seine Versuche, mich zu umgarnen, sind so offensichtlich, dass es anderen aufzufallen beginnt, und schon bald werden meine Versuche, etwas Abstand zwischen uns zu bringen, von den Gästen meiner Mutter vereitelt.

Anscheinend wollen uns jetzt alle verkuppeln.

Schließlich stelle ich mich an Julians Seite. »Rette mich«, murmele ich, »oder ich gehe, ohne mich von Mom zu verabschieden.«

Mit einem amüsierten Seitenblick bemerkt er: »Ich weiß überhaupt nicht, wieso du nicht einfach nachgibst. Ihr gebt ein sehr attraktives Paar ab ... und denk nur daran, wie viel Forschungsarbeit er dir ersparen könnte.«

»Du findest, ich sollte etwas mit ihm anfangen, weil er mir Zeit bei der Recherche ersparen würde?« Und dabei dachte ich immer, Inkuben gelten als eher vernünftig unter den Spezies der Community. Jedenfalls hat Julian mich das vierzig Jahre lang glauben machen. Ich schätze, sie haben eine andere Vorstellung von Vernunft.

Julian zuckt die Achseln. »Das, und dass ihr beide euch so nacheinander verzehrt, dass es die Hälfte der Gäste am eigenen Leib zu spüren bekommen.«

Mein Inneres verwandelt sich zu Eis. »Ehrlich?« Wie beschämend. Ich lasse den Blick über die Gäste in meiner Nähe schweifen. Ich hatte – nicht zum ersten Mal – vergessen, was für einen guten Geruchssinn die meisten Spezies haben. Das gilt besonders für die Höllenhunde, aber auch alle anderen haben wesentlich feinere Nasen als Menschen. Und natürlich leben Inkuben und Sukkuben von sexueller Energie, einschließlich Begehren. Sie sind nur meist zu höflich, zu erwähnen, was sie alles wahrnehmen.

Als ich als Teenager begann, mich selbst zu befriedigen, dachte ich, ich hätte es geschickt verheimlicht, hatte aber nicht bedacht, dass Julian die sexuelle Energie spüren konnte, die ich durch mein Verwöhnprogramm verströmte. Etwa eine Woche nachdem ich mein neuestes Lieblingshobby entdeckt hatte, setzte er sich also mit mir hin und führte das »Gespräch«. Die Woche hatte er gebraucht, um sich vorher über die Pubertät und sexuelle Gesundheit bei Menschen schlau zu machen – aber das erfuhr ich erst später. Als ich alles mit rotem Kopf abstritt und ihm dabei nicht ins Gesicht konnte, sage er lachend: »Das kannst du deiner Mom vielleicht weismachen, aber meine Sinne sind etwas schärfer. Es braucht dir nicht peinlich zu sein – Sex ist ein natürlicher Teil des Heranwachsens. Ich will nur nicht, dass dir etwas passiert. Wir müssen auch nie wieder darüber sprechen, wenn du nicht willst.«

Tja ... so ist das. Man kann vor diesen Wesen nichts Sexuelles verbergen.

Julian erbarmt sich. »Na komm, hier entlang.«

Ich folge ihm, ohne darauf zu achten, wo wir hingehen. Mit einem wachsamen Auge schiele ich in die Menge, falls Dustin irgendwo auftauchen sollte. Es ist, als könnte er plötzlich aus dem Nichts erscheinen.

»So«, verkündet Julian. »Hier wirst du vor seinen Avancen sicher sein.«

Erleichtert lächelnd blicke ich auf und sehe ... Dustins Großvater. Mein Lächeln erstirbt so abrupt, dass mir buchstäblich die Gesichtsmuskeln weh tun. Ich werfe meinem hinterlistigen Stiefvater einen eisigen Blick zu, den er mit sonnigem Lächeln quittiert.

»Danke auch«, murmele ich, denn ich will nichts sagen, was die beiden Männer mir gegenüber beleidigen könnte. »Nochmals hallo. Genießen Sie den Abend?«

Percy Caraway, der länger Luzifer war als ich auf der Welt bin, lächelt mich an. Es ist ein höfliches Lächeln, aber ich sehe es in seinen Augen belustigt blitzen. Er weiß haargenau, was sein Stiefenkel vorhat, und es scheint ihn extrem zu belustigen.

Super. Freut mich so sehr, zum Unterhaltungsprogramm beizutragen.

Flügelführer Brandt dagegen macht ein finsteres Gesicht, während er mich mit zusammengekniffenen Augen mustert. »Haben Sie meinem Enkel in den vergangenen paar Jahren falsche Hoffnungen gemacht?«, fragt er streng. Ich spüre, wie Julian neben mir erstarrt.

»Brandt«, sagt Percy scharf. Es ist kein richtiges Zurechtweisen, aber sein Missfallen ist mehr als deutlich. »Das ist Dustins Angelegenheit, nicht deine.«

Brandt atmet tief durch. Seine Nüstern weiten sich, und er fixiert mich nach wie vor ... dann seufzt er und verdreht die Augen wie ein Teenager. »*Also gut.* Mögen Sie wenigstens das Theater? Ich finde nicht, dass Dustin mit jemandem zusammen sein sollte, der die Künste nicht zu schätzen weiß.«

Was genau soll ich darauf erwidern? Fange ich mit »Ich habe nicht vor, mit Dustin zusammen zu sein« an? Oder beteuere ich meine Wertschätzung für die darstellenden Künste?

Mir ist bewusst, dass mein Mund offensteht und ich vermutlich aussehe wie ein Fisch auf dem Trockenen. Schließlich presse ich hervor: »Ich habe Dustin nie etwas vorgemacht. Er war mein Student, weiter nichts.«

»Das wissen wir«, beruhigt Percy mich, und Brandt lächelt, breit, mit allen Zähnen – es gelingt ihm trotz der zweibeinigen Gestalt, wie ein Drache auszusehen.

»Dustin war sehr mitteilsam, was Sie betrifft – allerdings ohne Ihren Namen zu erwähnen«, brummt er dann. »Uns ist bewusst, dass die Silberfäden in Ihren Haaren im Licht schimmern, und dass Ihre Stimme tiefer wird, wenn Sie sich für ein Thema erwärmen.«

Ich spüre eine Hitzewelle Hals und Nacken bis ins Gesicht hochsteigen. Wenn ich jemals Zweifel an Dustins Schwärmerei gehabt hätte, wären sie damit ausgeräumt. An meiner Seite macht Julian ein ersticktes Geräusch, als er sich das Lachen verbeißt.

Wie schön, die Unterstützung einer liebenden Familie zu haben.

Ich trete ihm diskret auf den Fuß.

»Uns ist also völlig klar, dass Sie sich nie auch nur ansatzweise unprofessionell verhalten haben«, fährt Brandt fort.

Ich brauche einen Moment, um zu folgen, und runzele verwirrt die Stirn.

»Dann wollten Sie mich also ... auf die Probe stellen?«

Brandt nickt. »Sie haben bestanden, falls es Sie interessiert.«

Ein kurzes Siegergefühl durchzuckt mich, und ich muss mir streng vor Augen halten, dass ich kein Interesse daran habe, Tests von Brandt zu bestehen, die erforderlich wären, um mit Dustin eine Beziehung einzugehen. Denn das werde ich nicht tun.

Werde ich wirklich nicht.

Jedenfalls nicht in den nächsten zwei Jahren.

Vielleicht danach, wenn er bereit ist, mir zu verzeihen, dass ich jetzt seine Hoffnungen enttäuschen muss.

Aber wer weiß? Es ist denkbar, dass er einverstanden wäre. Für eine Person seines Alters sind zwei Jahre gar nichts, oder? Schließlich schwärmt er auch schon zwei Jahre für mich, ohne dass es ihm langweilig geworden wäre.

»Dustin studiert an der Universität, an der ich unterrichte«, rufe ich Brandt (und mir selbst) ins Gedächtnis. »Es wäre absolut nicht angebracht, wenn wir eine Beziehung hätten.«

Die drei lachen.

»Oh, Sie meinen das ernst«, sagt Percy dann überrascht. »Tja ... nun, das ist ja sehr lobenswert von Ihnen, aber Ihnen muss doch klar sein, dass dies keine normale Situation ist und Dustin sicherlich in eine andere Kategorie gehört als Ihre anderen Studierenden. Sein Studium ist nichts weiter als eine Art soziales Experiment.«

»Sie würden sich wundern, wie viele meiner Studierenden ihr Studium als soziales Experiment betrachten«, gebe ich trocken zurück, als ich im Geiste an all diejenigen denke, die angenommen hatten, Englisch sei ein »einfacher« Weg zum College-Abschluss.

»Aber das waren alles sehr junge Erwachsene«, sagt

Brandt. »Dustin ist das definitiv nicht mehr, auch wenn ich ihn manchmal noch als Jungdrachen sehe.«

Plötzlich fällt mir etwas auf: Wenn Dustin mehrere tausend Jahre alt ist, obwohl er aussieht, als sei er kaum alt genug, Alkohol zu trinken – dann muss sein Großvater eigentlich noch *wesentlich* älter sein.

Viel, viel älter.

So alt, dass ihm Dustin trotz seiner mehreren tausend Jahre noch wie ein Kind vorkommt.

Ich bin neugierig geworden, würde aber nie so unhöflich sein, jemanden nach seinem Alter zu fragen. Vielleicht weiß es Julian und kann es mir später verraten.

»Die Situation wäre mir trotzdem unangenehm«, sage ich entschieden, während ich ein Kribbeln im Nacken registriere. Ohne recht zu wissen, warum, drehe ich mich um ...

... und fange Dustins Blick quer durch den Raum auf. Er lächelt langsam mit leuchtenden Augen, und ich spüre mich tief aufseufzen.

Warum muss er nur so hübsch sein? Und lieb ... intelligent ...

Wie soll ich ihm nur widerstehen?

»Ich glaube, unangenehm ist etwas, an das Sie sich gewöhnen müssen«, sagt Percy mitleidig, und ich reiße den Blick von Dustin los, der auf uns zukommt.

»Wie bitte?«

Percy deutet mit einer Kopfbewegung auf den blonden Charmeur, der meinen Abend gekapert hat. »Ich meine nur, Sie mögen intellektuell entschlossen sein, zu widerstehen – aber Ihr Herz und Ihr Körper sprechen eine andere Sprache.« Seine Nasenspitze zuckt leicht, und wieder werde ich von Verlegenheit überwältigt. Oh Gott, die können meine Reaktion auf Dustin *riechen*.

Sein Großvater spürt mein Begehren für den Mann, den er als Kind betrachtet.

Ich war glaube ich noch nie so peinlich berührt – noch nicht mal damals in der Highschool, als meine Hose riss und ich nur einen *sehr* knappen Sport-Tanga darunter anhatte.

Glücklicherweise hat Dustin uns erreicht, bevor ich antworten kann – und ist das nicht eine Kehrtwende? Bis zu diesem Augenblick hätte ich gesagt, dass ich Dustin den restlichen Abend über konsequent aus dem Weg gehen würde, aber gerade ist der Wunsch nach einer Ablenkung größer als alles andere.

»Hi!«, sagt er fröhlich, dann lächelt er nur für mich und lässt die Wimpern flattern. Ich habe schon gefühlt tausend Bücher gelesen, in denen die Figuren das getan haben, und jedes Mal hatte ich mir vorgestellt, wie albern das wohl aussieht. Und es mag auch so gewesen sein, aber Dustin sieht alles andere als albern aus, und ich spüre, wie sich mein Penis rührt.

»Rob?«

Das ist doch lächerlich. Ich bin ein erwachsener Mann Mitte Vierzig. Augenaufschläge sollten bei mir zu keiner Erektion führen.

»Rob?«

Auch wenn er die schönsten Augen aller Zeiten hat.

»Rob!«

Ich zucke zusammen, dann runzele ich die Stirn und antworte Julian. »Du brauchst nicht zu schreien.«

Percy räuspert sich, aber Brandt fängt laut an zu lachen.

Kopfschüttelnd sagt der inzwischen reichlich genervte Julian: »Ich hole mir etwas zu trinken. Möchtest du auch etwas?«

»Äh, nein. Danke. Ich habe schon genug getrunken.«

Ich muss einen klaren Kopf behalten, denn Dustin klebt an mir und schaut liebevoll zu mir auf. Es wäre wirklich ganz einfach, mich gehen zu lassen und etwas Leichtsinniges zu tun.

»Du bist so verantwortungsbewusst«, gurrt Dustin, legt mir die Hand auf die Brust und lehnt sich an mich. »Es geht nichts über verantwortungsbewusste Männer.«

So viel zu Julians Vermutung, er würde vor seinem Großvater nicht mit mir flirten.

Mit einem leicht verzweifelten Blick auf Brandt – der zu gleichen Teilen belustigt und genervt wirkt – mache ich einen Schritt zurück, im Versuch, mich von Dustin zu lösen, ohne unhöflich zu sein. Oder ihn zu kränken. Denn das will ich keinesfalls.

Er geht in der Bewegung mit. Das hat schon mal nicht geklappt.

Im Gegenteil, er scheint mir sogar näher gekommen zu sein. Wenn ich tief einatmen würde, würden wir uns berühren.

Keine tiefen Atemzüge.

»Äh«, murmele ich, als mir die Stille zu lange dauert. »Nicht allzu verantwortungsbewusst. Eher ... äh.«

Er strahlt mich an und leckt sich die Lippen. Sofort bleibe ich mit dem Blick an seinem Mund hängen. So voll und weich und rosa, und er hat besser geschmeckt als alles andere in meinem Leben bisher.

»Aber das bist du«, beharrt er. »Verantwortungsbewusst und klug und leidenschaftlich ... und so überaus sexy.« Er reibt mit den Fingern über meine Brust, berührt dabei einen Nippel, und ich habe Mühe, nicht laut aufzustöhnen.

Dann schiebt er die Finger zwischen meine Hemdknöpfe und streift meine Haut. Seine Fingerspitzen fühlen sich an wie Brandeisen – wenn Brandeisen Ströme der Lust durch meinen Körper schicken würden.

»Ohh, Brusthaare«, murmelt er und sieht mir direkt in die Augen. »Ich hatte mich schon gefragt, ob du welche hast. Ich mag Männer mit ein bisschen Pelz.«

Oh Gott.

Mit einem Räuspern löse ich seine Hand von meinem Oberkörper. Er schmollt eine Sekunde, diese köstliche Unterlippe verlockt mich dazu, hineinzubeißen, dann lächelt er wieder.

»Wenn ich gewusst hätte, dass Sie Händchenhalten wollten, Professor, hätte ich es schon längst angeboten.«

Ich lasse seine Hand fallen, als sei es eine glühende Kohle, und schon ist das Schmollen wieder da.

Ich werde das alles nicht überleben.

»Dustin«, sagt Percy sanft, »ich glaube, du bringst Rob in Verlegenheit. Lass mal ein bisschen locker, bis er Zeit hatte, alles zu verarbeiten.«

Er blickt aus großen grün-braunen Augen arglos zu mir auf. »Brauchst du Zeit zum Verarbeiten? Ich kann dir Zeit geben. Wie lange brauchst du? Fünf Minuten? Eine Stunde? Zwei?«

»Zwei Jahre«, rufe ich ohne nachzudenken aus. Das hatte ich wirklich nicht vor, laut auszusprechen.. »Äh ... ich meine ... du denkst schon zwei Jahre darüber nach. Mir sollte die gleiche Zeit zugestanden werden.«

Ihm bleibt der Mund offen stehen. »*Zwei Jahre?* Bist du irre?« Der geschmeidige Verführer ist plötzlich verschwunden, abgelöst von ... ich weiß nicht recht. Er stemmt die Hände in die Seiten, hebt das Kinn an, trotzig, störrisch, diese neue Facette seiner Persönlichkeit so gut wie unwiderstehlich. »Wir werden nicht nochmal zwei Jahre warten, bis wir zusammen sein können. Du wirst einfach schneller verarbeiten müssen.«

Ich beiße die Zähne zusammen, um nicht zuzustimmen. Zwei Jahre. Es müssen zwei Jahre sein. Er muss erst seinen Abschluss machen.

»Das ist das beste Unterhaltungsprogramm seit Langem«, bemerkt Brandt beiläufig. »Aber ich habe das Gefühl, dich erinnern zu müssen, Dustin: Kompromisse sind wichtig. Erinnerst du dich? Das hatten wir bereits besprochen, als du noch klein warst.«

»Nicht jetzt, Großvater«, sagt er ungeduldig. »Ich bin beschäftigt. Das kannst du doch nicht ernst meinen mit diesem zwei-Jahre-Kram, oder?«

Ich nicke. Wenn ich sprechen würde, hätte ich Angst, ihn zu bitten, mit mir nach Hause zu kommen.

Er stampft kopfschüttelnd mit dem Fuß auf. »Das ist unakzeptabel für mich. Zu zwei Stunden wäre ich bereit gewesen. Zwei Jahre sind zu lang.« Wieder schmollt er, nimmt meine Hand und schaut bittend zu mir hoch. »Bitte? Können wir uns nicht einfach besser kennenlernen?« Er streichelt mit dem Daumen meinen Handrücken. »Ich möchte nur Zeit mit dir verbringen.«

Ich bin wie verzaubert. »Okay«, höre ich mich zustimmend sagen, und sein Gesichtsausdruck wird so glücklich, dass ich es noch nicht mal bereuen kann. Aber als er versucht, sich in meine Arme zu werfen, halte ich ihn zurück und auf Armeslänge Abstand. »Unter bestimmten Bedingungen«, sage ich warnend.

Er lehnt sich zurück und seine Augen werden schmal. »Was für Bedingungen?«

Am liebsten würde ich seinen Schmollmund küssen, jetzt sofort. Das wäre aber falsch.

»Keine Küsse«, sage ich stattdessen. Hauptsächlich als

Warnung an mich selbst, aber als Bedingung funktioniert es auch.

»Keine Küsse?«, ruft er aus, dann scheint er sich zusammenzunehmen. »Okay. Damit kann ich arbeiten.«

Nein – auf keinen Fall. »Kein Sex oder sexueller Kontakt«, fahre ich fort, und sein Gesicht verfinstert sich. »Genau genommen gar keine Berührungen.«

»Gar keine?«, protestiert er. »Ich brauche aber Berührungen. Wie sollen wir uns kennenlernen, wenn ich mich ständig zusammennehmen muss, um deine albernen Regeln nicht zu brechen?«

»Bedingungen, nicht Regeln«, korrigiere ich. Anscheinend können Drachen niemanden mit Blicken anzünden, denn wenn es so wäre, wäre ich nur noch ein Häufchen Asche. Ich entspanne mich etwas. Eigentlich macht es sogar Spaß, Dustin ein bisschen zu ärgern. Und ich kann nicht leugnen, dass mir die Vorstellung gut gefällt, ihn öfter zu sehen ... auf rein platonische und angebrachte Weise, versteht sich.

»Bedingungen, Regeln ... ist doch das Gleiche, wenn sie mir zu viel Kopfzerbrechen machen, um dich kennenzulernen.«

Das stimmt schon. Meine Hoffnung wäre, Freundschaft zu schließen, aus der irgendwann – in zwei Jahren – mehr wird, aber das wird nicht passieren, wenn er nicht er selbst sein kann. Und ich will ihn nicht vergraulen, auch wenn das die einzig vernünftige Option wäre.

Ich gebe nach. »Also gut. Berührungen sind erlaubt. Aber ...«, setze ich eilig hinzu, als ich das schelmische Lächeln auf seinen Lippen erscheinen sehe, »nur das, was angebracht wäre, wenn wir uns kaum kennen würden.«

»Das ist in Ordnung«, versichert er.

»Kaum kennen als Professor und Student«, fahre ich

fort, denn man kann eine Menge machen, auch wenn man sich kaum kennt. Grindr ist nicht so erfolgreich, weil die Leute sich wochenlang Zeit zum Kennenlernen nehmen, bevor sie Sex haben.

Er seufzt abgrundtief. »Also guuut.«

Ich muss mich räuspern, um nicht zu lachen. Er ist sowas von zauberhaft. »Unsere Treffen müssen immer in Gegenwart größerer Gruppen stattfinden, bis ich das nicht mehr notwendig finde.«

»*Was?*«

»Partys wie die hier sind gut.«

»Das sind sie auf keinen Fall!«, ruft er aus, dann an Julian gewandt, der gerade wieder zu uns stößt. »Das soll nicht heißen, dass diese Party nicht toll ist, denn das ist sie. Aber es ist keine ideale Situation, um die Liebe meines Lebens besser kennenzulernen.« Den letzten Satz presst er zwischen zusammengebissenen Zähnen hervor.

Hatte ich gesagt, dass es eigentlich Spaß macht? Ich habe mich getäuscht. Es macht auf jeden Fall Spaß, und ich habe meine Freude daran.

Moment. Moment.

Hat er ...

Nein.

KAPITEL 5

ROB

»Hᴀsᴛ du mich gerade Liebe deines Lebens genannt?«, frage ich. Das kann doch nicht sein.

Er wirft entnervt die Hände hoch. »Was dachtest du denn, worum es hier geht?«, will er wissen.

Ich weiß nicht, was ich sagen soll.

Seine Miene wird erst ungläubig, dann wütend. »Dachtest du etwa, ich würde diesen ganzen Aufwand betreiben wegen *Sex*?«, fragt er mit verschränkten Armen, während er mich anfunkelt. »Sex könnte ich ja wohl jederzeit haben, danke auch.« Er hat die Stimme erhoben, und von dem Grüppchen Gäste in der Nähe kommen neugierige Blicke. »Ich würde doch nicht extra Zeit mit dir verbringen wollen nur wegen Sex.«

»Wie kannst du mich denn lieben, ohne mich zu kennen?«

»Warum verbringen wir nicht Zeit miteinander und finden es heraus?«, fragt er herausfordernd.

»So unterhaltsam ich das alles finde«, wirft Percy ruhig

ein, »habe ich nicht das Gefühl, dass ihr hier so recht weiterkommt.« Wir schauen ihn an. »Lasst uns Rob für morgen zum Mittagessen nach »Lass es Drachen« einladen. Anschließend könnt ihr euch weiter unterhalten.« An mich gewandt fügt er hinzu: »Unser ganzes Haus steckt voller sehr neugieriger Drachen, also gibt es gar keine Chance auf Privatsphäre, wie man sie für unangebrachte Dinge brauchen würde. Das würden sie sofort mitbekommen.«

Es klingt ideal für meine Zwecke. Ich schaue Dustin an. »Ist das für dich akzeptabel?«

Er zieht die Nase hoch. »Möglich. Aber wir tauschen heute noch Telefonnummern aus.«

Ich zögere, denn normalerweise gebe ich Studierenden nie meine Handynummer. Sie haben meine E-Mail, meine Büro-Nummer, und können auf der Uni-Website mit mir chatten – auf die ich auch vom Handy Zugriff habe.

»Wenn du das nicht ernst nehmen kannst –«, setzt er an, und ich ziehe hastig das Handy hervor.

»Das tue ich«, versichere ich ihm.

Mit einem Lächeln nimmt er seines aus der Tasche, entsperrt es und reicht es mir.

»Dustin!«, höre ich jemanden entsetzt ausrufen. »Was *tust* du da?«

Dustin verdreht mit einem Stöhnen die Augen, während ich mich nach dem Neuankömmling umsehe. Er erscheint hinter Brandt wie aus dem Nichts, umrundet ihn und reißt Dustin das Handy aus der Hand.

»Man gibt Fremden kein entsperrtes Handy«, schilt er. »Weißt du, was er alles damit anstellen könnte? Als Nächstes brechen dann Attentäter in dein Schlafzimmer ein, und du musst mit einer blonden Frau mit großer Oberweite in die Nacht flüchten, die die geheime Formel in ihrem Besitz hat, von der sie glauben, dass du sie gestohlen hast, weil er deine Identität gekapert hat!«

Ich blinzele. Wie war das?

»Ooh, nicht übel«, lobt Brandt begeistert, dann schaut er zu Percy hinüber. »Daraus hätte man ja gleich zwei Filme machen können!«

Percy kneift die Augen zusammen. »Drei sogar, denke ich. Ich mochte besonders die blonde Frau mit der großen Oberweite. War sie leicht bekleidet, Steffen? Und hatte sie auch hohe Absätze, die ganz schlecht dazu geeignet waren, vor Attentätern zu fliehen?«

Der Fremde – Steffen – zieht die Nase hoch. »Mach du dich nur lustig. Solche Dinge kommen durchaus vor.« Er winkt mit Dustins Handy. »Und es beginnt immer damit, dass man Fremden zu viel Vertrauen entgegen bringt. Und ehe man es sich versieht, erklärt er sich bereit, einer netten alten Dame das Gepäck durch die Sicherheitskontrollen am Flughafen zu tragen, und wird wegen Drogenhandel verhaftet.«

Dustin greift sich sein Handy wieder. »Das war ein einziges Mal. Bitte hör auf, mich in Verlegenheit zu bringen.«

Wie bitte?

»Moment mal ... du wurdest wegen Drogenhandel verhaftet?«

»Das wollte ich auch gerade fragen«, sagt Percy zu Brandt. »Die Geschichte kenne ich glaube ich noch gar nicht.«

Brandt zuckt die Achseln. »Die Flughafen-Security hatte die Frau bereits im Verdacht, und sie stand unter Beobachtung. Dustin wurde nur ganz kurz festgehalten, um sicherzugehen, dass er nicht Teil eines elaborierten Lockvogel-Plans war.«

»Ich wurde streng verwarnt«, sagt Dustin seufzend.

»Und dann bist du mit einem von ihnen mitgegangen und erst drei Tage später wieder aufgetaucht«, fügt Steffen hinzu. Ich kann mich nur mühsam beherrschen, nicht zu knurren.

»Steffen«, sagt Percy warnend mit einem Seitenblick zu mir. »Vielleicht könntest du davon Abstand nehmen, Dustins Privatangelegenheiten öffentlich zu besprechen?«

Steffen sieht verwirrt aus. »Er war noch nie schüchtern.« Er sieht Dustin an. »Warum bist du plötzlich so schüchtern? Bedroht dich jemand? Blinzele einmal, wenn du Unterstützung brauchst. Ich kann dir helfen.«

Dustin legt eine Hand über die Augen, und ich bin ziemlich sicher, dass es weniger mit seiner Verlegenheit zu tun hat und mehr damit, dass er nicht zufällig blinzeln und seinen Freund dazu veranlassen will, eine Rettungs-Operation zu starten.

Abgesehen von diesen Männergeschichten macht mir das alles großen Spaß.

»Ich werde nicht bedroht«, sagt Dustin mit zusammengebissenen Zähnen, dann lässt er die Hand sinken. »Stef, hast du heute Abend eigentlich *überhaupt* irgendwas mitgekriegt?«

»Aber sicher«, ist die empörte Antwort. »Ich habe die Augen nach Anzeichen für ungesetzliches Eindringen offen gehalten *und* die verdächtigen Individuen überwacht.«

»Verdächtige Individuen?«, fragt Julian, der sich das Lachen kaum verbeißen kann. »Wer sind sie? Damit ich meinem Sicherheitspersonal Bescheid sagen kann, wen sie im Augen behalten sollen.«

Ich ramme ihm fest den Ellbogen in die Seite. Er sollte in dieser Situation nicht auch noch Öl aufs Feuer gießen. Außerdem wüsste ich wirklich gern, wie es ihm gelungen ist, »verdächtige Individuen« laut auszusprechen und dabei ernst zu bleiben.

Steffen mustert Julian von oben bis unten, und ich weiß schon: gleich wird er etwas ganz Tolles von sich geben. Etwas, das ich ab heute bis an mein Lebensende meinem Stiefvater aufs Butterbrot schmieren kann. Ich schaue mich nach Mom um. Das sollte sie wirklich nicht verpassen.

»Lass uns nicht weiter ins Detail gehen«, wirft Percy ruhig ein. »Steffen, müssen wir davon ausgehen, dass du nichts davon mitbekommen hast, dass Dustin, nun ja, mit Rob flirtet?«

»Eher, dass er ihm durchs ganze Haus nachsteigt«, sagt Brandt. »Und sich ihm in den Weg wirft.«

Steffen mustert wieder mich. »Sind Sie Rob?«

Ich reiche ihm die Hand. »Robert Sarris.«

Er schüttelt mir nicht nur nicht die Hand, sondern ist auch zögerlich, sich vorzustellen.

»Steffen«, sagt Brandt, und Steffen seufzt gottergeben, dann schüttelt er meine Hand.

»Steffen Smith«, stellt er sich vor, und Percy lacht.

»Immerhin hast du nicht John Smith gesagt. Ist schon okay, Stef. Diese Leute sind vertrauenswürdig.«

Steffen mustert mich und Julian erneut, dann nickt er. »Steffen Draco.«

Wow. Anscheinend glaubt er wirklich, wir könnten seine Identität stehlen. Ich frage mich, ob er mal Pech hatte, oder ob er einfach nur paranoid ist.

»Freut mich sehr.«

»Dustin hat also den Typ von der Security für Sie stehenlassen?«

Wie bitte? Ich schaue hastig zu Dustin hinüber. Welcher Typ? Und wieso weiß Steffen so viele Geschichten über Dustin und andere Männer?

»Steffen«, sagt Dustin zuckersüß, obwohl seine Augen so wirken, als würden sie Laserstrahlen verschießen. »Wusstest du, dass Rob Englischprofessor ist?«

»Wie nett«, sagt Steffen, eindeutig nicht weiter interessiert. »Ihr habt euch bestimmt einiges zu sagen. Unterrichten Sie hier in der Stadt?« Sein Blick verliert sich über meine Schulter in der Ferne.

Ich schaffe es nicht, zu antworten, denn Dustin ist auf einer Mission. »Er unterrichtet an meinem College. Ich habe sogar mehrere seiner Vorlesungen belegt.«

Das hat Steffen aufhorchen lassen, und er wirkt erleichtert. »Ihr kanntet euch also vor heute Abend bereits? Das ist ja gut. Sie sind also kein ganz Fremder. Dann war es also nicht ganz so leichtsinnig von Dustin, Ihnen sein Handy auszuhändigen.« Er runzelt die Stirn. »Moment ... Sie sind Englischprofessor?«

Ich nicke. Ich kann mir denken, was gleich kommt. Dustin hat offensichtlich mit seiner Familie und seinen Freunden über seine Schwärmerei für mich gesprochen. Ist es falsch von mir, das liebenswert und schmeichelhaft zu finden?

Dann wandert sein Blick wieder zu Dustin, und er beugt sich vor und flüstert laut: »Ist er dein Englischprofessor?«

Dustin flüstert zurück: »Genau. Du musst nicht flüstern. Aber du musst die Klappe halten.«

Steffen strahlt, als er sich wieder an mich wendet. »Freut mich sehr. Ich muss Fabian zwar recht geben, aber Sie sind immer noch ein gut aussehender Mann.«

Langsam bekomme ich das Gefühl, dass Gespräche mit Steffen ein Geduldsspiel sind. Wer ist Fabian wohl, und womit hat er recht?

»Äh ... danke?«

»Aber gerne.« Er schaut zwischen Dustin und mir hin und her. »Bedeutet das, dass ihr jetzt zusammen seid?«

»Ja.«

»Nein.«

Dustin und ich haben gleichzeitig gesprochen, dann funkeln wir uns an.

»Wir sind nicht zusammen«, sage ich deutlich. »Wir lernen uns nur besser kennen. Als Freunde.«

»Wir sind zusammen«, sagt Dustin zu Steffen. »Er ist nur störrisch und denkt sich lauter dämliche Regeln aus. Sorry, ›Bedingungen‹«, fügt er mit einer Grimasse und angedeuteten Anführungszeichen hinzu.

»Regeln?« Steffen ist wieder misstrauisch. »Was für Regeln? Ist das so ein BDSM-Ding? Regeln sind wichtig bei BDSM. Man muss vorher über Limits sprechen und die Dinge festlegen, die man nicht bereit ist, zu tun. Unbedingt ein Safeword aussuchen, und keine Scheu haben, es zu benutzen. Und wenn er das Safeword ignorieren sollte, verwandelt man sich und brennt alles nieder, um fliehen zu können. Du kannst mich anrufen, ich werde dir beistehen.«

Julian fängt an zu lachen, so herzhaft, dass ihm Tränen über die Wangen laufen.

»BDSM?«, fragt Brandt. »Das ist der Bondage-Kram aus dem Buch, das du mir vorgelesen hast, oder?«

Julian erstickt fast vor Lachen, und alle sehen Percy an. Den ruhigen, anständigen, braven Percy. Der anscheinend Bücher über BDSM gut findet.

Er erwidert die Blicke so gelassen wie immer. Einzig seine Wangen sind leicht gerötet, als er antwortet: »Ich lese breitgefächert. Dafür muss ich mich nicht schämen.«

»Vielleicht können wir uns gegenseitig Bücher empfehlen«, werfe ich ein. Mit einem Achselzucken fahre ich fort:

»Ich unterrichte englische Literatur. Es wäre ein Fehler, nicht breit gefächert zu lesen.«

Brandt runzelt die Stirn. »Also ich mische mich ja normalerweise nicht in Dustins Sexleben ein, aber–«

»Sprich bitte diesen Satz nicht zu Ende«, sagt Percy tadelnd.

»Aber–«

»Percy hat recht, Großvater. Wirklich. Nicht weiterreden.«

Mit einem tiefen Seufzer verdreht Brandt die Augen. Diese Drachen haben wirklich einen Hang zum Drama. »Also gut. Versprich mir nur, dass du auf dich aufpasst.«

»Ich habe das Gefühl, jetzt wäre ein guter Moment, darauf hinzuweisen, dass ich überhaupt nichts für BDSM übrig habe«, bemerke ich. »Also vielleicht ein paar Klapse auf den Po.« Keine Ahnung, wieso ich das gesagt habe. Dieser Abend verselbständigt sich zusehends.

Dustins Miene hellt sich auf.

»Nicht, dass wir Sex haben werden«, füge ich hinzu. »Aber um BDSM muss sich jedenfalls niemand sorgen.«

Mit kokettem Lächeln schmiegt sich Dustin wieder an mich und legt mir unartig die Hand auf die Brust. »Klapse, hm? Ich mag Klapse hin und wieder.« Er stellt sich auf die Zehenspitzen und flüstert mir ins Ohr: »Sollte ich dich also ›Sir‹ nennen?«

»Regeln!«, quieke ich. »Es gibt Regeln!« Ich weiß gerade nicht mehr genau, welche, da sich in meinem Gehirn kein Blut mehr befindet, aber ich weiß, dass ich eine Regel aufgestellt hatte, die gerade sehr hilfreich sein könnte.

»Ich dachte, es sind Bedingungen«, schnurrt Dustin. Dieser Schlingel weiß ganz genau, was er gerade mit mir anstellt.

»Ja. Bedingungen. Du … du darfst mich nicht anfassen! Das war eine unpassende Berührung!«

Schmollend tritt er zurück und lässt seine Hand sinken. Ich vermisse sie sofort.

»Du darfst ihn nicht anfassen?«, fragt Steffen stirnrunzelnd. »Kann es sein, dass du dich täuschst, was eure Beziehung betrifft?«

»Ist schon gut«, versichert Dustin ihm, »ich brauche nur etwas Zeit. Und seine Telefonnummer.« Er dreht sich wieder zu mir und streckt mir sein Handy entgegen.

Ich kann mir nicht helfen. Mit einem Blick auf Steffen frage ich. »Ist das okay?«

Er lächelt beifällig. »Ein vorsichtiger Mann. Gefällt mir. Nur zu.«

Schnell speichere ich meine Nummer in Dustins Handy und schicke mir eine Textnachricht von ihm. »So. Jetzt hast du meine Nummer. Bitte schick mir nichts Unpassendes.« Vor meinem inneren Auge sehe ich Penisbilder, und ich kann mich nicht wirklich entscheiden, ob ich sie gern hätte oder nicht. Einerseits würde es dann schwerer werden, ihm zu widerstehen. Andererseits … ein Penisbild von einem sexy, hübschen, lustigen, intelligenten Mann, der mich begehrt … So oder so: ich hätte ein Problem.

»Du hängst dich viel zu sehr an diesem Wort auf«, sagt Dustin kopfschüttelnd, während er sein Handy wieder an sich nimmt.

»Welches Wort?«, frage ich stirnrunzelnd. Was habe ich denn genau gesagt? Ich bin gerade abgelenkt von Gedanken an seinen Penis.

»Unpassend.« Er sieht mich wieder mit Augenaufschlag an, und ich spüre meinen Widerstand dahin schmelzen. Wie stellt er das nur an? »Es ist nur unpassend, wenn du es so definierst.«

Äh ... nein. »So funktioniert das nicht.«

Er lächelt. »Aber natürlich tut es das. Ich weiß über diese Dinge Bescheid – ich bin schließlich schon eine ganze Weile am Leben.« Er tätschelt beschwichtigend meinen Arm. »Das lernst du noch, wenn du älter bist, keine Sorge.«

Das Geräusch, das gerade zu hören war? Vermutlich ist gerade mein Gehirn explodiert.

Zum Glück kommt Percy mir zu Hilfe. »Wir haben also morgen eine Verabredung zum Mittagessen? Dustin, schicke Rob einen Maps-Link zum Anwesen, damit er es findet. Oder«, fährt er mit Blick zu mir fort, »sollen wir einen Wagen schicken, wenn dir das lieber wäre?«

»Danke, aber das ist nicht nötig. Ich mache ganz gern ab und zu Fahrten über Land, und es ist eine Weile her.« Außerdem kann ich mich einfacher davonmachen, wenn ich ein eigenes Auto habe. Dustin würde mich sicher nicht gefangen nehmen, aber ... na ja, ich glaube auch nicht unbedingt, dass er es *nicht* tun würde.

Und da schmollt er wieder. »Das ist alles lächerlich. Wir müssen doch alle an den gleichen Ort. Warum kommt Rob nicht einfach mit uns?«

»Das wäre interessant«, sagt Brandt, und aus dem Funkeln in seinen Augen schließe ich, dass es für ihn vielleicht interessant wäre, für mich aber gegebenenfalls etwas ganz Anderes.

»Ich brauche mein Auto, um anschließend wieder nach Hause zu kommen«, versuche ich abzulenken, aber Dustin schüttelt mit besonders störrischer Miene den Kopf.

»Ich würde dich nach Hause bringen«, verspricht er.

Ich schnaube. »Äh, nein. Ich werde nicht über längere Zeit mit dir allein bleiben oder dir meine Adresse verraten, bevor ich nicht sicher sein kann, dass du meinen Bedingungen ausnahmslos zugestimmt hast.« Die ich mir bis morgen Mittag noch zu Ende ausdenken muss.

»Außerdem«, ergänzt Percy freundlich, »solltest du Rob fragen, wie er es finden würde, auf dem Rücken eines Drachens zu reiten, bevor du versuchst, ihn dazu zu überreden.«

Mir bleibt der Mund offen stehen.

»Er hätte es schon rechtzeitig mitbekommen, bevor er aufsitzt«, protestiert Dustin. »Und er hätte es sich jederzeit noch anders überlegen können.« Nach einer Pause fügt er hinzu: »Auch wenn das sehr unhöflich wäre und er wahrscheinlich zugestimmt hätte, um Großvater ja nicht zu kränken.«

Ich fühle Bewunderung in mir aufsteigen ... und gleichzeitig Erleichterung und Enttäuschung, weil nichts davon passieren wird. Auf dem Rücken eines Drachen zu fliegen wäre eine unglaubliche Erfahrung, aber ich glaube, ich würde etwas Zeit brauchen, um den Mut zu finden. Und ich müsste eine Menge Fragen stellen, um zu verstehen, wie genau es funktioniert.

Aber ich bewundere Dustin für seine Schlauheit und Durchtriebenheit.

»Vielleicht können wir das alles ein anderes Mal machen«, schlage ich vor. »Morgen komme ich einfach selbst dort hin.«

Diese schönen grün-braunen Augen leuchten erfreut auf. Der Glanz, der nicht ganz von dieser Welt ist, ist jetzt so viel deutlicher, weil ich weiß, dass er ein Drache ist. Ich fühle mich ehrlich gesagt sogar etwas schwer von Begriff, weil ich nicht von selbst darauf gekommen bin. Ich hatte bisher noch keine Drachen persönlich getroffen, aber man hatte mir schon gesagt, dass ihre Augen irgendwie anders sind.

»Du machst Pläne für ein andermal«, sagt Dustin glücklich. »Okay. Nur damit du es weißt – ich wäre extrem vorsichtig, wenn ich dich tragen würde. Keine Akrobatik und so.«

Mir wird flau im Magen bei der Vorstellung. Achterbahn fahren hat mir noch nie Spaß gemacht. Aber er sagt es so ernsthaft, dass ich lächelnd antworte: »Super.«

»Würdest du mich jetzt zu Lihua Jiǎng begleiten?«, fragt er mit einer Geste auf einen Sukkubus auf der anderen Seite des Raumes. Ich bin ihr schon mehrfach begegnet. Sie ist die Matriarchin einer einflussreichen Familie und allgemein eher uncharmant, aber Mom sagt, sie ist eine sehr großzügige Spenderin ... sie beschwert sich nur gerne dabei und schüchtert andere ein. Gespräche mit ihr sind nicht sehr angenehm, und ich kann mir kaum vorstellen, wieso Dustin sich dem aussetzen will.

»Äh ... warum?«

Er verdreht die Augen. »Weil sie vorhin Interesse an Interspezies-Jugendprogrammen geäußert hat, und ich glaube, dass ich sie überzeugen kann, eines in Campusnähe zu finanzieren.«

Julian horcht auf. »Wirklich? Sie hat schon eine bedeutende Spende für die Programme hier in der Stadt geleistet. Ich würde liebend gern da draußen auch eines einrichten – es wäre für jüngere Kinder viel einfacher zugänglich. Aber die zu erwartenden Teilnahmezahlen rechtfertigen leider keine öffentliche Förderung.«

»Wieso glaubst du, sie wäre gewillt, ein ganzes Programm zu sponsern?«, frage ich Dustin. Als Universitätsstadt hat der Ort bereits eine ganze Reihe Angebote für Jugendliche, die aber natürlich alle für Menschen gedacht sind. Mom und Julian haben mir schon öfter erzählt, dass sich dort zwar auch Jugendliche aus der Community anmelden, aber nie ganz entspannt dabei sind. Für einige von ihnen, die solche Teenager-Probleme wie unkontrollierte Verwandlung haben, kommen sie gar nicht infrage. Ein für Community-Jugendliche vorgesehenes Programm wäre wesentlich besser geeignet für sie.

»Weil sie auf dem Land aufgewachsen ist und weiß, wie es ist, keinen Zugang zu solchen Angeboten zu haben«, sagt Dustin unbekümmert.

Julians Miene bringt deutlichen Zweifel zum Ausdruck, während er in ihre Richtung schaut. »In ihrer Jugend gab es gar keine Angebote, würde ich denken«, sagt er dann. »Es waren Zeiten, in denen man nie ohne Schwert nach draußen spielen gegangen ist.«

Percy verzieht das Gesicht. »Das würde ich auch sagen. Sie ist wesentlich älter als ich, und es gab auch in meiner Jugend noch keine Programme für diese Altersgruppe. Man hat gearbeitet, oder ging zur Schule, oder hat auf jüngere Geschwister aufgepasst. Manchmal alle drei.«

Julian nickt zustimmend.

Dustin zieht die Nase hoch. »Vertraut mir.«

Ich habe wirklich wenig Lust auf ein Gespräch mit Ms. Jiǎng, will Dustin aber auch nicht zumuten, alleine mit ihr zu reden. Und er hat sich heute Abend sehr kompromissfähig gezeigt, also habe ich das Gefühl, ich sollte mich auch bemühen.

Eine gemeinsame Diskussion in einer Gruppe wäre sicher eine gute Gelegenheit, ihn besser kennenzulernen.

»Ich vertraue dir«, sage ich also. »Lass uns gehen.«

Er sieht mich an, als hätte er Sternchen in den Augen, und ich fühle mich so groß wie ein Wolkenkratzer.

»Gefährlich ist sie nicht, oder?«, fragt Steffen aus heiterem Himmel, während er sie mit laserscharfem Blick fixiert. »Mir ist aufgefallen, dass einige einen Bogen um sie machen, aber ich vermute, das liegt an ihrem sauertöpfischen Gesicht.«

Percy lässt seufzend die Augen zufallen.

»Was denn?«, fragt Steffen trotzig. »Sie kann mich doch nicht hören.«

»Bist du sicher?«

Steffen starrt sie noch etwas länger an. »Ja. Wenn sie mich gehört hätte, würden wir es merken. Sie würde ihr sauertöpfisches Gesicht in unsere Richtung drehen.«

»Das ist tatsächlich der Grund, warum es Leute gibt, die ihr aus dem Weg gehen«, sage ich. »Und weil sie dazu auch noch eine entsprechend scharfe Zunge hat.«

»Aber sie ist eine großzügige Person, die viel für die Welt getan hat«, erinnert mich Julian. »Etwas Respekt wäre also angebracht.«

Beschämt nicke ich. »Du hast natürlich recht.«

»Dann komm«, sagt Dustin, unbeirrt von diesen Unterbrechungen. Er geht quer durch den Raum, und ich folge ihm auf dem Fuß, wobei ich mir Mühe gebe, nicht resigniert und unwillig zu wirken. Immerhin habe ich so einen guten Blick auf seine Rückseite, die ich heute bisher kaum zu sehen bekommen habe, da ich den ganzen Abend vor ihm auf der Flucht war. Nicht schlecht.

Das könnte alllllles dir gehören.

Diese verdammte Stimme der Versuchung. Zwei Jahre noch. Ich werde doch noch zwei lumpige Jahre aushalten können. Oder?

KAPITEL 6

DUSTIN

Lihua Jiǎ ng mag eine mürrische alte Frau sein, aber wie Julian richtig sagt, ist sie eine großzügige Spenderin. Ich hatte vorhin nicht viel Gelegenheit, mit ihr zu reden, da ich immer mit einem Auge zur Tür geschielt und auf Robs Rückkehr aus seinem Versteck gewartet habe. Aber sie hatte ausdrücklich gesagt, dass sie Interesse an Jugendprogrammen hat, und hatte außerdem erwähnt – wenn auch nicht in diesem Zusammenhang – dass sie auf dem Land aufgewachsen ist. Als Julian und ich uns neulich in den Räumen des CSG unterhalten hatten, waren wir beide besorgt wegen der unzureichenden Mittel für Programme außerhalb der Stadt. Das ist der perfekte Zeitpunkt, meine Zukunftspläne in Gang zu bringen und gleichzeitig allen zu beweisen, wie zuverlässig und verantwortungsbewusst ich bin.

Wenn ich Erfolg habe, wird das eine Sache sein, auf die ich stolz sein kann. Und wenn ich scheitere? Tja, es hat sowieso niemand für möglich gehalten.

»Nochmal guten Abend«, sage ich fröhlich, als ich neben Ms. Jiǎng stehe. Rob gesellt sich dazu und ich frage mit einer Geste zu ihm: »Rob kennen Sie schon, oder?«

Mit einem Seitenblick bemerkt sie: »Wir haben uns schon getroffen. Es ist allerdings eine Weile her, da er sich immer alle Mühe gibt, mir auszuweichen.«

»Ich würde nie–«, stottert Rob verlegen, aber sie hat sich bereits mir zugewandt und mustert mich von Kopf bis Fuß.

»Sie haben also Ihren Willen bekommen?«

Ich lächle liebenswürdig. »Das kommt ganz darauf an, was Sie glauben, das ich wollte.«

Kann sein, dass ihre Mundwinkel sich leicht heben, aber es ist durchaus möglich, dass es nur das Licht war. »Ihn«, sagt sie mit einer Geste auf Rob.

»Nicht ganz das, was ich wollte, aber es ist ein Anfang. Ich muss noch an seiner komplizierten moralischen Haltung arbeiten.«

Sie schnaubt. »Wenn es jemandem gelingt, dann sicher Ihnen.«

»Danke. Das ist sehr freundlich.« Ich ignoriere Robs ersticktes Geräusch. Er ist süß. »Wir wollten eigentlich über die Situation in Beresford sprechen.«

»Ach ja?«, fragt sie mit erhobener Augenbraue. »Welche Situation?«

»Wie Sie sicher wissen, lebt und arbeitet Rob dort, und während meiner Studienzeit habe ich mich viel auf dem Campus und in der Stadt aufgehalten. Mir ist aufgefallen, dass es ein gesellschaftlicher Dreh- und Angelpunkt für die kleinen Orte und landwirtschaftlichen Betriebe in der Umgegend ist.«

»Messerscharf beobachtet.«

Ich beiße mir innen auf die Wange, um nicht zu lachen.

Sie ist mir wirklich sympathisch. »Danke. Worauf ich hinauswill ist, dass wir – Julian und ich – uns einig sind, dass es ein perfekter Ort wäre für ein Jugend-Förder-Programm.«

Ihre Miene bleibt unbeweglich, aber plötzlich spüre ich, dass sie mir ihre volle Aufmerksamkeit widmet.

»Ach ja?«

»Ja. Für Jugendliche auf dem Land besteht ein höheres Risiko–«

»Ja, ja, die Risiken sind mir bekannt. Wie kommen Sie darauf, dass ein solches Programm dort gut aufgehoben wäre?«

Damit habe ich sie. Ich stürze mich in einen Abriss der groben Zahlen, die ich nach Julians Einladung zu dieser Party zusammengestellt hatte. Ich spüre, wie Rob sich neben mir versteift, habe aber keine Zeit, mir darüber Gedanken zu machen, was das Problem ist. Meine Aufmerksamkeit ist gerade anderweitig absorbiert.

»Sie haben offensichtlich Ihre Hausaufgaben gemacht«, bemerkt sie, als ich am Ende meines Vortrags angekommen bin.

Ich sehe ihr in die Augen. »Das ist wichtig. Zu wissen, wovon ich rede, ist ja wohl das Mindeste.«

Jetzt sehe ich eindeutig ihre Mundwinkel nach oben wandern. Es ist kaum ein Lächeln zu nennen, aber es ist da, und in ihrem Blick lese ich Anerkennung. »Ich nehme mal an, Sie wollen Geld von mir.«

»Ihre Zeit wäre ebenso wertvoll. Ich rechne mit etwa dreihundert Menschenstunden, um das Programm einzurichten, und danach zwischen achtzig und einhundertfünfzig Menschenstunden, um es zu betreiben. Wie viele Stunden können Sie erübrigen?«

Sie schnaubt erneut. »Ich mag Sie. Schicken Sie mir

einen ausgearbeiteten Vorschlag mit Zahlen, und wenn meine Buchhaltung es genehmigt, werde ich Ihr Programm finanzieren.«

Ich unterdrücke den Impuls, jubelnd mit erhobener Faust auf der Stelle zu hüpfen und neige den Kopf in ihre Richtung. »Das ist sehr freundlich von Ihnen. Sie werden es nicht bereuen.«

Ihr prüfender Blick streift erst mich, dann Rob, dann richtet sie ihn wieder auf mich. »Das glaube ich auch. Und jetzt seien Sie ein guter Junge und holen Sie mir einen Drink, während ich mit Erikas Jungen plaudere.«

Ich tue so, als würde ich nicht merken, wie Rob nach meinem Arm greift, überlasse ihn seinem Schicksal und laufe an die Bar hinüber. Ich bin ganz froh, dass sie mich meiner Wege geschickt hat; so habe ich Gelegenheit, über beide Wangen zu strahlen. Das könnte der beste Abend meines Lebens sein.

»Hi.« Ich lächle den Barkeeper an, der sofort zurück lächelt. »Ich wurde gebeten, dieser Dame da drüben etwas zu trinken zu holen«, sage ich mit einer Geste zu Ms. Jiǎng und Rob. »Weißt du zufällig, was sie trinkt, oder müssen wir raten?«

Er fängt an, leise zu lachen. »Ich weiß, was sie trinkt. Du bist nicht der erste Lakai, den sie heute Abend geschickt hat.« Er dreht sich um und beginnt, ihr Getränk zuzubereiten, als Julian neben mir auftaucht.

»Ich habe dich lächeln sehen«, sagt er mit suchendem Blick. »Das ist gut, oder? Ist es gut?«

»Sehr gut«, bestätige ich. »Sie hat vorläufig zuge-stimmt. Jetzt muss ich ihr den ausgearbeiteten Vorschlag zuschicken.«

Erika tritt an seine Seite und hört mit. Sie gibt ein

Geräusch von sich, das ich als ersticktes Quieken interpretiere.

»Du wunderbares, wunderbares Genie von einem Mann!«, ruft sie aus, schließt mich fest in die Arme und drückt mir einen Schmatzer auf die Wange. Ich wirke den Zauber – mit einem winzigen Tarnzauber – und der Kuss flattert mir auf die Schulter, in leuchtendem Pink, das Dankbarkeit und Respekt bedeutet, was ich als Einziger sehen kann.

»Danke«, sage ich bescheiden. »Es ist noch nicht alles in trockenen Tüchern.« Aber es wird so kommen. Diese Chance kann ich mir nicht entgehen lassen.

»Hast du denn alles parat?«, fragt Julian besorgt, während der Barkeeper mit Ms. Jiǎngs Drink zurückkehrt. Ich danke ihm, dann wende ich mich wieder zu Julian.

»Das Meiste. Ein paar Dinge muss ich noch überprüfen, dann muss es noch einmal gründlich durchgelesen werden. Wenn ich es dir Montagfrüh schicke, könntest du es dir ansehen, und dann schicken wir es ihr?« Julian macht ständig solche Sachen – es wäre leichtsinnig, nicht seine Meinung einzuholen.

Er nickt sofort. »Natürlich. Hast du denn genug Zeit? Ich weiß ja, dass du morgen dieses Essen hast.«

Mein Lächeln kommt automatisch. Stimmt, Mittagessen mit Rob. Und meiner Familie und den Mitbewohnern, aber na ja, man kann nicht immer alles haben. »Ich habe Zeit«, sage ich zuversichtlich. Kann sein, dass ich nicht viel Schlaf bekommen werde, aber für die zwei wichtigsten Dinge in meinem Leben werde ich mir Zeit nehmen: diese Programme und Rob.

»Mittagessen morgen?«, fragt Erika.

»Ich überlasse es dir, ihr alles zu erzählen, und gehe Rob retten.« Damit nehme ich Ms Jiǎngs Drink und laufe zurück. Auf halbem Wege höre ich Erika begeistert quietschen – dieses Mal ganz ungebremst. Ich schätze, sie ist glücklich, dass Rob mir die Chance gibt, ihn davon zu überzeugen, dass eine Beziehung zwischen uns beiden funktionieren kann.

Rob begrüßt mich mit wesentlich größerer Begeisterung als eine fünfminütige Abwesenheit rechtfertigt. Ich überreiche das Getränk, dann frage ich: »Worüber habt ihr denn geplaudert?«

»Über Sie«, antwortet Lihua Jiǎng.

»Lihua hat versucht, mir meine ›komplizierte moralische Haltung‹ auszureden«, setzt Rob hinzu.

»Wie nett. Hat es funktioniert?«

»Nein.« Er verschränkt die Arme und sieht richtig brummig aus. So süß.

»Dann müssen wir eben weiter daran arbeiten.«

Kurz nach Mitternacht kommt Percy, der mich gesucht hatte, und eist mich von Robs Seite los – nachdem ich ihm das Versprechen abgenommen habe, morgen auch ganz sicher zum Essen da zu sein – und wir verlassen die Party. Wir fahren in die Wohnungen, die Großvater hier in der Stadt benutzt. Die anderen gehen schlafen, aber ich bleibe noch ein paar Stunden wach. Ich bin ohnehin zu aufgeregt, um zu schlafen, und ich muss den Vorschlag für das Jugend-Förder-Programm noch fertigstellen. So kann ich mir die überschüssige Energie wenigstens zunutze machen.

In den frühen Morgenstunden schlüpfe ich schließlich ins Bett und mache die Augen zu. Hinter meinen geschlossenen Lidern sehe ich Erinnerungen an Rob, und ich kann mein Glück kaum fassen. Noch vor zwölf Stunden war ich so sicher, ohne auch nur ein vernünftiges Gespräch mit ihm durch mein weiteres Leben gehen zu müssen, und jetzt habe ich nicht nur den Großteil des Abends mit ihm verbracht, sondern ihn auch noch geküsst ... und wir planen eine gemeinsame Zukunft.

Sicher, noch haben wir da unterschiedliche Vorstellungen, aber ich bin sicher, dass wir uns einigen werden, wenn wir es ausdiskutieren. So, dass meine Bedingungen erfüllt werden: Jede Menge Kuscheln, Küssen und heißer, versauter Sex.

Die beiden Küsse von ihm habe ich sicher in meiner Brieftasche verwahrt, bis ich sie morgen meinem Schatz hinzufügen kann. Den von Erika habe ich auch darin, und ich schätze ihn auch – nur auf ganz andere Weise. Robs Küsse sind der Anfang einer hoffentlich langen, leidenschaftlichen Liebesbeziehung, der von Erika eine Belohnung für etwas, das ich erreicht habe. Ich habe etwas getan, das sie noch nicht mal versucht hatten, weil sie so überzeugt waren, es würde ohnehin nicht klappen.

Ich schlafe mit Robs lächelndem Gesicht vor meinem inneren Auge ein, die Schatten seiner Küsse auf meinen Lippen.

Samstagvormittag landen wir unten im Garten von »Lass es Drachen«. Obwohl ich erst eine Stunde vor Sonnenaufgang zur Ruhe gekommen bin, war ich kaum in Versuchung, auszuschlafen. Stattdessen habe ich so lange gequengelt, bis Großvater und Percy nachgaben und wir eineinhalb Stunden früher als geplant die Stadt verlassen haben.

Natürlich hätte ich auch alleine voraus fliegen können,

aber ist es nicht genau das, was Familie ausmacht, dass sie einen unterstützen, wenn man es braucht? Jetzt ist so ein Zeitpunkt. Das Hochgefühl von gestern Abend hat sich gelegt, und stattdessen haben mich Zweifel beschlichen. Was, wenn ich Rob nicht überreden kann, uns eine Chance zu geben? Er schien sehr entschlossen – immerhin war er in der Lage, *mir* zu widerstehen, obwohl er eindeutig in Versuchung war. Sein Beharren auf den zwei Jahren verwirrt mich – ist ihm diese Symmetrie wirklich so wichtig? Ich schwärme seit zwei Jahren für ihn, und jetzt muss er mir weitere zwei Jahre widerstehen? Es ergibt keinen Sinn. Und was mir auch keine Ruhe lässt: Er scheint mich zu begehren, doch nur widerwillig. Warum widersetzt er sich denn so?

Ich bin also reichlich nervös, als wir uns in zweibeinige Gestalt zurückverwandeln und nach oben zum Haus laufen. Percy legt mir den Arm um die Schultern.

»Du bist so still heute.«

Großvater schnaubt. »Ich weiß nicht, wie du so etwas sagen kannst. Schließlich hat er uns bisher ununterbrochen etwas vorgejammert.« Er strubbelt mir durch die Haare, und ich nehme mir vor, sie ordentlich zu frisieren, bevor Rob ankommt. Ich muss mir auch ein Outfit überlegen – etwas, das deutlich macht, dass ich ein verantwortungsbewusster Erwachsener bin, der die ganze Situation ernst nimmt, aber gleichzeitig erahnen lässt, dass ich sexy und unterhaltsam bin. Die Kleidung, in der ich nachher beim Mittagessen erscheine, muss das ganze Spektrum meiner Persönlichkeit zum Ausdruck bringen.

»Aber danach hat er nicht mehr viel gesagt. Alles okay, Dustin?«, fragt Percy mit einem Seitenblick. »Macht dir etwas Kopfzerbrechen?«

Ich zwinge mich zu lächeln und antworte kopfschüttelnd: »Alles okay. Ich überlege nur, wie ich Rob überzeugen kann, dass wir zusammengehören.«

Großvater lacht leise. Percys besorgte Miene entspannt sich. »Du hast doch schon Riesenfortschritte gemacht«, bemerkt er. »Bis gestern Abend konntest du noch nicht mal mit ihm reden. Und jetzt kommt er eigens hierher, um die Bedingungen für eure Beziehung zu besprechen.«

»Ich verstehe immer noch nicht«, mischt sich Steffen ein, »wieso diese Beziehung Bedingungen braucht.«

»Weil Rob es so will«, sage ich bekümmert.

»Eins nach dem anderen«, bekräftigt Percy. »Gib ihm Zeit, sich an die Vorstellung zu gewöhnen, mit dir zusammen zu sein.« Er drückt mir einen Kuss auf die Schläfe. »Ich gehe Kethe Bescheid sagen, dass wir zum Essen Besuch haben.«

Während Percy seine Schritte beschleunigt, gefolgt von Stef, bleibt Großvater mit mir zurück.

»Das war ja ein bedeutender Abend für dich gestern«, bemerkt er.

Es ist die reine Wahrheit. »Japp. Es war einiges los.« Ich versuche, nicht die Luft anzuhalten, während ich darauf warte, dass er fortfährt. Ich würde wirklich gern sicher sein, dass ihm klar ist, was ich alles erreicht habe.

»Julian und Erika waren sehr beeindruckt von dir.«

»Und du?« Ich bereue die Worte, sobald ich sie ausgesprochen habe.

»Ich bin *immer* beeindruckt von dir, Dustin.« Das flaue Gefühl in meinem Magen lässt etwas nach. »Selbst als du noch Dinge angestellt hast, wegen derer ich dich am liebsten eingesperrt hätte, war ich beeindruckt von deinen tollen Ideen und deiner Kreativität.« Nach einer Pause fährt er fort. »Aber bitte fang nicht wieder so an. Mir ist es wirklich viel lieber, beeindruckt von deiner Vernunft und von deinem Verantwortungsbewusstsein unserem Volk gegenüber zu sein.«

Na, das ist doch ein Anfang.

Wir erreichen die Terrasse, aber noch bevor ich antworten kann, ist aus dem Haus ein Schrei zu hören, und Kethe kommt durch die Flügeltüren nach draußen geschossen.

»Ist es wahr? Du hast deinen Professor umgarnt?«

Ich kneife die Augen zusammen und schürze die Lippen. »Ich bin nicht sicher. Was heißt umgarnen?« Mein Englisch ist nach all den Jahren fast auf Muttersprachler-Niveau, aber in Momenten wie diesen wünschte ich, ich würde noch den Übersetzungs-Zauber benutzen.

Kethe winkt ungeduldig ab. »Ich habe darüber gelesen. Es ist so etwas wie sexy Tricks.«

»Um genau zu sein«, sagt Percy von hinter ihr, »muss das nicht stimmen. Umgarnen bedeutet zwar listig und trickreich handeln ... aber in Liebesromanen neigen Autoren dazu, öfter davon Gebrauch zu machen, also soll es angeblich auch verführen bedeuten.«

Alle sehen ihn an.

»Tut mir leid. Ich wollte nicht das Rampenlicht stehlen.«

Kethe wendet sich wieder an mich. »Wie ist das möglich? Erst letzte Woche hat Fabian uns erzählt, dass du ihn noch nicht mal anschauen konntest, ohne rot zu werden. Und jetzt hast du ihn dazu verführt, hier zu Mittag zu essen?«

»Leider nicht verführt.«

Jetzt sehen sie alle mich an, und zwar ungläubig.

»Es stimmt«, bekräftige ich. »Also, es gab einen Kuss.« Den Kuss auf die Wange zähle ich nicht mit, obwohl ich plane, ihn zu horten. »Aber er war anschließend trotzdem entschlossen, nichts mit mir zu tun haben zu wollen, also zählt es glaube ich nicht als Verführung.«

»Wozu kommt er denn dann?«

»Hat Percy noch nichts gesagt?«

Sie errötet. »Ich war so aufgeregt, als ich es gehört habe, dass ich ihm nicht zu Ende zugehört habe.« Mit Blick über die Schulter fügt sie hinzu: »Tut mir leid, Percy.«

»Kein Problem. Das liegt uns glaube ich allen sehr am Herzen.«

Ohh. Meine Familie liebt mich.

»Nach zwei Jahren dramatischem Anschmachten auf jeden Fall«, bestätigt Kethe. Ich versuche, deswegen nicht gekränkt zu sein. Ich, schmachten? Nie im Leben. Manchmal werde ich eben von meiner Melancholie überwältigt. »Wozu kommt er denn dann, wenn du ihn nicht verführt hast?«

»Wir handeln die Bedingungen für unsere Beziehung aus.« Ich schaue mich um. »Können wir reingehen? Ich hätte wirklich gern eine Tasse Tee. Und vielleicht Kuchen.« Seit Percys Einzug bei uns und der großen Tee–Versuchung, die hier veranstaltet wurde, finde ich nichts so schön am Vormittag wie eine Pause mit einer heißen Tasse Tee. Gleich nach dem Aufwachen bevorzuge ich aber nach wie vor Kaffee.

Kethe, die sich um das Anwesen und uns alle kümmert, winkt uns mit einer ungeduldigen Geste ins Haus. Ich merke ihr an, dass sie eigentlich lieber darauf bestehen würde, alles brühwarm berichtet zu bekommen, aber nicht widerstehen kann, uns zu verwöhnen. Es ist einfach ein Teil von ihr. Sogar wenn man sie so erzürnen würde, dass sie einen mit einer tödlichen Waffe verfolgen würde, ist es durchaus denkbar, dass man sie mit der Bitte um ein Heißgetränk und einen Imbiss aufhalten könnte. Nicht, dass ich töricht genug wäre, diese Theorie unter Beweis zu stellen. Kethe ist älter als Großvater. Sie weiß Dinge.

Mit einer Tasse Tee und einem großen Stück Dattelbrot am Küchentisch sitzend erzähle ich ihr alles. Percy und Großvater haben sich zurückgezogen, aber Steffen gesellt sich dazu und wirft hin und wieder Kommentare ein, die wenig hilfreich sind. Wir sind fast fertig, als ich rennende Schritte höre, und einen Augenblick später kommt Sophie in die Küche geschlittert, Wil ihr auf den Fersen.

»Du hast deinen Professor geküsst!«, quiekt sie und wirft sich in meine Arme. Ich schaffe es nur knapp, die Tasse beiseite zu schieben. »Es ist wie im Märchen!«

Wir haben in den vergangenen fünf Jahren viel Zeit darauf verwendet, die Kultur der Menschen zu studieren, aber an ein solches Märchen kann ich mich nicht erinnern.

Wil scheint mir beizupflichten, denn er fragt: »Welches Märchen?«, wobei er sich mit einem stibitzten Stück Dattelbrot an den Küchentresen lehnt.

»Pfft. Nicht an den Einzelheiten aufhängen«, sagt Sophie. »Das Wichtige ist: du hast *endlich* eine Verbindung zu ihm aufgebaut.«

»Und er kommt heute zum Mittagessen vorbei«, fügt Steffen hilfsbereit hinzu.

»Wirklich?« Wil richtet sich auf. »Du hast kein Problem damit, einen fremden Menschen, den du erst einmal getroffen hast, auf das Anwesen zu lassen?«

Kethe wirft ihm ein Geschirrtuch an den Kopf. Es bleibt an einem seiner Ohren hängen, und er murrt beim Abnehmen: »Was denn? Es ist eine berechtigte Frage.«

»Brandt und Percy finden ihn gut, also habe ich nichts zu melden«, erwidert Stef, was mich geschockt zu ihm herumwirbeln lässt.

»Ich dachte, du mochtest Rob!« Ob er ihn wirklich vom

Anwesen fernhalten will? Es schien gestern so, als würden sie sich prächtig verstehen.

Stef zuckt die Achseln. »Jemanden zu mögen ist kein guter Grund, ihm Sicherheitsbefugnisse zuzugestehen. Das ganze Konzept von Verrat existiert nur aufgrund solcher törichter Entscheidungen.«

Es entsteht ein kurzes Schweigen. Alle versuchen, sich ein Herz zu fassen, um nachzufragen. Wenig überraschenderweise ist es Sophie, die es schließlich tut.

»Soll das heißen, dass du uns nicht magst? Oder meinst du damit, dass wir nur Sicherheitsbefugnisse bekommen haben, weil Brandt dich dazu gezwungen hat?«

Stef setzt seine Tasse an und kippt sich die letzten Tropfen in den Mund, dann sagt er: »Ihr seid nicht ausreichend befugt für die Antwort auf diese Frage.«

Sophies Aufschrei hallt durch den ganzen Raum. Die Gegensprechanlage summt, und Kethe drückt den Knopf. »Alles okay. Steffen hat nur Sophie beleidigt.«

»Muss ich runterkommen und sie trennen?«, ist Großvaters Stimme aus dem Lautsprecher zu hören, und Kethe schaut zu Sophie hinüber, die immer noch neben mir sitzt und buchstäblich vor Wut zittert.

»Nein. Ich glaube, sie ist noch gelähmt vor Zorn. Ich kann das regeln.«

Großvater murmelt seine Zustimmung, dann beeilt sich Kethe, Sophie eine Tasse von ihrem Lieblingstee aufzubrühen. Sie stellt sie erst ab, dann stöbert sie in den Tiefen des Küchenschranks. Kurz darauf taucht sie mit zwei Päckchen Keksen wieder auf.

Ich schnappe nach Luft. Sie hat die importierten gekauften Kekse springen lassen. Die, die wir nie essen dürfen, weil es Kethe kränkt, wenn wir sie den von ihr gebackenen vorziehen. Die, die nur für besondere Gelegenheiten und Notfälle vorgesehen sind.

Sophie fixiert die Kekse, und ihr Zittern lässt nach. Ich werfe Steffen einen Seitenblick zu, der am Tisch sitzt wie ein großer dummer Felsen. Wenn Sophie so böse auf mich wäre und ich die Chance hätte, zu fliehen, wäre ich schon über alle Berge. Stattdessen grinst er und fragt: »Kann ich die Soft Cakes haben?«

Das Knurren, das Sophie von sich gibt, lässt die Möbel erzittern, und Stef scheint endlich aufzuwachen und zu merken, in welcher Gefahr er schwebt.

»Ich meine ... äh ... Sophie sollte sie alle bekommen. Die Soft Cakes und die Schokokekse. Alle nur für sie. Obwohl ich beim letzten Mal keine mehr abbekommen habe.«

Wil sieht Sophie kurz an, dann sagt er: »Sie kann auch meine haben. Ich bin total auf Sophies Seite.« Mit einem Seitenblick auf Steffen fährt er fort: »Weil du ein Horst bist.«

Kethe verdreht die Augen. »Von euch hätte ohnehin keiner welche bekommen. Die hier sind für Sophie, damit sie ihrer Mordlust nicht nachgibt. Welche willst du haben, Soph?«

Ich habe das Gefühl, das könnte eine Trickfrage sein. Außerdem bin ich wirklich traurig, keine zu bekommen. Es sind auch noch die Schokokekse mit Karamell, die, die ich am liebsten mag. Ich muss mir einen eigenen Vorrat von Amazon bestellen – sie sind ihren Preis wert. Das einzige Problem wird das Versteck. Ich habe nicht so viel Erfahrung mit diesen Dingen wie Kethe, und in diesem Haus gibt es keine Grenze, die für Schokokekse nicht überschritten werden würde.

»Beide«, sagt Sophie mit einem angedeuteten Fauchen, und Kethe hebt beide Augenbrauen.

»Nicht in diesem Ton. Du kannst nicht beide haben – so viel ist mir Steffens Leben gerade nicht wert.«

»Was? Wieso denn nicht?«, quengelt Steffen.

Kethe ignoriert ihn. Ich beuge mich zu ihm hinüber und flüstere: »Du magst uns nicht und wolltest uns keine Sicherheitsbefugnisse zugestehen.«

»So war das nun auch wieder nicht«, protestiert er, doch dann wird ihm klar, dass er sich damit nur noch tiefer hinein reitet. Er zieht einen Flunsch und schweigt.

Sophie nimmt die Soft Cakes – ich vermute, hauptsächlich, um Stef eins auszuwischen, da sie normalerweise die Schokokekse vorzieht. Nach ein paar Bissen und einem großen Schluck Tee beginnt ihre Mordlust nachzulassen. Kethe murmelt etwas über ein neues Versteck. Will und ich starren sehnsüchtig die Kekse an, dann gibt sie nach und reicht die restlichen Soft Cakes herum. Steffen hält weiter den Mund und mustert die Tischplatte.

»Wo ist eigentlich Fabian?«, frage ich mit vollem Mund. »Normalerweise taucht er sofort auf, wenn er Schokolade riecht.«

»Noch nicht wieder da von seinem Sex-Date gestern«, antwortet Kethe kopfschüttelnd. »Wenn seine Klamotten wieder in so einem Zustand sind wie letzte Woche ...« Sie bricht ab, und ich hoffe für Fabian, dass seine Kleidung in gutem Zustand ist.

»Okay«, sagt Sophie schließlich, während sie Schokolade von ihrem Daumen leckt. »Ich bin bereit, Steffen noch etwas weiterleben zu lassen, auch wenn er die größte Mistkäferplage ist, die die Welt je gesehen hat. Erzählt weiter von Dustins Professor.«

Ich kann nicht aufhören zu lächeln.

»Er kommt also wirklich hierher?«, fragt Wil. »Der muss dich ja wirklich mögen.«

Mein Lächeln erstirbt.

»Hast du nicht aufgepasst?«, fragt Kethe. »Er kommt, weil er der Meinung ist, Dustin und er sollten nur Freunde sein. Sie werden die Bedingungen für ihre Beziehung verhandeln.«

Er verzieht verdutzt das Gesicht. »So funktioniert das glaube ich nicht.«

»Tut es wirklich nicht«, sagt Sophie zustimmend. »Wieso hast du ihn nicht einfach verführt? Du bist bezaubernd. Dir kann niemand widerstehen.«

»Er schon«, sage ich kummervoll, während ich den Satz in meiner Teetasse anstarre. Kethe nimmt mir die Tasse weg und stellt mir eine frische vor die Nase, die köstlich vor sich hin dampft. Ich lächle sie dankbar an. Percy sagt, es gibt kaum etwas, das man mit einer guten Tasse Tee nicht in den Griff bekommt, und ehrlich gesagt muss ich ihm Recht geben. »Er hat mir sogar widerstanden, nachdem wir uns geküsst hatten.«

»Aber er ist bereit, hierher zu kommen und über eine mögliche Beziehung zu diskutieren«, sagt Kethe tröstend. »Und in meinen Ohren klingt es so, als hätte er einfach Schwierigkeiten damit, dass du Student bist. Gib ihm Zeit, das zu verarbeiten.«

Ich ziehe die Nase hoch und trinke noch etwas Tee.

»Und einstweilen beeindrucken wir ihn«, sagt Wil ermutigend. »Wir erzählen ihm alles über dich und überzeugen ihn davon, dass du ... na, vielleicht nicht *alles*. Wir erzählen nur die guten Sachen.«

»Gute Sachen«, wiederhole ich, während mir so, so viele Dinge einfallen, die ich früher angestellt habe, und die nicht zu meiner neuen, verantwortungsbewussten Persönlichkeit passen. Rob darf davon nichts erfahren. Er hat jetzt schon Schwierigkeiten, mich als Erwachsenen zu betrachten. »Äh, ihr müsst bedenken, dass andere Spezies manchmal nicht die gleichen Vorstellungen von ›gut‹ haben wie wir.«

»Was isst er denn gern?«, fragt Kethe. »Ich kann das Menü noch abändern.«

Ich blinzele. »Ich … keine Ahnung. Ist das wichtig?«

Sie lacht spöttisch. »Ich bin sicher, er würde besser gelaunt sein, wenn er seine Leibspeise bekommt. Wie willst du ihn verführen, wenn er schlechte Laune hat?«

In mir steigt Panik auf. »Wieso sollte er schlechte Laune haben? Meinst du, er bekommt in meiner Anwesenheit schlechte Laune?«

»Nein, ich meine, wir könnten seine Laune verbessern, wenn wir ihm etwas servieren, was ihm schmeckt. Also, was mag er denn so?«

Alle sehen mich erwartungsvoll an.

»Äh … in der Cafeteria nimmt er immer Pasta.« Das könnte aber auch daran liegen, dass man damit meist nichts falsch macht. »Und gestern Abend schien er die Canapés mit den Garnelen zu mögen.«

»Pasta mit Meeresfrüchten?«, schlägt Sophie vor, aber Kethe schüttelt den Kopf.

»Meeresfrüchte habe ich nicht im Haus. Die sind letzte Woche ausgegangen.«

»Oh *nein*«, sage ich atemlos. »Er wird mich hassen. Er wird ein miserables Mittagessen bekommen und mich nie wiedersehen wollen!« Ich schaue mich gehetzt in der Küche um. »Wir brauchen Garnelen! Wo bekommen wir Garnelen?«

»Oh-oh«, sagt Sophie, und Wil stellt die Tasse ab und kommt an den Tisch.

»Er wird dich nicht hassen, Dustin«, sagt er geduldig.

»Und miserables Essen gibt es garantiert nicht, solange

ich in der Küche stehe«, fügt Kethe streng hinzu. »Dieses eine Mal lasse ich dir den Ausrutscher durchgehen, da dieser Mann dein Gehirn in Nudeln verwandelt. Aber sowas will ich nicht nochmal hören.«

»Was servieren wir ihm nur?«, frage ich flehentlich. Ich bin so kurz davor, Rob zu überzeugen, dass wir zusammen sein können. Dieses Essen muss perfekt sein.

»Lass das meine Sorge sein«, sagt Kethe. »Geh nach oben, mach dich zurecht. Du willst doch bestimmt so gut wie möglich aussehen?«

Mir fällt Großvaters liebevolles Verstrubbeln von vorhin wieder ein. Sie hat recht. Hier in der Küche kann ich nicht viel tun – meine Kochkünste sind höchstens mittelmäßig. Aber ich kann mich zurechtmachen, damit er genau sieht, was ihm entgeht.

»Guter Plan«, sage ich zustimmend und stehe von meinem Platz am Esstisch auf. Ihm wird gleich Hören und Sehen vergehen.

KAPITEL 7

ROB

Ich gebe zu, ich bin ziemlich nervös. Das mag vielleicht albern scheinen – es ist schließlich nur ein Mittagessen mit Leuten, deren Gesellschaft ich gestern Abend sehr genossen habe, oder? Aber es ist auch ein Mann dabei, der früher mein Student war und kein Geheimnis daraus macht, dass er sehr viel mehr von mir will. Außerdem ist da noch dieser Umstand, dass ich angeblich die Liebe seines Lebens bin.

Persönlich finde ich das übertrieben. Man muss nicht allzu viel Zeit mit ihm verbringen, um sein dramatisches Naturell zu erkennen – wenn er nicht zu verlegen ist, zu sprechen, versteht sich. Das heißt aber nicht, dass zwischen uns nichts wäre, und ich spreche nicht von der offensichtlichen sexuellen Anziehung. Dustin hat recht, wir müssen uns erst kennenlernen ... wenn er doch kein Student mehr wäre. Darüber stolpere ich immer wieder.

Wenn er sein Studium schon abgeschlossen hätte, oder nicht an unserem College wäre, hätte ich ehrlich gesagt überhaupt keine Bedenken. Erst war ich natürlich etwas besorgt wegen des Altersunterschieds, aber seit ich weiß, dass ich sehr viel jünger bin als er, macht es mir kein Kopfzerbrechen mehr. Er ist ein äußerst attraktiver Mann, intelligent, und nach meinem Eindruck gestern Abend mit ausgeprägtem sozialem Verantwortungsbewusstsein. Das wäre normalerweise schon ausreichend, um mein Interesse zu wecken; dazu noch sein eindeutiges Verlangen nach mir? Ich bin ihm hilflos ausgeliefert. So begehrt zu werden, und so eindeutig glaubhaft versichert zu bekommen, wie viel ich ihm bedeute, macht mich schwach, und dazu habe ich gemischte Gefühle. Mir ist bewusst, dass ich es nicht so sehr genießen sollte, umworben zu werden, nicht mit Dustins Gefühlen kokettieren sollte. Vernünftige Erwachsene handeln einfach nach ihren Bedürfnissen und spielen keine dummen Spielchen, die nur mit verletzten Gefühlen enden können – oder einer Verhaftung wegen Stalking. Aber ich hatte nie vor, Spielchen zu spielen. Wenn Dustin und ich uns heute nicht auf bestimmte Bedingungen einigen können, werde ich sehr klarstellen: Weiter kann es zwischen uns nicht gehen.

Das wird ein Problem werden. Ich bin aber entschlossen, eine praktikable Lösung zu finden. Auch wenn es bedeutet, zwei Jahre keinen Sex zu haben.

Zwei. Ganze. Jahre.

Die Vorstellung – bei der ich in Tränen ausbrechen könnte – verdränge ich aber für den Moment und konzentriere mich stattdessen aufs Fahren. Laut GPS ist es nicht mehr weit. Ein bisschen bedaure ich, nicht auf Dustins Vorschlag eingegangen zu sein, mich hierher zu fliegen ... denn, hallo, auf einem Drachenrücken reiten! Außerdem hätte ich mir damit zweieinhalb Stunden Fahrt erspart. Aber im Großen und Ganzen denke ich trotzdem, dass es die richtige Entscheidung war. Auf einem Drachen zu reiten erscheint mir wie etwas, an das ich mich erst herantasten muss – ich war schließlich bisher auch noch nie Bungee-Springen oder Ähnliches. Und es ist gut, ein eigenes Transportmittel zu haben. Schließlich wird dies eine Verhandlung, und Dustin hat ohnehin schon genügend Macht über mich.

Immerhin wird der Heimweg nicht so weit. Nach Beresford ist es viel näher als bis zur Stadt.

»Sie haben das Ziel erreicht«, verkündet das GPS, das ich mit der Stimme eines australischen Mannes programmiert habe, und ich bremse ab und schaue mich um. Ich bin jetzt schon eine ganze Weile an einer Steinmauer entlanggefahren, und vor mir erkenne ich ein Tor. Ob das ganze Grundstück jenseits der Mauer den Drachen gehört?

Kein kleines Landhäuschen also.

Ich biege in die Einfahrt ein und halte vor dem Tor an. Daneben steht ein Pfosten mit Sprechanlage, und ich strecke den Arm aus und drücke den Knopf. Hoffentlich ist das wirklich die Klingel und kein Panik-Button oder so.

Zum Glück erwacht keine drei Sekunden später die Sprechanlage mit einem Knacken zum Leben, und ich höre eine Frauenstimme. »... mache das schon. Du kannst wieder gehen!«

»*Du* kannst wieder gehen! Er ist hier, um Dustin zu sehen, nicht dich!«

»Und ich öffne die Tür auf Dustins Bitte.«

»Ich bin hier für die Security verantwortlich! Ich bin es, der aufmachen sollte.«

Ein höhnisches »Oh bitte. Dustin will diesen Typ beeindrucken und ihn nicht deinen verrückten Verschwörungen aussetzen.«

Fasziniert höre ich zu, wie das Gespräch sich zu einem Zank darüber, wer von den beiden verrückter ist, entwickelt. Ich meine Steffens Stimme zu erkennen, dem Drachen von gestern Abend, der dachte, ich sei darauf aus, Dustins Identität zu stehlen.

Ob ich unterbrechen sollte? Ich meine, früher oder später wird ihnen doch sicher auffallen, dass ich immer noch hier rumstehe, oder?

Ich räuspere mich und hoffe, mich damit diskret bemerkbar zu machen.

Das funktioniert gar nicht.

Während ich Steffen lausche, wie er im Detail begründet, wieso die Frau den Titel »Dachschaden des Jahres« verdient – und ehrlich gesagt könnte er recht haben, wenn sie das alles tatsächlich getan hat – überlege ich, Dustin anzurufen und ihm Bescheid zu sagen, dass ich hier bin. Denn es geht jetzt schon ein paar Minuten so, und es macht nicht den Eindruck, als würden sie langsam Ruhe geben.

»Was macht ihr da?«, höre ich eine zweite Frauenstimme ausrufen. »Hatte ich nicht den Summer vom Tor gehört?«

Die Streitenden schweigen.

»Oh«, sagt Steffen. »Ja, darum sind wir hier. Wir haben ihn gerade reingelassen.«

»Ach ja? Denn laut Kontrollanzeige ist das Tor noch zu, und schaut mal an, da sieht man ihn ja auf dem Bildschirm, entsetzten Blickes und vermutlich verängstigt von euch beiden.«

Upps – ja, da ist in der Tat eine Kamera. Ich winke. »Hi.« Ich klinge etwas unsicher, wenn auch nicht »entsetzten Blickes und verängstigt«. Ich kann allerdings kaum abwarten, diese Frau kennenzulernen. Wer den Ausdruck »entsetzten Blickes« in einem Satz verwendet, so dass es sich ganz normal anhört, muss sympathisch sein.

»Name und Anliegen bitte«, sagt Steffen pompös, und mir bleibt nur, überrascht zu blinzeln.

»Meine Güte, Stef, nun lass ihn schon rein. Du weißt genau, wer er ist«, sagt die erste Frau.

»Der Ablauf bei der Sicherheitsprüfung hat seinen Grund«, beharrt Steffen. »Er dient unserer aller Schutz.«

»Ja«, sagt die Frau. »Aber du siehst doch, wer es ist, und er wird erwartet.«

Es macht den Eindruck, als könnte das noch eine Weile so weitergehen, also sage ich: »Es macht mir nichts aus. Ich bin, äh, Robert Sarris. Hier zum Mittagessen? Als Dustins Gast.« Vielleicht beschleunigt das die Sache?

»Zufrieden?«, fragt die erste Frau und eine Sekunde später geht das Tor auf.

»Du kannst vor dem Haus parken«, sagt Steffen. »Ich muss dein Auto einer Sicherheitsprüfung unterziehen, bevor es in die Nähe der anderen Fahrzeuge kann.«

Ich versuche immer noch zu verstehen, was das eigentlich bedeutet, als plötzlich die Verbindung abreißt. Egal. Ich werde es sicher erfahren.

Sobald das Tor weit genug geöffnet ist, gebe ich Gas. Die Auffahrt ist absurd lang, schlängelt sich durch den Wald, und es dauert eine ganze Weile, bis ich um eine Kurve biege und das Haus ist Sicht kommt. Wenn man es Haus nennen möchte. »Anwesen« wäre passender. Oder vielleicht »Schloss«.

Es ist, mit anderen Worten, groß.

Julian ist sehr wohlhabend, also war ich schon bei vielen reichen Leuten zu Hause – und bin selbst so aufgewachsen. Aber das hier ist nochmal eine ganz andere Kategorie. Es wird damit zu tun haben, dass Brandt Flügelführer ist und im Grunde von hier aus regiert.

Ich bremse vor dem Haus. Einen Parkplatz in dem Sinne gibt es nicht; die Auffahrt führt weiter zur Seite des Gebäudes, wo ich die Zufahrt zur Garage oder zumindest einen Parkplatz vermute. Aber Steffen hatte gesagt, ich solle mich hier hinstellen, und einen paranoiden Drachen gegen mich aufzubringen scheint mir nicht allzu schlau, also halte ich mich daran. Ich stelle den Motor ab, steige aus und blicke in den Wald. Die Bäume bieten reichlich Privatsphäre, was vermutlich ein großer Pluspunkt beim Kauf des Anwesens war.

Ich werfe die Autotür zu, drehe mich zum Haus um ... und habe Mühe, nicht zusammenzuzucken. Sechs breite Steinstufen führen zur gewaltigen zweiflügeligen Eingangstür, und auf dem Treppenabsatz stehen drei Personen, die mich aufmerksam mustern. Einer von ihnen ist Steffen. Sein Gesichtsausdruck ist so grimmig, dass ich mich am liebsten hinter mein Auto wegducken würde. Die anderen beiden sind Frauen, vermutlich die Stimmen, die durch die Sprechanlage zu hören waren. Beide strahlen mich an.

Was mache ich denn jetzt?

»Hallo. Ich bin Rob«, sage ich dümmlich. »Hi, Steffen. Wir haben uns gestern Abend getroffen. Erinnerst du dich?« Es ist keine sehr schlaue Frage, und normalerweise würde ich sie auch nur dann stellen, wenn ich wüsste, dass mein Gesprächspartner im Anschluss an das Treffen eine Kopfverletzung erlitten hat; angesichts seiner offensichtlichen Besorgtheit scheint es mir aber besser so, nur zur Sicherheit.

Zu meiner Erleichterung hellt sich seine Miene etwas auf, und er stakst die Treppe herunter auf mich zu. »Ich erinnere mich. Ich muss nur eben deinen Wagen überprüfen.«

»Na klar«, antworte ich zustimmend. »Worauf denn genau?« Sprengstoff? Kameras? Roststellen?

»Zerbrich dir um ihn nicht den Kopf«, ruft eine der Frauen. »Lass ihn einfach machen. Er kann dann später selbst den Wagen parken, wenn er sich unbedingt wie eine Nervensäge benehmen muss.« Die beiden kommen die Treppe herunter, während Steffen meinen Schlüssel an sich nimmt. Ich bin sehr zögerlich, ihm das Auto zu überlassen – hoffentlich nimmt es bei der Inspektion keinen Schaden.

Die beiden Frauen kommen lächelnd auf mich zu, und ich bin ernsthaft versucht, einen Schritt zurück zu gehen. Sie wirken freundlich genug, und sind offensichtlich froh, mich zu sehen, aber alleine das ist doch schräg. Die kennen mich noch gar nicht.

»So, du bist also Dustins Professor«, ruft die ältere der beiden aus, während sie mir die Hand entgegenstreckt. »Ich bin Kethe.«

Ich schüttele ihr die Hand und entspanne mich etwas. Offensichtlich hat Dustin von mir gesprochen – was peinlich und schmeichelhaft zugleich ist.

»Rob Sarris«, stelle ich mich vor, obwohl sie das vermutlich schon weiß.

»Ich bin Sophie«, sagt die andere Frau, wobei sie Kethe praktisch meine Hand entreißt und sie kräftig schüttelt. Ihre Stimme hatte ich zuerst durch die Sprechanlage gehört. Sie war es, die mit Steffen gestritten hat. »Wir freuen uns so, dass du gekommen bist. Hoffentlich ist Dustin jetzt bald wieder der Alte.«

Das versetzt mir einen schuldbewussten Stich. Ich weiß zwar, dass Dustins Schwärmerei für mich nicht meine Schuld ist. Es ist aber nicht sonderlich angenehm, zu hören, dass er sich wegen mir verändert hat – auch wenn ich nur indirekt damit zu tun hatte.

»Sei nicht albern«, sagt Kethe brüsk. »Früher hat er mit allem geflirtet, was nicht bei drei auf den Bäumen war. Jetzt, da er Rob hat, wird er nur noch mit ihm flirten.«

»Na, das ist sicher – Moment. Alles, was nicht bei drei auf den Bäumen war? Das ist doch sicher eine Übertreibung, oder?«

»Nicht wirklich«, antwortet Steffen, der plötzlich neben mich tritt. »Dustin ist eben ein lockerer Vogel. Flirten ist an der Tagesordnung, trotz dieser seltsamen kein-Sex-Depression. Es ist nicht mehr so wie früher«, setzt er nachdenklich hinzu, »aber erst gestern Abend hat er mit dem Typ von der Security geflirtet.«

Ein kleiner Knoten der Eifersucht bildet sich in meinem Magen. Es ist albern und unreif, aber ich kann es nicht verhindern. Ich will die einzige Person sein, mit der Dustin flirtet. Das muss ein Beweis dafür sein, wie verkorkst ich bin. Und ich habe noch nicht mal Schuldgefühle deswegen – es hat noch niemandem geschadet, auf Sex zu verzichten, und Dustin hat eine bestens funktionierende rechte Hand. Meine eifersüchtige, besitzergreifende Seite genießt die Vorstellung, dass er mit niemand anderem mehr Sex hatte, seit er mich kennengelernt hat.

Meine Vernunft dagegen lässt mich innerlich beschämt den Kopf schütteln.

Ich beschließe, mich großzügig zu zeigen. »Dustins Verhalten ist seine Sache. Ich würde ihm nie nahelegen, sich wegen mir – oder für andere – zu ändern.« Es klingt aufgeblasen und herablassend, aber es ist gut gemeint.

Steffen schnaubt und wendet sich wieder dem Auto zu. Die beiden Frauen wechseln einen Blick.

»Najaaaaa«, sagt Kethe schließlich. »Mag sein. Mir ist Dustin seit der Migration jedenfalls deutlich lieber als davor.«

»M-m, nein«, widerspricht Sophie kopfschüttelnd. »Ich mochte Dustin vor der Migration genau so gern. Ich hätte ihm aber niemals zugetraut, sich um etwas zu kümmern. Seit der Migration ist er wesentlich verantwortungsbewusster. Aber seit er den Professor kennt, war er mir viel zu traurig. Es wäre wirklich wünschenswert, wenn du etwas dagegen unternehmen würdest«, sagt sie an mich gewandt.

Ich bin ehrlich sprachlos.

»Was macht ihr?«, ruft Dustin von der Eingangstür aus, und wir schauen alle zu ihm hoch.

»Hi, Dustin!«, sagt Sophie winkend. »Wir haben Rob begrüßt.«

»Hi, Dustin«, sage ich, ebenfalls winkend. Hauptsächlich, weil es scheint, als gehöre es sich so.

Er rast die Treppe herunter und kommt schlitternd neben uns zu stehen, wobei er Sophie und Kethe zornig anfunkelt. »Und das musstet ihr hier draußen tun? Ihr konntet ihn nicht hereinbitten und Bescheid sagen, dass er da ist? Was habt ihr gesagt?« Er wirbelt zu mir herum. »Was haben sie gesagt? Wahrscheinlich stimmt es gar nicht. Ich bin hinreißend!«, sagt er schmollend, die Hände in die Hüften gestemmt, und ich schmelze dahin. Ich spüre, wie mein Penis sich regt. Wie kann man nur so bezaubernd sexy sein?

»Das bist du«, sage ich tröstend. »Du bist absolut hinreißend.«

Aus dem Schmollen wird ein Lächeln, und er schmiegt sich seitlich an mich und hakt sich bei mir unter. »Wie lieb von dir«, gurrt er. »Tut mir leid, dass sie dich nicht hereingebeten haben. Komm und lass mich dir etwas zu trinken besorgen. Wie war die Fahrt?« Er zieht mich zur Treppe. Sophies und Kethes grinsendes Geflüster ignoriert er geflissentlich. Angesichts dessen, wie das Gehör von Shiftern funktioniert, versteht er vermutlich alles.

»Gut. Also es hat sich etwas gezogen, aber es war nicht viel Verkehr.«

»Das ist ja toll. Hat dir keiner den Parkplatz gezeigt? Die sind wirklich das Letzte. Es tut mir echt leid.«

»Äh, nein. Steffen wollte erst das Auto überprüfen.«

Am Fuß der Treppe bleibt er wie angewurzelt stehen, dann wiederholt er mit einem Seufzer: »Tut mir sehr leid. Gib mir einen Moment Zeit. Du kannst gern schon reingehen, wenn du möchtest.« Er löst sich von mir, marschiert zu Steffen hinüber, der mit ausgestreckten, gespreizten Fingern das Armaturenbrett fixiert. Vermutlich wirkt er irgendeinen Zauber. Wie ich während der letzten Jahre gelernt habe, unterscheidet sich das, was Drachen unter Zaubern verstehen, sehr von dem, was ich von unseren Zauberern kenne.

»Steffen!«, zischt Dustin so laut, dass selbst ich es deutlich hören kann. »Wäre es vielleicht möglich, dass du mir das hier nicht ruinierst?«

Steffen richtet sich auf. »Wieso ruinieren? Er ist nicht sauer. Das ist gut – du solltest dich mit niemandem einlassen, der Sicherheitsmaßnahmen nicht ernst nimmt.«

»Bitte, bitte, benimm dich ein paar Stunden ganz normal. Es gibt kein Sicherheitsrisiko. Mit seinem Auto ist alles in Ordnung.«

Steffen nickt. »Das stimmt wohl«, sagt er beschwichtigend. »Ich bin auch fast fertig. Ich parke es hinten bei den anderen. Geh schon mal rein und führe ihn herum. Aber halte ihn fern vom Security-Kontrollraum und von den Schätzen – dafür reichen seine Sicherheits-Befugnisse nicht.«

Dustin macht ein Geräusch, das bedeuten könnte, dass

er gleich auf Steffen losgehen wird, dann öffnet er den Mund, schließt ihn wieder und zeigt drohend mit dem Finger auf Steffen. Schließlich wirbelt er auf dem Absatz herum und kommt wieder zu mir herüber gestapft. Er sieht aus wie ein wütendes Kätzchen, aber ich bin nicht mehr so dumm, ihn zu unterschätzen. Erwachsene Drachen können ganz andere Schäden anrichten als wütende Kätzchen.

Als er wieder neben mir steht, hat er nicht mehr die Zähne zusammengebissen, und seine Fäuste sind nicht länger geballt, nur auf seinen Wangen liegt noch eine zornige Röte, die einen wunderschönen Kontrast zu den goldenen Haaren und seinen hellen Augen bildet.

»Es tut mir wirklich leid«, sagt er. »Steffen wird dein Auto parken. Und es wird tadellos in Ordnung sein, wenn du wieder fährst, versprochen. Der Zauber, den er benutzt, richtet keine Schäden an.«

»Schon gut«, sage ich beruhigend. »Du siehst gut aus heute.« Ich sage es zwar hauptsächlich, um ihn abzulenken, aber es stimmt – und seine Reaktion weckt in mir den Wunsch, ihm weitere Komplimente zu machen. Er richtet sich auf und fängt an zu lächeln, muss sich aber weiteres Imponiergehabe verkneifen.

»Danke. Du auch. Aber das tust du ja immer. Komm herein.«

Ich gehe brav die Treppe hinauf. Die Frauen folgen uns mit ein paar Schritten Abstand. Dustin bittet mich durch die Flügeltür in eine Eingangshalle, bei deren Anblick mir buchstäblich die Luft wegbleibt. Sie öffnet sich nach oben über vier Stockwerke bis unter das Dach. Von den frei liegenden Dachbalken hängt ein gewaltiger Kronleuchter herab. An der einen Wand befindet sich ein riesiger Stein-Kamin, und der große Raum ist mit einer sehr gemütlich aussehenden Sitzlandschaft eingerichtet, auf die man von den offenen Balustraden der oberen Stockwerke herunterblickt. Dieser Raum allein ist fast doppelt so groß wie mein ganzes Haus, und das hat immerhin drei Schlafzimmer.

»Wow.«

»Schon toll, oder? Wir hatten damals einige Häuser besichtigt. Manche lagen näher zur Stadt, was gut gewesen wäre, da Großvater unter der Woche meist dort sein muss, aber das hier ist privater, innen geräumiger, und das Außengelände bietet mehr Platz. Es passte einfach zu uns, also haben wir uns dafür entschieden. Und wenn man fliegt, ist man auch schnell in der Stadt.« Er unterbricht. »Allerdings hatten wir ziemliche Schwierigkeiten, in der Stadt einen Platz zum Landen und Starten zu finden. Der erste musste wieder aufgegeben werden nach dem Vorfall mit dem nackten Drachen-Ausritt.«

Ich bin wirklich versucht, nachzufragen, andererseits bin ich nicht ganz sicher, ob ich die Antwort wirklich hören will. Insbesondere, wenn Dustin beteiligt war.

»Rob!«

Ich drehe mich nach der Stimme um, ganz froh über die Unterbrechung. Ich bin ziemlich sicher, dass ich nachgefragt hätte, und möglicherweise hätte ich es bereut.

Percy kommt lächelnd hereingeschlendert. Wie immer in seiner Gegenwart lässt meine Anspannung etwas nach. Ich dachte ursprünglich, das hätte mit seiner Ausstrahlung als Luzifer zu tun, aber wahrscheinlich liegt es an ihm. Manche Leute haben einfach von Natur aus eine beruhigende Wirkung.

Dustin nutzt die Gelegenheit, sich an mich zu schmiegen, und ich spüre, wie es meinen ganzen Körper auf Hochtouren bringt. Beruhigend ist definitiv nicht das Wort, mit dem ich ihn beschreiben würde. Fast ohne nachzudenken lege ich den Arm um ihn.

So viel zur Regel bezüglich der unangebrachten Berührungen.

Bedingung. Ich meine Bedingung, nicht Regel.

Freunde legen manchmal die Arme umeinander, oder etwa nicht? Das tun sie doch sicher. Genau genommen ist das also nichts Unangemessenes.

Dustin schiebt seine Hand nach unten und tastet nach meinem Hintern. Ich seufze. Das ist das Ende meiner Hoffnung auf angemessenes Verhalten.

Mit Mühe mobilisiere ich jedes Quäntchen Willenskraft, nehme seine Hand von meinem Gesäß und mache einen Schritt zur Seite, um etwas Abstand zwischen uns zu bringen.

»Hallo, Percy. Vielen Dank für die Einladung.«

Percy lächelt Dustin geduldig und kopfschüttelnd an, dann wendet er sich mir zu. »Aber gerne. Wir haben uns gestern sehr gut amüsiert – deine Eltern verstehen es wirklich, eine Party zu geben.«

»Das tun sie«, sage ich zustimmend, obwohl mein Vergnügen etwas eingeschränkt war aufgrund meiner ständigen Fluchtversuche und dem Drang, mich zu verstecken.

»Entschuldigung – wieso hast du dich nicht bei mir für die Einladung bedankt?«, will Dustin wissen, der erneut die Hände in die Hüften gestemmt hat.

»Weil du mich nicht eingeladen hast. Das war Percy.«

»Das stimmt.« Percy nickt ernst. »Aber wir sollten nicht länger rumstehen und darüber debattieren. Komm hinaus auf die Terrasse, Rob. Er ist so ein schöner Tag, und wir dachten, wir essen draußen. Das Essen ist noch nicht ganz fertig, also haben wir noch Zeit für ein Getränk.« Er schaut über die Schulter. »Ah, da bist du ja, Kethe. Ich hatte mich schon gefragt, wo du hingeraten bist.«

»Ich habe die Kinder beaufsichtigt«, sagt sie gut

gelaunt. »Die hätten Rob sonst noch den ganzen Tag vor dem Tor warten lassen.«

»Und ihn stattdessen vor der Haustür stehen zu lassen war besser?«, murrt Dustin.

Kethe hebt die Augenbrauen. »Wie war das?«

»Schon gut. Lasst uns auf die Terrasse gehen.« Er nimmt mich bei der Hand und zieht. Ich folge ihm mit einem fragenden Blick zu Kethe.

»Ich führe das Haus«, sagt sie, und mehr muss ich eigentlich nicht wissen. Nach Moms und Julians Hochzeit hatten wir auch eine Haushälterin. Ich weiß es besser, als die Person zu verstimmen, die Mahlzeiten zubereitet und sich um die Wäsche kümmert.

Wir laufen einen breiten Korridor entlang, von dem rechts und links Türen abgehen. Beim Blick in einige der offen stehenden Türen erspähe ich gemütliche, schön eingerichtete Räume – Wohnzimmer, eine Bibliothek, ein Büro. Das Haus ist eindeutig dazu gedacht, viele Bewohner zu beherbergen, und ihnen zu erlauben, in kleinen und großen Gruppen zusammenzukommen.

»Wie viele von euch leben hier?«, frage ich.

»Ständig? Acht«, antwortet Dustin. »Ich, Großvater und Percy, Kethe, Steffen, Sophie, Wil und Fabian. Aber da dies der Hauptsitz der Regierung ist, bekommen wir oft Besuch. Und natürlich ist hier jeder willkommen, der ein Dach über dem Kopf braucht. Derzeit sind es aber nur wir.«

Wir betreten einen wirklich wunderschönen Wintergarten. Die Rückwand besteht aus gläsernen Flügeltüren, die sich zur gefliesten Terrasse öffnen. Von dort aus blickt man auf einen wunderschönen Garten mit großem Rasen. Dahinter liegen die Wälder. Wenn ich es von Google Maps richtig in Erinnerung habe, grenzt das Gelände an einen Nationalpark.

An der einen Seite des Wintergartens befindet sich ein weiterer Kamin, und ich kann mir gut vorstellen, wie toll es sein muss, sich im Winter während eines Schneesturms in diesem Raum einzuigeln.

Wir gehen nach draußen, wo Brandt ins Gespräch mit einem weiteren Mann vertieft auf einem Außenbereichs-Sofa sitzt, die Füße auf einem Couchtisch abgestützt und ein Glas in der Hand. Beide schauen uns an, und Brandt hebt grüßend sein Glas.

»Willkommen, Rob! Komm, trink ein Glas von diesem schicken Wasser.«

»Es ist sehr erfrischend«, sagt Kethe, die vorausgeht. »Mit Gurke, Blaubeeren und Minze. Habe ich selbst gemixt.« Sie gießt mir ein Glas aus der gigantischen Karaffe auf dem Tisch ein und reicht es mir. Da mich alle anstarren, soll ich es offensichtlich sofort probieren, also nehme ich einen Schluck.

»Oh, das ist ja köstlich«, sage ich überrascht. Ich meine, es ist Wasser mit Gurke und Beeren. Ich hatte nichts Besonderes erwartet. Aber es ist tatsächlich sehr erfrischend.

»Setz dich«, drängt mich Kethe. »Ich gehe mal nach dem Essen sehen.« Sie verschwindet durch den Wintergarten, und wir anderen machen es uns um den Couchtisch gemütlich. Es gibt zwei weich aussehende Couchen und ein paar Sessel. Dustin schiebt mich zur anderen Couch. Mir ist klar, was er vorhat, aber da ich es nicht verhindern kann, ohne eine Szene zu machen, setze ich mich mit etwas Abstand zu ihm auf die Couch, und er setzt sich neben mich.

»Rob, das ist Wil«, sagt Percy, und ich beuge mich vor, um ihm die Hand zu geben. Er sieht normal aus, aber wie ich in den etwa fünfzehn Minuten seit meiner Ankunft gelernt habe ist normal relativ, wenn es sich um Drachen handelt.

»Hi«, sagt er. »Du bist also Dustins Professor.« Sein Blick streift mich und er bemerkt mit geschürzten Lippen. »Fabian hatte recht.«

Ich erinnere mich vage daran, dass Steffen gestern etwas Ähnliches gesagt hat, und bin kurz davor, zu fragen, worum es geht, als Dustin schon bissig antwortet: »Du und Fabian habt ja keine Ahnung.«

Also gut. Das Thema lassen wir also.

»Was für ein großartiger Ort«, sage ich stattdessen. Meine Geste umfasst die Terrasse, den Garten und die Wälder. Die gefliese Fläche ist halb so breit wie das Haus und wäre perfekt für Sommerfeste. Ein Tisch mit zehn Plätzen ist schon für das Mittagessen gedeckt, und große Töpfe mit Stauden und Blumen sind so verteilt, dass es zufällig wirkt; in Wirklichkeit sind sie geschickt so platziert, dass sie die Fläche aufteilen.

»Wir mögen es sehr«, sagt Brandt. »Es ist gut geeignet, um Gäste zu begrüßen. Und der Rasen ist groß genug zum Starten und Landen.«

»Ich habe schon gehört, wie beeindruckend ihr in Drachengestalt seid.« Ich betrachte die große Rasenfläche. Sie brauchen glaube ich keine Startbahn, um loszufliegen, wie Flugzeuge, also müssen sie wirklich groß sein, um so viel Platz zu benötigen.

»Manche sind besonders beeindruckend«, sagt Dustin, jetzt wieder mit flirtendem Unterton. Sophie hustet.

»Danke, Dustin. Ich fand mich auch schon immer sehr beeindruckend.« Er zeigt ihr den Mittelfinger.

»Ich kann mich jederzeit verwandeln und dir meine Drachengestalt zeigen«, verspricht Dustin, der unauffällig näher rückt. Ich widerstehe dem Impuls, von ihm abzurücken. Zwischen mir und der Armlehne sind es nur noch wenige Zentimeter, und die werde ich brauchen, wenn er kurz davor ist, sich auf meinen Schoß zu setzen. Es fällt mir aber nicht sonderlich schwer, mir das Abrücken zu verkneifen, denn ich genieße seine Nähe sehr.

»Sehr nett von dir. Wenn wir uns weiter anfreunden, werde ich dich beim Wort nehmen.«

»Anfreunden?«, fragt Wil. »Dustin will sehr viel mehr als nur Freundschaft von dir, Professor.«

»Nenn mich bitte Rob«, antworte ich. Vielleicht kann ich damit verhindern, auf seine Bemerkung antworten zu müssen. Mir wäre es wesentlich lieber, die Details unserer Beziehung unter vier Augen weiter zu besprechen, ohne dass Dustins Mitbewohner – Familie? – zuhört und sich einmischt.

»Keine Sorge«, sagt Dustin zuversichtlich. »Es wird mehr als eine Freundschaft daraus. Rob muss nur noch seine ›Bedingungen‹ definieren«, fügt er mit angedeuteten Anführungszeichen hinzu, und ich spüre, wie mir meine Beherrschung mehr und mehr entgleitet.

»Ohh.« Wil nickt wissend. »Solange diese ›Bedingungen‹« (hier deutet auch er Anführungszeichen an) » – keine illegalen oder moralisch verwerflichen Aktivitäten umfassen. Dustin ist kein solcher Drache.« Er hält inne. »Also nicht mehr.«

»Aber natürlich werden sie nichts Illegales oder moralisch ...« ich breche ab, als mir klar wird, was das bedeutet, dann schaue ich Dustin an, der mich mit Augenaufschlag ansieht. »Nicht mehr?«

Er legt mir die Hand auf den Oberschenkel. »Hör nicht auf ihn. Er übertreibt. Die Gesetze waren auch anders bei uns.« Seine Hand wandert höher, und mir schwirrt der Kopf.

»Äh ...«

»Essen!«, ruft Kethe, was mir weiteres Nachdenken erspart und Dustin davon abhält, mich weiter vor den Augen seines Großvaters zu begrabbeln. »Kann mir bitte jemand helfen?«

Ich springe auf. »Ich kann helfen!«

»Das wirst du nicht«, sagt Percy entschieden, während er sich sehr viel graziöser erhebt als ich. »Du bist unser Gast. Bitte such dir einen Platz am Tisch. Dustin und Wil werden Kethe helfen.«

Dustin macht ein Protestgeräusch, aber Percy wirft ihm einen strengen Blick zu, und er schluckt seinen Kommentar herunter.

Erleichtert und dankbar für die Atempause begebe ich mich mit Brandt, Percy und Sophie zu Tisch. Ich bin versucht, mich zwischen die beiden zu setzen, bezweifle aber, dass sie es zulassen würden. Außerdem bin ich zugegebenermaßen hier, um Dustin besser kennenzulernen. Wenn ich dabei während der gesamten Mahlzeit seine Hand von meinem Bein schieben muss, ist das eben so.

Oder du lässt sie einfach liegen, flüstert meine boshafte innere Stimme. *Um zu sehen, wie weit er gehen würde. Du weißt genau, dass du es willst. Dass du es genießen würdest.*

Die Vorstellung schiebe ich resolut beiseite. Ich darf Dustin keine falsche Hoffnungen machen, denn erst muss ich meine Grenzen klar definieren und Dustin klarmachen, dass es keinen Sex zwischen uns geben wird, bevor er seinen Abschluss gemacht hat. Meine Moral wird den Kampf möglicherweise verlieren, aber ganz ignorieren kann ich sie nicht.

Kethe kommt ein paar Minuten später wieder, gefolgt von Wil, Dustin und Steffen, alle beladen mit vollen Schüsseln, aus denen ein betörender Duft aufsteigt. Nach einem kurzen Hin und Her, bis alle sitzen und ihre Teller gefüllt haben, beginnen wir zu essen.

Wie erwartet ist Dustin an meiner Seite, sein Stuhl näher an meinem als notwendig. Der Platz auf der anderen Seite bleibt leer, und ich schaue in die Runde. Alle, die ich bisher kennengelernt habe, sind anwesend. Der einzige, der zu fehlen scheint, ist Fabian, dessen Meinung zu etwas mir nicht Bekanntem Wil und Steffen beide bestätigt haben.

Als hätte er meine Gedanken gelesen fragt Wil: »Ist Fabian noch nicht zurück?«

Kethe schüttelt den Kopf. »Nein. Wer weiß, wo er steckt. Ich kann nur hoffen, dass er nicht wieder an ein Rohr im Keller gekettet wurde.«

Ich erstarre, während ich die Gabel zum Mund führe. Wieder?

»So schlimm war das gar nicht«, hält Brandt dagegen. »Unangenehmer war, als sein Sex-Date ihn nackt im Wald ausgesetzt hat, und er ohne Kleider zu Fuß in die nächste Stadt laufen musste, um an ein Telefon zu kommen.«

Du. Meine. Güte.

»Oder damals bei der Orgie–«

»Hallo zusammen! Oh, gut, dann bin ich noch rechtzeitig zum Mittagessen.«

Ich sehe mich so abrupt um, dass ich schwören könnte, meine Nackenwirbel knacken zu hören. Ein unauffällig aussehender Mann mit braunen Haaren, der mir irgendwie bekannt vorkommt, schlendert auf die Terrasse. Er sieht aus, als sei er gerade erst aufgestanden – verstrubbelte Haare, unrasiert, Kleidung zerknittert und leicht verrutscht.

»Hallo, Fabian. Wir haben gerade von dir gesprochen«, sagt Percy trocken. »Wie gut, dass du nicht verletzt oder in Polizeigewahrsam bist.«

Fabian nickt. »Finde ich auch. Gestern lief alles recht

normal, also war ich nicht in Gefahr, verhaftet zu werden. Aber ich habe heute Morgen ausgeschlafen, und dann haben wir noch eine Nummer geschoben, bevor ich gegangen bin.« Er rutscht auf den Stuhl neben mir, und ich stelle fest, dass er eindeutig nach Sex riecht. Dieser Kerl muss sich absolut wohl in seiner Haut fühlen, denn wenn ich es riechen kann, gilt das auch für alle anderen, und es scheint ihn nicht weiter zu stören.

Und da rümpfen auch schon alle die Nase. »Hättest du dich nicht wenigstens abduschen können, bevor du zu uns stößt?«, fragt Steffen spitz.

Fabian greift nach der nächsten Schüssel und schüttelt den Kopf. »Nö. Sonst hätte ich das Essen verpasst.« Plötzlich scheint er mich zu bemerken, lächelt, dann sieht er nochmal genauer hin. »Hey! Dich kenne ich doch – du bist Dustins Professor!«

»Ja. Rob Sarris.« Ich denke kurz darüber nach, ob ich ihm die Hand geben soll, aber er hat sowieso gerade keine frei.

»Was machst du denn hier?« Er beugt sich vor, um Dustin anzuschauen. »Was passiert hier eigentlich?«

»Fabian ...«, sagt Brandt gequält. »Könntest du bitte wenigstens versuchen, höflich zu sein?«

»Ich bin sehr höflich«, erklärt Fabian empört. »Ich habe ihn erkannt und alles.« Er hat seinen Teller fertig befüllt, stellt die Schüssel ab und reicht mir die Hand. »Fabian.«

Ich würde wirklich gern fragen, ob er sich die Hände nach der zweiten Runde gewaschen hat. Wäre das unhöflich? Ich kann auch nicht ewig zög–

»Bitte sag mir, dass du wenigstens vor dem Essen Hände gewaschen hast«, sagt Sophie streng. »Oder muss ich dir wieder einen Vortrag über Hygiene halten?«

Fabian verdreht die Augen. »Na klar habe ich das. Alles ist besser, als dein ewiges Gequatsche über Bakterien.«

Ich bin Sophie so dankbar. Während wir uns die Hand schütteln, fährt er fort: »Ich finde es trotzdem albern. Es ist ja nicht so, als ob wir uns anstecken könnten.«

»Menschliches Verhalten«, erinnert Percy ihn. »Wir versuchen, nicht aufzufallen. Außerdem könnte Rob zum Beispiel sich etwas holen, auch wenn dir nichts passieren kann. Wenn man mit Menschen interagieren will, muss man sie schützen.«

»Das habe ich«, protestiert Fabian. An mich gewandt wiederholt er: »Das habe ich wirklich.« Dann mustert er mich genauer. »Hat Dustin irgendwelchen Ärger? Bist du deswegen hier? Er ist doch gar nicht in deinen Vorlesungen in diesem Jahr. Sammelst du Spenden für die Uni?« Plötzlich weiten sich seine Augen. »Oh *verdammt*. Du weißt Bescheid über uns, oder? Ich hatte nur angenommen, dass du gar nicht hier wärst, wenn du nicht schon wüsstest ... aber dann hatte ich das mit den Bakterien gesagt ... und Percy hat von den Menschen gesprochen ...« Er sieht völlig panisch aus.

»Ist schon gut, Fabian«, sagt Brandt. »Rob weiß Bescheid. Sein Stiefvater ist ein Inkubus.«

Fabian sackt in sich zusammen, die Hand auf der Brust. »Puh, da bin ich aber erleichtert.«

Ich habe das Gefühl, ich sollte tröstend seine Schulter klopfen oder so, aber das will ich nicht. Er riecht wirklich deutlich nach Sex, und nachdem ich von den Orgien und nackten Eskapaden im Wald und an Rohre gefesselt Sein gehört habe, kann man nicht mit Sicherheit ausschließen, dass sein Hemd dieses Mal bei den sexuellen Praktiken mit im Einsatz war.

Er nimmt die Gabel zur Hand und beginnt zu essen,

wobei mein Blick an dem Ring hängen bleibt, den er trägt. Es ist ein einfacher Silberring mit Gravur. Ich runzele die Stirn. Steht da etwa …?

»Trägst du einen Keuschheitsring?«, kommt mir ungläubig über die Lippen, und um den Tisch verbreitet sich Schweigen. Alle starren Fabians Hand an.

Er schaut darauf und nickt. »Japp.«

»Mir … mir fehlen die Worte«, murmelt Kethe.

»Woher weißt du, dass es ein Keuschheitsring ist?«, fragt Dustin mich.

»Es steht ›Keuschheit‹ drauf.«

Er beugt sich über mich, greift nach Fabians Hand und mustert den Ring. Ich weiche geschickt Fabians jetzt leerer Gabel aus.

»Na sowas. Tatsache. Wieso ist mir das noch nie aufgefallen?« Er lässt Fabian los, bleibt aber an mich gekuschelt. Ich bin zu abgelenkt, um mir etwas daraus zu machen, was eigentlich schade ist.

»Das ist mir auch noch nie aufgefallen«, bemerkt Wil. »Euch?«

Alle schütteln die Köpfe und verneinen. Fabian ist der einzige, der noch isst … alle anderen sind offensichtlich zu schockiert. Das ist verständlich, obwohl ich erst wenig über seine sexuellen Abenteuer erfahren habe.

»Fabian«, setzt Sophie an. »Warum trägst du einen Keuschheitsring?«

»Er sitzt fest.«

Brandt vergräbt stöhnend das Gesicht in den Händen.

»Okay.« Sophie fährt nach einer kurzen Pause fort: »Darüber sprechen wir gleich noch. Was ich meine ist: Warum hast du ihn überhaupt angezogen? Du hast noch nie abstinent gelebt, seit ich dich kenne.« Mit einem Seitenblick zu mir ergänzt sie: »Das ist schon sehr lange.«

Fabian zuckt die Achseln. »Es war ein Missverständnis. Ich war in der Mall, wo dieser Typ einen Stand hatte, Pamphlete verteilt und Schmuck verkauft hat, und ich bin stehen geblieben, um mir seine Ware anzusehen. Ich musste so viel von meinem Schatz zurücklassen.« Über sein Gesicht huscht ein trauriger Ausdruck. »Ich dachte, ich könnte vielleicht ein paar neue Stücke kaufen.«

Alle nicken verständnisvoll. Dustin flüstert mir ins Ohr: »Fabian hortet Ringe.«

Auch ich nicke verständnisvoll. Armer Fabian.

»Der Mann fragte mich, ob ich reinen Herzens bin«, fährt Fabian fort. »Ich habe natürlich ja gesagt, denn das *bin* ich. Noch nie habe ich jemandem absichtlich etwas zuleide getan, und ich verwende Zeit darauf, anderen zu helfen.«

»Richtig«, sagt Brandt. Wil und Dustin nicken. Steffen sieht zweifelnd aus, aber das könnte einfach sein Gesichtsausdruck sein. Die anderen wirken ungeduldig.

»Er war ganz aufgeregt, als ich das gesagt habe und hat mir eine Reihe Fragen gestellt – ob ich mich darauf festlegen möchte, rein zu bleiben und ob ich bereit bin, das Symbol meiner Reinheit öffentlich zu tragen. Und da ich mit all dem einverstanden war, sagte ich ›na klar‹ und habe den Ring gekauft.« Er hebt die Hand und hält die Hand so, dass das Licht sich darin fängt. »Er ist hübsch.«

»Sehr hübsch«, sagt Kethe zustimmend. »Wann hast du gemerkt, dass es um sexuelle Reinheit geht?«

Fabian seufzt. »Zwei Tage später, als ich im Club plötzlich von allen möglichen Männern umschwärmt wurde.« Zu mir gewandt erklärt er: »Ich habe auch sonst keine Probleme, Sexpartner zu finden, aber das hier war ganz anders als normalerweise. Ich konnte kaum einen Schritt machen, ohne jemanden am Hals zu haben.« Er unterbricht erwartungsvoll, also mache ich ein Geräusch, das hoffentlich verständnisvolle Zustimmung vermittelt. Kann das alles überhaupt wahr sein? Habe ich irgendeine seltsame Halluzination? Habe ich mir den Kopf gestoßen und liege im Koma? Schluchzt meine Mutter gerade neben meinem leblosen Körper, während Julian schwört, einen Weg zu finden, um mich daraus zu erwecken?

Dustin lässt die Hand auf meinem Oberschenkel nach oben wandern, und die Geschwindigkeit, mit der das Blut nach unten schießt, beantwortet meine Frage. Ich bezweifle sehr, dass halluzinierte Erregung so intensiv wäre.

»Jedenfalls«, fährt Fabian fort. »bin ich mit einem von ihnen mitgegangen, wir haben gevögelt, und danach war er echt arschig und hat damit angegeben, was er doch für ein toller Hengst ist, der mich von meiner Enthaltsamkeit abgebracht hat.« Er schnaubt durch die Nase. »Enthaltsamkeit! Als ob ich jemals enthaltsam sein könnte. Was für eine Verschwendung das doch wäre.«

»Und dann?«, fragt Dustin, den die Geschichte viel zu sehr zu faszinieren scheint. »War er wenigstens gut?«

Fabian macht eine schwankende Geste mit der Hand. »Durchschnittlich. Was ich ihm auch mitgeteilt habe, nachdem ich mich erkundigt hatte, wovon er eigentlich redet. Und dann hat er gefragt, wieso ich einen Keuschheitsring trage, wenn ich gar nicht enthaltsam lebe, und dann kam die Wahrheit ans Licht.« Wieder schaut er den Ring an. »Es war eine herbe Enttäuschung.«

»Das glaube ich«, sagt Kethe, ohne die geringste Spur von Mitgefühl. »Aber du trägst den Ring jetzt schon einige Jahre, Fabian.«

Er nickt. »Ja. Ich habe ihn gekauft, als wir etwa ein Jahr auf der Erde waren.«

»Und du hast versucht, ihn abzunehmen, nachdem du erfahren hattest, dass er ein Symbol für Keuschheit ist?«

Wieder nickt er. »Er geht nicht ab. Ich hätte den größeren nehmen sollen, aber der Verkäufer sagte, es ist nicht schlimm, wenn er fester sitzt, da ich ihn sowieso immer tragen werde, und so nicht riskiere, ihn zu verlieren, weil er etwas lockerer sitzt.« Er nimmt die Gabel zur Hand und isst weiter.

»Fabian«, sagt Sophie langsam, »warum hast du in den vier Jahren nie versucht, ihn auf andere Weise abzubekommen?«

Er blinzelt sie an. »Das habe ich. Ich versuche ihn alle paar Tage abzulegen. Er sitzt fest.«

»Ich wollte, du hättest längst etwas gesagt«, bemerkt Brandt. »Ich hätte dir helfen können. Ich bin sicher, wir finden eine Möglichkeit. Was hast du denn schon versucht? Zauber?«

Fabians ratlose Miene lässt mich schon vermuten, was er als Nächstes sagen wird. »Ich ziehe daran. Er steckt fest. Was meinst du mit Möglichkeiten? Wieso sollte ich zaubern, um einen Ring abzulegen?«

»Um ihn abzubekommen«, erklärt Percy geduldig, während alle anderen aufstöhnen. »Brandt und ich helfen dir nach dem Essen. Ich bin sicher, kaltes Wasser und Butter werden funktionieren, aber selbst wenn nicht, weiß Brandt sicher einen Zauberspruch dafür.«

Fabian wirkt überrascht. »Darauf bin ich noch nie gekommen. Als er nicht abging, dachte ich einfach bei mir, er tut ja keinem weh. Ich hatte Besseres zu tun als mir darum den Kopf zu zerbrechen.«

Dustin drückt meinen Oberschenkel. »Fabian ist unser Archivar«, erklärt er. »Seine Aufgabe ist es, alles Wichtige zu dokumentieren und die vorhandenen Unterlagen zu pflegen. Außerdem Forschung zu betreiben.«

Der Nerd in mir erwacht. »Das ist fantastisch«, sage ich an Fabian gewandt. »Du weißt sicher eine Menge. Ich würde liebend gern mehr über die Kultur der Drachen erfahren, aber man kann ja leider keinen Kurs dafür belegen.«

»Ich kann dir auch alles beibringen, was du wissen möchtest«, protestiert Dustin.

»Ich könnte einen Kurs über Drachenkultur unterrichten«, sagt Fabian gleichzeitig. »Das würde mir Spaß machen.« Er wirft Brandt einen Blick zu. »Darf ich?«

»Ich wüsste nicht, was dagegen spricht.« Brandt wendet sich an Percy. »Du?«

»Mir gefällt die Idee«, sagt Percy. »Es müsste ein paar Grundregeln geben. Das können wir besprechen, wenn wir deinen Ring abmachen.«

»Toll!« Fabian strahlt, und ich versuche immer noch, nachzuvollziehen, was sich in den letzten fünfzehn Minuten alles ereignet hat – und dabei zu essen – als er sich erneut mir zuwendet. »Warum bist du also hier?«

»Percy hat mich eingeladen. Wir haben uns bei einer Wohltätigkeitsveranstaltung bei meinen Eltern kennengelernt, zu der Dustin, Steffen, Brandt und er eingeladen waren.«

Er reißt die Augen auf. »Wow. Was für ein Zufall! Wusstest du davor überhaupt schon, dass Dustin ein Drache ist?« Er beugt sich wieder vor, um Dustin zu fragen: »Und wusstest du, dass dein Professor zur Community gehört?«

»Nein zu beiden Fragen«, antworte ich, um Dustin zuvorzukommen. Ich will dieses Gespräch wieder in sichere Bahnen lenken. »Es war für uns beide überraschend.«

»Aber auf gute Weise. Dustin ist ja offensichtlich über seine Vernebelung hinweggekommen und hat dich verführt. Hast du hier übernachtet? Nein, du hattest ja gesagt, dass Percy dich eingeladen hat ... Dustin, du solltest dich schämen. Hättest du dein Sex-Date nicht selbst einladen können?«

»Wir hatten keinen Sex. Und das wird auch nicht passieren.« Ich spreche so entschieden wie möglich, im Versuch, standhaft zu bleiben, obwohl Dustin sich verführerisch an mich drückt. Ich schaue ihn bewusst nicht an, da ich fast sicher bin, wieder das bezaubernde Schmollen zu sehen zu bekommen.

Fabian runzelt die Stirn und schaut vom einen zum anderen. »Aber ... warum nicht? Dustin ist seit Jahren verrückt nach dir.«

Ich seufze. Wil kommt mir zu Hilfe. »Ich erklär's dir später. Die Kurzfassung ist, dass Rob gekommen ist, damit Dustin und er darüber, äh, sprechen können, welche Richtung ihre Beziehung einschlagen soll.«

Mit zusammengekniffenen Augen fragt Fabian: »Ist das eine Umschreibung für Sex? Ist das wieder so etwas wie der nackte Drachen-Ausritt? Das klang nämlich besser. ›Über die Richtung sprechen, die ihre Beziehung einschlagen soll‹ klingt langweilig.«

Percy wimmert. »Nie. Niemals. Ich werde das nie wieder loswerden.« Brandt drückt seine Hand.

Ich habe das Gefühl, etwas nicht mitbekommen zu haben.

»Es ist keine Umschreibung für Sex«, sage ich entschieden. »Kein Sex. Es wird keinen Sex geben.«

»Du brichst mir das Herz«, sagt Dustin kläglich.

»Warum kein Sex?«, fragt Fabian mit verständnisloser Miene. »Sex ist unübertroffen.«

»Das hier ist der beste Tag meines Lebens«, wirft

Sophie ein. »Er könnte nur noch besser werden, wenn eine von Stefs Verschwörungstheorien sich als wahr herausstellen und jemand, der vor Attentätern flieht, aus einem Helikopter springen würde oder so, und im Garten landen würde.«

Es entsteht eine kurze Pause, in der wir alle gen Himmel und dann in den Garten schauen. Es erscheint niemand, weder auf der Flucht vor Attentätern noch anderweitig.

»Tja, das ist enttäuschend.« Sophie steht auf. »Dann will ich mal anfangen, abzuräumen.«

»Es haben noch gar nicht alle fertig gegessen«, beschwert sich Steffen. Ich nehme hastig noch einen Bissen auf die Gabel.

»Aber wird denn überhaupt gegessen?«, fragt sie. »Wir lassen das Essen kalt werden und sprechen über Fabians Eskapaden und Dustins nicht existierendes Sexleben.«

»Sophie hat recht«, sagt Kethe, die sich ebenfalls erhebt. »Lasst uns abräumen, und ich mache für später einen kräftigen Imbiss, wenn Dustin und Rob sich ausgesprochen haben und Fabian den Ring abbekommen hat.«

»Gute Idee!« Dustin springt auf, wobei sein Stuhl umfällt. Sieht so aus, als wäre es jetzt Zeit für unser Gespräch.

Ach, verdammt.

KAPITEL 8

DUSTIN

Ich bin so nervös. Beim Essen war ich stiller als sonst, weil mir dieses Gespräch so bevorsteht. Wie soll ich es angehen? Was, wenn Robs »Bedingungen« sich als absurd herausstellen? Was, wenn er das wirklich ernst meinen sollte und tatsächlich eine reine Freundschaft anstrebt? Mein Glück ist zum Greifen nahe – ich kann es mir jetzt nicht unter den Fingern zerrinnen lassen.

Ich führe Rob in eines der weniger formell möblierten Wohnzimmer und wirke zur Sicherheit einen absolut sicheren Privatsphären-Zauber, während ich die Tür hinter uns schließe. Irgendwelche Lauscher hätten mir gerade noch gefehlt. Darum habe ich mich für dieses Zimmer entschieden. Es gibt andere mit besserer Aussicht – dieses hat nur ein kleines Fenster, von dem aus man auf den Parkplatz blickt. Hier ist es wesentlich unwahrscheinlicher, dass jemand »nur so« vorbeikommt und gafft.

»So«, setze ich an, während ich auf die beiden Sessel zulaufe, von denen er auf einem Platz genommen hat. Ich setze mich in den anderen und wünschte, er hätte die Couch gewählt, wo ich mich hätte an ihn kuscheln können. Er scheint auf meine Berührungen anzusprechen. Ich bezweifle, ihn mit einem halben Meter Abstand zwischen uns überzeugen zu können, mir eine Chance zu geben. »Lass mal hören, an welche ›Bedingungen‹ du dachtest.«

Er sieht mich eine Weile nachdenklich an, dann sagt er: »Ich wollte, du würdest nicht immer Anführungszeichen andeuten, wenn du das Wort Bedingungen aussprichst.«

»Tut mir leid. Ich habe nur Mühe, zu verstehen, wieso du so entschlossen bist, nicht mit mir zusammen sein zu wollen. Wenn du mich nicht willst, sag es mir bitte.« Mein Herz zieht sich zusammen bei der Vorstellung, aber ich zwinge mich, weiterzusprechen. »Oder ist es etwas anderes? Bist du aromantisch? Oder asexuell? Bin ich zu forsch?« Damit kann ich nämlich arbeiten. Beziehungen sind nur dann gesund, wenn beide glücklich sind, was offene Kommunikation zu den jeweiligen Bedürfnissen bedeutet.

Was genau das ist, was er die ganze Zeit schon zu tun versucht.

Was bin ich doch für ein Arsch.

Ich lege die Hände in den Schoß und widme ihm meine volle Aufmerksamkeit.

»Nichts dergleichen«, sagt er beruhigend. »Es geht mir in der Hauptsache um deinen Status ans Studierender am gleichen College, an dem ich unterrichte. Ich weiß, du entsprichst nicht wirklich dem Profil eines normalen Studierenden, zu deren Schutz diese Regel aufgestellt wurde, aber das weiß sonst niemand. In ihren Augen bist du ein Zwanzigjähriger, ich bin mehr als doppelt so alt wie du, außerdem in einer potenziellen Position, meine Autorität zu missbrauchen.«

Das kann ich nicht widerlegen, aber es scheint mir doch

ein wenig überzeugender Grund, nicht zusammen zu sein. »Was, wenn ich verspreche, dich auf dem Campus wie alle anderen Lehrenden auch zu behandeln? Es ist unwahrscheinlich, dass wir uns überhaupt sehen werden, es sei denn, wir begegnen uns auf dem Flur oder so.«

»Das ist eine der Bedingungen. Keine Grenzüberschreitungen auf dem Campus.«

»Okay.« Das schaffe ich. Ich werde ihn aber weiter in der Cafeteria anschmachten. Es muss sich nichts ändern.

»Keine unangebrachten Berührungen, wie gesagt.«

»Auf dem Campus?« Ich bin verwirrt. »Ich dachte, wir hatten uns gerade geeinigt, dass ich auf dem Campus nicht in deine Nähe komme.«

»Nirgendwo. Bevor wir irgendeine sexuelle Grenze überschreiten, müssen wir uns richtig kennenlernen. Wir werden erst Sex haben, wenn es sich als ernste Beziehung herausstellen sollte.«

»Nein.« Ich bin selbst überrascht über meine Entschiedenheit. Jetzt ist er an der Reihe, verwirrt zu sein.

»Was meinst du mit nein? Du kannst mich nicht zwingen, Sex mit dir zu haben.«

»Natürlich nicht«, sage ich kopfschüttelnd. »Aber für mich ist Sex ein wichtiger Teil der Beziehung. Wie auch immer das aussieht – anale Penetration, Befriedigen mit der Hand oder oral, oder auch nur Selbstbefriedigung, während du zuschaust – es muss sich ganz natürlich ergeben. Du kannst nicht vorgeben, dass es erst dann passiert, wenn irgendwelche willkürlichen Ziele erreicht sind. Insbesondere wenn du noch nicht mal gesagt hast, was für Ziele das sind, und warum du sie gesetzt hast.«

Er sieht mich verblüfft an, dann lächelt er trocken. »Dein logisches Denkvermögen und deine Intelligenz sind so überaus attraktiv.«

Ein Glücksgefühl durchströmt mich. Ich bin schon wegen meines Aussehens begehrt worden, wegen meines Charmes, wegen meines Körpers, wegen meiner Verbindung zu Großvater, oder einer Kombination aus diesen Umständen ... aber noch nie aufgrund meiner Intelligenz. Da sieht man mal, wie treffsicher mein Instinkt war, Rob zu wählen.

»Danke«, presse ich hervor. »Ich ... ich schätze, das Ganze wird einfacher, wenn wir beide ehrlich sagen, was wir wollen. Ich finde dich großartig und wünsche mir eine Beziehung mit dir. Kein beiläufiger Flirt und keine Freundschaft. Ich verstehe, dass du mich nicht besonders gut kennst und dir vermutlich Zeit nehmen willst, mehr über mich zu erfahren; aber ist es nicht genau das, was passiert, wenn man sich zu Dates verabredet?« So. Damit liegen alle meine Karten auf dem Tisch. Ich habe Mühe, nicht die Luft anzuhalten, während ich auf seine Antwort warte.

Er schweigt einen Moment. »Ich weiß, du findest es töricht, mir darum Sorgen zu machen, dass du Student bist«, beginnt er. »Logisch gesehen stimme ich dir zu, es ist kein echtes Problem. Aber es ist eine Hürde, die ich nicht so einfach überwinden kann. Du bist an meiner Universität eingeschrieben. Diese Grenze habe ich seit zwanzig Jahren bewusst eingehalten.«

Und plötzlich begreife ich, als hätte es mir jemand mit dem Holzhammer eingebläut. »Ist das alles, was dich davon abhält? Sprichst du darum die ganze Zeit von zwei Jahren?« Zwei Jahre – bis ich meinen Abschluss gemacht habe. Ich kann kaum fassen, dass ich das nicht längst kapiert habe.

»Na ja ...«

Die Enttäuschung überwältigt mich. »Ach so. Es gibt also auch andere Gründe.«

»Ehrlich gesagt, nein«, sagt er trocken. »Aber ich fühle mich so albern, dass es nur einen einzigen Grund gibt, mich von dir fernzuhalten. Können wir vielleicht so tun als wäre es eine komplexe Problematik?«

Wenn ich je an meinen Gefühlen gezweifelt hätte, wäre ich damit überzeugt. Wie kann ich nicht hin und weg sein von diesem Mann, der so selbstbewusst seine eigenen Fehler benennt?

»Es *ist* eine komplexe Problematik«, versichere ich ihm. »Vielmehr wäre es das, wenn ich tatsächlich ein zwanzig Jahre alter Student wäre, der ein abgeschlossenes Studium für seinen Lebensweg braucht, und du in einer mir überlegenen Position wärst. Aber das ist nicht der Fall. Wenn das also das Einzige ist, das dich zögern lässt, gibt es eine ganz einfache Lösung.«

»Ich weiß«, sagt er mit einer ablehnenden Handbewegung. »Ich muss darüber hinwegkommen.«

»Nein. Ich breche mein Studium ab.«

»*Was*?« Er springt auf, dann bleibt er einfach stehen, als sei er unsicher, was er jetzt tun soll. »Das kannst du nicht machen!«

»Warum denn nicht?« Ich klinge sehr vernünftig, selbst in meinen Ohren.

»Weil … weil … du kannst doch nicht deinen Abschluss einfach sausen lassen.« Er lässt sich wieder in den Sessel sinken. Er sieht ganz durcheinander aus. Mir gefällt's.

»Du betrachtest es immer noch so, als wäre ich ein Mensch«, erläutere ich, während ich aufstehe, um es mir auf seinem Schoß gemütlich zu machen. Er protestiert instinktiv, versucht aber nicht, mich wegzustoßen. Ich nehme seine Hand und verflechte unsere Finger. »Ich brauche keinen College-Abschluss, Rob. Ich habe buchstäblich schon mehrere hundert Jahre mit Studieren verbracht.

Dieser Abschluss ist nicht erforderlich, damit ich einen Job finde, oder um meinen Lebensunterhalt zu verdienen. Ich bin ausschließlich am College, weil ich dachte, mir würde ein geisteswissenschaftliches Studium dabei helfen, die menschliche Kultur besser zu verstehen – und mir Spaß machen. Mein Plan für die nächsten Jahrzehnte ist, weitere Jugend- und andere soziale Programme für die Community einzurichten. Dafür brauche ich kein abgeschlossenes Englisch-Studium.«

Er mustert mich mit enervierend unbeweglicher Miene. »Warum hast du dann nicht BWL oder Sozialwesen studiert?«

Ich zucke die Achseln. »Ich brauche kein komplettes BWL-Studium – ein paar Schnellläufer-Kurse, um mich mit den Prozessen und Anforderungen auf der Erde vertraut zu machen, reichen völlig, da wir ja schon all die Experten in der Regierung haben. Die habe ich bereits abgeschlossen. Was Sozialarbeit angeht – was soll mir ein menschlicher Kurs über die Arbeit mit Drachen beibringen? Dieses Wissen habe ich bereits. Ich bin nicht zwanzig, schon vergessen?«

»Langsam fängt es an, durch meinen Dickschädel zu sickern, ja. Also ... bist du wirklich nur zum Spaß am College?«

»Hauptsächlich. Ich glaube schon, dass es mir ein besseres Verständnis der Menschen ermöglicht, mich mit ihrer Kultur zu beschäftigen, aber dafür brauche ich nicht zu studieren. Und wenn wir zusammen sind, kann ich dir alle Fragen stellen, die sich ergeben. Oder später fertig studieren, oder an einer anderen Uni, oder online. Wir haben Optionen, Rob.« Ich versuche zu erspüren, was er denkt. »Verändert das deine Perspektive ein bisschen?«

»Sogar sehr«, gibt er zu. »Einerseits fühle ich mich

schuldig bei dem Gedanken, dass du wegen mir abbrichst, aber wie du einleuchtend erläutert hast, bist du nicht in der gleichen Situation wie die meisten anderen Studierenden.« Er hält inne. »Können wir einen Kompromiss machen, bevor wir große Entscheidungen treffen? Können wir uns, sagen wir, zwei Wochen Zeit nehmen, uns besser kennenzulernen, als Freunde? Wenn das gut läuft, können wir die weiteren Schritte angehen. Wenn sich herausstellen sollte, dass wir uns doch nicht so gut finden–«

»Das werden wir aber«, unterbreche ich, und er lächelt geduldig.

»Das denke ich auch, aber falls nicht, gehen wir getrennte Wege, ohne verletzte Gefühle und größere Veränderungen zu riskieren.«

Das klingt einleuchtend, aber ...

»Also zwei Wochen kein Sex?«

»Zwei Wochen kein Sex«, bestätigt er.

»Bist du sicher? Ich habe mir sagen lassen, dass ich außergewöhnliche Talente besitze.«

Er muss lachen, wobei sich seine Augen vor Erregung verdunkeln. »Da habe ich keine Zweifel.« Er rutscht leicht zur Seite, und ich spüre seine Erektion seitlich am Bein. »Wie du siehst, bin ich sehr begierig, deine Talente selbst zu erfahren. Aber ich will das mit dir nicht ruinieren. Dafür ist es mir zu wichtig.«

Ich stürze mich auf ihn, setze mich rittlings auf seinen Schoß und presse unsere Oberkörper aneinander, während ich ihn in den heißesten Kuss verwickle, den ich jemals bekommen habe. Seine Lippen warm und weich an meinen zu spüren erfüllt all meine Träume, und ich frage mich, ob ich je etwas erlebt habe, das sich so gut anfühlt, als er reagiert und unsere Zungen spielerisch miteinander zu ringen beginnen.

»Dustin«, flüstert er, die Hände an meinem Hintern, den Mund an meinem Hals, während wir uns aneinander reiben. »Dustin.«

Noch nie war der Klang meines Namens so sexy.

Aber wir müssen aufhören. Und wenn es nur für den Moment ist.

Mit leisem Wimmern ziehe ich mich zurück, bis ich seine Aufmerksamkeit habe. »Rob.« Er war ziemlich entschieden, was diese Sache mit dem Sex betrifft. Ich will nicht, dass unser erstes Mal in seinen Erinnerungen von Reue überschattet wird.

Und es dauert tatsächlich nur wenige Sekunden, bis der Nebel der Lust sich legt und sein Denkvermögen zurückkehrt. »Verdammt.« Er legt seine Stirn an meine. »Verdammt, verdammt, verdammt.«

Seufzend sage ich: »Dachte ich mir.«

»Versteh mich nicht falsch«, bittet er inständig. »Ich will dich so sehr, dass die Qual mich fast umbringt.«

Ich reibe mich leicht an seinem Penis. »Oh, ich weiß. Das beruht auf Gegenseitigkeit. Aber es scheint dir wirklich wichtig zu sein, dass wir uns erst kennenlernen, und ich möchte das respektieren.« Also verstandesmäßig jedenfalls. Mein Körper schreit mich innerlich an, meinen Respekt auf ganz andere Weise zu beweisen.

Mit einem entnervten Lachen sagt er: »Danke. Du bist wunderbar.« Er legt den Kopf zurück und küsst mich nochmals, aber nur ganz kurz. »Setz dich rüber in den anderen Sessel, bevor ich es mir anders überlege. Ich bitte dich.«

Ich zögere einen langen Moment. Es wäre so einfach, ihn dazu zu bringen, sich anders zu besinnen. Er will es – will mich. Das Einzige, was ihn zurückhält, ist eine törichte psychologische Barriere.

Die Sache ist die: Ich wünsche mir eine lange, glückliche

Beziehung mit ihm, die auf Lust, Liebe, Vertrauen und Respekt basiert. Und die beiden letzteren wird es nicht geben, wenn ich ihm diese zwei Wochen nicht zugestehen kann.

Widerstrebend stehe ich von seinem Schoß auf und werfe mich wieder auf den anderen Sessel, dann verziehe ich das Gesicht und schiebe meine Erektion zurecht. Dramatische Gesten sind gut und schön, aber manchmal haben sie physikalische Einschränkungen.

Er reibt sich den Nacken und atmet einmal tief durch. »Du bist wahnsinnig sexy, nur damit du es weißt.«

»Ich weiß.«

Er lacht laut auf. »Bescheidenheit ist keines deiner Talente, wie ich sehe.«

Ich genieße es, ihn glücklich zu sehen. »Die Wahrheit zu akzeptieren ist nicht unbescheiden. Und du bist auch wahnsinnig sexy. Darum habe ich auch in deinen Vorlesungen so schlecht abgeschnitten.«

Jetzt runzelt er die Stirn, und es versetzt mir einen Stich, ihn nicht mehr lächeln zu sehen. »Du hast nicht schlecht abgeschnitten. Habe ich das falsch in Erinnerung? Ich würde mich sicher erinnern, wenn du nicht gut gewesen wärst.«

»Ich war schlechter als ich hätte sein sollen. Es war so schwer, mich in den Vorlesungen zu konzentrieren. Du hast vielleicht bemerkt, dass ich viel Zeit damit verbracht habe, deine Augenbrauen zu bewundern.«

Ich spüre die betreffenden Augenbrauen nach oben wandern. »Meine ... Augenbrauen? Ist das eine Umschreibung?«

Ich schüttele den Kopf. »Nein. Ich habe den ganzen Rest auch bewundert, wie ich dir versichern kann, hatte aber festgestellt, dass deine Augenbrauen mich am wenigsten ablenken. Also habe ich versucht, mich auf die zu konzentrieren. Sie haben übrigens eine sehr schöne Form.«

»Äh ... danke. Dann lohnt sich die Zeit, die ich auf ihre Pflege verwende.« Seine Wangen färben sich rosa, und er verschränkt die Hände. »Ich bin dir also nicht ... zu langweilig? Ich wurde schon als gesetzt bezeichnet. Und du ... naja, du bist alles andere als gesetzt.«

Ist er etwa unsicher? Wegen mir? In mir blüht ein Glücksgefühl auf. Nicht, weil er unsicher ist, sondern weil ihm schon so viel an unserer Beziehung liegt.

»Ich bin nicht gesetzt«, räume ich ein, dankbar, dass niemand anders das hören kann. Die würden sich vor Lachen auf dem Boden wälzen bei der Vorstellung, ich könnte gesetzt sein. »Aber ich finde dich nicht langweilig. Ich habe in deinen Vorlesungen erlebt, wie leidenschaftlich du sein kannst. Niemand, der sich so für ein Fach begeistern kann, könnte jemals langweilig sein.«

»Auch wenn es um Bücher und verknöcherte alte Autoren geht?«

Ich pruste. »Habe ich nicht von dir gelernt, dass Shakespeare zu seiner Zeit alles andere als verknöchert war?«

»Stimmt«, sagt er, wirkt aber nicht überzeugt.

»Und glaubst du, ich wäre bereit, für jemanden zwei Wochen lang auf Sex zu verzichten, dessen Gesellschaft ich nicht genieße?«

»Du hast bisher kaum Zeit in meiner Gesellschaft verbracht«, widerspricht er.

»Mag sein, aber die Zeit, die ich in deiner Gegenwart verbracht habe war so aufregend, dass ich mehr davon will. Willst du wirklich darüber streiten?«

Er lacht leise. »Nein. Entschuldige, ich wollte nicht so unsicher rüberkommen.«

Das Wort weckt in mir etwas, von dem ich nie wusste,

dass es existiert. »Ich glaube, mir gefällt das.« Ich lecke mir die Lippen. »Manchmal. Meist wird es eher umgekehrt sein, und ich werde dich brauchen.«

Mit einem Räuspern antwortet er: »Das ist okay für mich.«

Wir sehen uns in die Augen, und Begehren liegt in der Luft. Dann wende ich mühsam den Blick ab. »Und ... Küssen. Können wir uns küssen, während wir uns kennenlernen? Freunde geben sich doch Küsse, oder?« Klinge ich übertrieben begierig? Könnte daran liegen, dass ich es bin.

»Nicht solche Küsse, wie du sie im Sinn hast.«

Da wird er wohl recht haben. Ich glaube nicht, dass ich Rob so küssen möchte wie Fabian zum Beispiel. Nicht, dass ich Fabian wirklich küssen würde. Das haben wir einmal versucht, vor etwa tausend Jahren, und es war in dem Moment ganz angenehm, aber auch nicht mehr. Alle weiteren Küsse zwischen uns sind rein platonisch, und so will ich Rob *nicht* küssen.

Mit einem tiefen Seufzer, damit ihm klar ist, was ich für ein Opfer bringe, fahre ich fort: »Dann solltest du jetzt mal deine Bedingungen zu Ende führen.«

Sein Lächeln ist so warm und liebevoll, dass ich ihm am liebsten direkt wieder auf den Schoß klettern würde.

»Ich denke, dabei können wir es belassen. Zwei Wochen Kennenlernen, kein Sex oder unangemessenen Berührungen – oder Küsse. Auf dem Campus verhalten wie gehabt. Wie klingt das?«

»Unerträglich, aber ich nehme die Herausforderung an. Wie lernen wir uns denn nun kennen? Anrufe? Essen gehen? Kann ich dich zu Hause besuchen?« Ich will in diese zwei Wochen so viel Zeit mit ihm unterbringen wie möglich; allerdings kann es sein, dass ich wenig Schlaf bekommen werde. Ich habe meine Hausarbeiten, meine

Pflichten in Sachen Jugendzentrum, und die Fahrzeiten zwischen hier und der Uni. Rob ist es natürlich absolut wert, es wird nur ein bisschen schwierig werden, alles unter einen Hut zu bringen. Natürlich werde ich das Studium ohnehin abbrechen, sollten wir in zwei Wochen beschließen, eine feste Beziehung zu führen, also muss ich mir jetzt bei den Hausarbeiten nicht mehr ganz so viel Mühe geben.

»Ja zu all diesen Fragen. Solange du sicher bist, deine Finger bei dir behalten zu können, wenn wir bei mir zu Hause sind.« Er scheint daran zu zweifeln. Das kann ich ihm ehrlich gesagt nicht zum Vorwurf machen. Zum Glück habe ich eine Lösung.

»Was, wenn ich Fabian zu dir mitbringe? Du hast bestimmt Bücher. Er wird ganz zufrieden sein, zu lesen, während wir uns unterhalten – wie ein altmodischer Anstandswauwau. Ich kann die tugendhafte Maid sein, du der verwegene Verführer, der mir gern an die Wäsche gehen würde, was durch die ständige Anwesenheit meiner loyalen Begleitung vereitelt wird.«

»Irgendwie habe ich das Gefühl, es wäre umgekehrt«, antwortet er trocken, aber in seinen Augen funkelt es – scheint, als wäre er aufgeschlossen für Rollenspiele. Ich nehme mir vor, online nach ein paar Kostümen zu stöbern. »Aber es ist eine gute Idee. Wenn Fabian nichts dagegen hätte.« Er zögert. »Ist er immer so ...«

»Unbedarft und verschroben?«, ergänze ich. Ich liebe Fabian über alles – wir sind schon sehr lange befreundet – aber man kann die Wahrheit auch nicht leugnen. »Er ist oft sehr in Gedanken versunken. Und doch hat er unglaublichen Erfolg beim Aufgabeln von Sexpartnern. Wenn du jemals einen Begleiter brauchst, der dir–« ich mache den Mund wieder zu, als mir klar wird, was ich da fast gesagt hätte, und zu wem. Ich funkele ihn an. »Nicht, dass du so bald wieder so jemanden brauchen wirst, da deine Optionen sich auf Enthaltsamkeit oder mich beschränken.« Ich überlege kurz. »Oder einen Dreier mit Keanu Reeves.«

»Keanu Reeves?« Er klingt interessiert. Ob es eine Möglichkeit geben würde, das zu arrangieren?

Wahrscheinlich nicht.

»In meiner Fantasie ist er immer gern bereit, mit uns beiden zu spielen.«

Wieder sehe ich, wie sich dieses Rosa auf seine Wangen legt. »Du hast Fantasien? Über mich? Und Keanu?«

»Ständig«, bekräftige ich. »Ich hatte keinen Sex mehr mit anderen, seit ich am College bin« – was er schon weiß, dank meiner schwatzhaften Familie ... »aber dafür eine enge Beziehung mit meiner Hand und meiner Einbildungskraft. Du besorgst es mir mindestens viermal pro Woche. Und manchmal kommt Keanu auch dazu.«

Er schluckt heftig. »Erzähl mir eine dieser Fantasien.« Es scheint ihm schwerzufallen, die Worte auszusprechen, aber er nimmt sie auch nicht zurück.

»Sicher?«, frage ich ihn anzüglich. »Manche sind ziemlich pornografisch.« Genauer gesagt geradezu obszön. Wenn ich besonders gestresst bin, kann ich mich am besten durch intensiven Sex entspannen.

»Erstmal–« seine Stimme bricht und er setzt noch einmal an. »Erstmal eine gemäßigte, bitte.«

»Hmm, okay.« Eine gemäßigte. Oh, ich weiß. »Also. Wir leben in ... alten Zeiten. Ich weiß nicht genau, wann. Ich bin darauf gekommen, nachdem ich *Der Fluch der Karibik* gesehen hatte.«

Er schluckt erneut heftig.

»Und ich bin ein tugendhafter junger Mann aus guter Familie, der sehr behütet aufgewachsen ist.«

Um seine Mundwinkel zuckt es. »Du?«

»Willst du an dieser Fantasie teilhaben oder nicht? Denn ich kann auch in mein Zimmer gehen und mir stattdessen Keanu vorstellen.«

»Du weißt aber, dass in *Fluch der Karibik* Johnny Depp gespielt hat, oder?«

Ich verdrehe die Augen. »Na klar. Aber der bringt mich nicht so auf Touren wie Keanu. Und du«, füge ich hinzu. »Du machst mich genau so heiß wie Keanu.« Eher noch mehr.

Er wirft mir einen zweifelnden Blick zu. »Aha. Also ... du warst also tugendhaft.«

Genau, zurück zur Fantasie. »Ja. Ich sitze lesend im Garten des Hauses meines wohlhabenden Vaters, ganz der stille, brave Jüngling, der ich bin. Es ist ein langweiliges Buch über brave, langweilige Leute. Meine Anstandsdame sitzt strickend neben mir.«

Er hebt die Augenbrauen. »Du hast eine Anstandsdame?«

Diese ständigen Unterbrechungen fangen langsam an, mich zu stören. Wie soll ich sexuelle Spannung aufbauen, wenn er mir dauernd ins Wort fällt? »Natürlich habe ich eine Anstandsdame. Ich bin behütet und unschuldig.«

»Nein, das hatte ich verstanden. Ich habe mich nur gefragt, wieso du zu Hause im Garten eine Anstandsdame brauchst.«

Ich habe schon den Mund zu einer empörten Entgegnung geöffnet ... aber mir fällt nichts ein. »Darum geht es ja nicht«, erkläre ich also. »Die Anstandsdame geht ins Haus, um sich etwas für ihr Strickzeug zu holen. Aber sie ist in Hörweite. Bevor sie geht, ermahnt sie mich, ein guter Junge zu sein. Das bin ich auch, nur manchmal nachts habe ich unartige Träume, die ich nicht so recht verstehe.«

Sein freundliches Lächeln erstirbt.

»Ich bin jetzt alleine im Garten, als ich plötzlich ein Geräusch höre. Ich achte nicht weiter darauf, weil ich annehme, dass es der Gärtner ist. Doch dann merke ich, dass jemand neben mir steht, und als ich aufblicke, ist es ein Fremder. Ein Pirat.« Ich halte inne. »*Du.*«

Rob holt tief Atem.

»Ich will um Hilfe rufen, aber du hast mir die Hand über den Mund gelegt. Du hebst mich aus meinem Sessel und trägst mich weg. Mein Buch lässt du liegen. Es ist der einzige Beweis dafür, dass ich je da war. Ich wehre mich, aber du lachst nur und nennst mich temperamentvoll. Du bringst mich auf dein Schiff und schließt mich in deiner Kabine ein. Ich bin stundenlang allein und frage mich, was du von mir wollen wirst. Ich wurde immer ermahnt, mich von Piraten fernzuhalten, weil sie sich über mich hermachen würden. Ich weiß aber nicht genau, was das heißt.

Und dann kommst du zurück.«

»Was–« es klingt heiser, und Rob räuspert sich. »Was mache ich dann?«

Ich bin schon halb hart, da mein Körper und ich mit dieser Fantasie und ihrem Fortgang nur allzu vertraut sind, aber der Klang von Robs Stimme jagt mir einen elektrischen Schock durch den Unterleib. Ich atme durch die Nase ein.

»Du sagst, ich bin hübsch. Dass du mich beobachtet hast, und dass ich jetzt dir gehöre. Dass du mit mir spielen darfst. Dass ich dazu da bin, dir zu willen zu sein. Dann befiehlst du mir, mich auszuziehen.

Ich zögere, denn ich war nicht mehr nackt in Gegenwart anderer, seit ich ein kleines Kind war. Aber du siehst mich mir feurigen Augen an, und ich gehorche zu meiner eigenen Überraschung. Stück für Stück ziehe ich meine Kleider aus, und fühle mich immer ausgelieferter und verletzlicher. Dein Blick scheint mich zu verschlingen, und ich stelle fest, dass ich erregt bin … auch wenn ich weiß, dass ich es nicht sein sollte. Es ist falsch. Solche Gefühle sollte ich für meinen zukünftigen Ehemann aufsparen.«

Ich drücke meine Erektion mit der Hand nieder, und Robs Blick wandert in meinen Schoß, dann sieht er mir in die Augen. Ich weiß, ohne hinzusehen, dass er auch hart ist.

»Du ziehst dich ebenfalls aus, und ich kann den Blick nicht von deinem großen, steifen Schwanz abwenden. Ich habe noch nie den Penis eines anderen Mannes gesehen, und verstehe gar nicht, wieso ich plötzlich Lust habe, ihn zu küssen. Du kommst näher und berührst mich. Ich spüre deine Hände an meinem nackten Oberkörper, und ich protestiere. Ich weiß, dass es nicht richtig ist. Aber du lachst und sagst, dass du mit mir machen kannst, was du willst, da ich jetzt dir gehöre.

Und dann drückst du mich mit den Händen runter auf die Knie.«

Rob rutscht auf seinem Sessel hin und her, und schiebt seine Erektion zurecht, während ich mich durch die Hose streichele. Es kann sein, dass sich das als Fehler erweisen wird – bei dem wir beide hart und schmerzend zurückbleiben, ohne Erlösung zu finden – aber es ist sehr aufregend, etwas so Intimes mit ihm zu teilen.

»Ich habe deine Erektion direkt vor der Nase, und ein Liebestropfen tritt aus. Du legst die Hand auf meinen Hinterkopf und drängst mich, mich vorzubeugen, aber ich sträube mich. Obwohl ich diesen Tropfen wirklich, wirklich gerne probieren will, wurde ich als braver Junge dazu erzogen, zu widerstehen. Also reibst du deinen mächtigen Schwanz an meiner Wange und sagst, dass dir mein Trotz gefällt, du mich aber früher oder später vernaschen wirst. Dass ich darum betteln werde, dich lutschen zu dürfen, darum betteln werde, dass du mich vögelst. Ich weiß nicht, was das bedeutet, und als ich frage, wird deine Stimme ganz rau. »Es bedeutet, dass ich dein Loch plündern werde«, sagst du, und obwohl ich immer noch nicht genau verstehe, was du meinst, fühle ich mich leicht zucken. Du siehst mir anscheinend meine Reaktion an, denn jetzt wird dein Tonfall schmeichelnd. Nur einmal lecken, sagst du, und wenn du es wirklich nicht magst, wirst du mich nicht zwingen. Dann würdest du mir erlauben, mich wieder anzuziehen.

Ich stimme zu, denn Kompromiss ist wichtig. Was sollte schon passieren, wenn ich einmal daran lecke? Ich strecke die Zunge aus und lecke den Liebestropfen von deiner Eichel ab. Einmal. Aber es ist nicht genug. Du schmeckst besser als der edelste Wein, und ich will unbedingt mehr. Also lecke ich nochmal, aber da sind natürlich keine Tropfen mehr ... nur dein heißer, aromatischer Geschmack.

Wenn ich mehr will, sagst du, muss ich etwas dafür tun. Ich muss es aus dir heraus saugen. Und ich weiß, dass es nicht richtig ist, weiß, dass es eine Grenze überschreitet, aber ich will es. Der brave Junge wird überstimmt von dem Jungen, der nachts geheime, unartige Träume hat, und dem unartigen Jungen, der wissen will, was es bedeutet, geplündert zu werden. Also lutsche ich an deiner Eichel. Erst bin ich ungeschickt und du musst mir sagen, was ich machen soll, aber es gefällt mir. Und als du die Hand um meinen Hinterkopf legst und mir deinen Schwanz in den Rachen schiebst, weiß ich: Ich will nichts mehr als mir daran die Luft abschnüren. Ich lasse zu, dass du meinen Mund benutzt, lutsche abwechselnd und lasse mich in den Mund vögeln, bis du explodierst und deine köstliche Essenz in meinen Mund spritzt, die ich runterschlucken darf.

Und als ich gerade denke, wie schade ich es finde, dass es vorbei ist und mit der Enttäuschung kämpfe, ziehst du mich hoch und zum Bett hinüber, und sagst: ›Wir haben gerade erst angefangen.‹«

Ich verstumme und schlucke, so trocken ist mein Hals. Wir atmen beide schwer in der Stille, und ich wollte wirklich, ich könnte zu ihm hinüberlaufen, auf die Knie gehen und meine Fantasie ausleben. Aber ich hatte ein Versprechen gegeben. Zwei Wochen.

Rob atmet geräuschvoll aus. »Wow.«

Ich lächle. Zwei Wochen. Dann darf ich dafür sorgen, dass er das wieder sagt.

KAPITEL 9

ROB

Ich bin kein überdurchschnittlich beliebter Typ. Also nicht falsch verstehen, ich habe Freunde, aber ich bin keiner von denen, dessen Handy den ganzen Tag summend neue Textnachrichten ankündigt. Ich musste es also noch nie während der Vorlesung abstellen oder auf stumm schalten. Es mag gelegentlich eine Nachricht kommen, während ich unterrichte, aber das ist einfach zu ignorieren, und die meisten Studierenden bekommen es gar nicht mit. Angerufen wurde ich in zwanzig Jahren kein einziges Mal. Diejenigen, die mich anrufen würden, wissen, dass ich tagsüber unterrichte, und versuchen es nicht zu solchen Zeiten.

Aber das war natürlich, bevor Dustin in mein Leben getreten ist.

Am Tag nach unserem Dating-Abkommen (und dem überwältigenden sexuellen Erlebnis ganz ohne Berührung) erwartet mich morgens beim Aufwachen eine Nachricht.

DUSTIN:

> Guten Morgen! Ich hoffe, du hast gut
> geschlafen. Es war toll, gestern vor dem
> Zubettgehen nochmal mit dir zu reden <3.
> Hab einen schönen Tag, und bis heute
> Abend! Xx

Das bringt mich zum Lächeln, also schreibe ich zurück.

ROB:

> Mit dir zu reden hat mir süße Träume
> beschert. Ich freue mich, dich nachher zu
> sehen.

Die Antwort ist eine Reihe Emojis, die ich nicht ganz verstehe. Alle waren irgendwie mit Herzen versehen, also nehme ich an, etwas Gutes?

Eine halbe Stunde später kam ein Foto von einem Teller mit Blaubeer-Pancakes mit Sirup und der Unterzeile

> Kethe macht das beste Frühstück! Wenn
> die 2 Wo um sind, musst du unbedingt
> übernachten und es probieren.

Die Vorstellung, bei Dustin zu übernachten und ihn morgens ganz warm und vom Schlaf verstrubbelt zu sehen führte zu einer äußerst unerwünschten Erektion, aber ich schickte pflichtschuldigst ein Foto von meinem Toast zurück. Das war sicher richtig, oder? Er schickte ein trauriges Emoji zurück, also war das entweder falsch, oder es war seine Meinung zu meinem Frühstück.

Fünf weitere Nachrichten kamen auf dem Weg zum Campus – zum Glück hatte Fabian am Steuer gesessen, nicht Dustin – und dann kam eine Weile nichts mehr, weil seine Vorlesung anfing. Ich hatte angenommen, dass während der Arbeitszeit nichts weiter passieren würde.

Eine grobe Fehleinschätzung.

Die erste Nachricht kam, während die Studierenden im Seminar für kreatives Schreiben für Fortgeschrittene ihre einleitenden Absätze vorlasen. Es war ein sanftes Bing und ein diskretes Summen in der Tasche, also ignorierte ich es, die Studierenden auch, bis auf eine Studierende, die aufsah und eine weitere, die hastig in ihre eigene Tasche griff.

Zwei Minuten später kam das nächste Bing, dann kurz nacheinander zwei weitere. Der Student, der gerade vorlas, stockte, und jetzt sahen die meisten im Seminar auf und fragten sich, wer wohl die Nervensäge war, die sein Handy nicht ausgeschaltet hatte.

Und natürlich ertönte daraufhin eine ganze Reihe kurz aufeinanderfolgender Bings in meiner Hosentasche.

Ich lächle schwach. »Upps. Wie nachlässig. Tut mir sehr leid. Ich schaue kurz, ob es ein Notfall ist.« Damit fische ich hastig das Handy aus der Tasche und überfliege das Display.

DUSTIN:

Hi!

Mir ist sooooo langweilig

Prof Keating ist längst nicht so gut wie du

Wer hätte gedacht, dass es möglich ist, Vampirfolklore langweilig zu machen?

Über falsche Vampire, versteht sich. Diese menschliche Legende. Nicht die echten.

LOL stell dir vor, ich würde einen echten Vampir in die Vorlesung mitbringen.

Da wäre was los!

Ich sitze nur hier und denke an dich

Die letzte Textnachricht kommt, während ich die anderen lese, und so gerührt ich auch bin, zwinge ich mich, nicht zu antworten. Stattdessen schalte ich das Gerät aus und wende mich wieder den Studierenden zu.

»Tut mir leid. Wer ist der Nächste?«

Montags habe ich immer einen recht chaotischen Stundenplan. Heute habe ich ohne Pause von acht bis vierzehn Uhr unterrichtet, also komme ich ziemlich erledigt mit einem auf die Schnelle besorgten Sandwich in meinem Büro an.

Ich lege Tasche und Sandwich ab und lasse mich seufzend in den Schreibtischstuhl plumpsen. Gleich werde ich das Handy wieder anschalten. Zweifellos erwarten mich zahllose Nachrichten von Dustin. Ich hoffe, er nimmt es mir nicht übel, das ich noch nicht geantwortet habe. Und ich hoffe, ich bringe es übers Herz, ihn zu bitten, mir während der Arbeitszeit nicht mehr so viel zu schreiben.

Andererseits möchte ich das auch wieder nicht. Wenn es ihm nichts ausmacht, nicht sofort eine Antwort zu bekommen, ist es dann wirklich so schlimm, dass er mir schreibt? Mir gefällt die Vorstellung, in den Pausen aufs Handy zu schauen und Nachrichten von ihm vorzufinden. Es gibt mir ein warmes Gefühl, zu wissen, dass er an mich gedacht hat.

Auch wenn ich ihn wahrscheinlich ermutigen sollte, sich mehr auf seinen Stoff zu konzentrieren. Bei diesem Armleuchter Keating ganz besonders, der einzigen Person, die es schafft, ein faszinierendes Thema langweilig zu gestalten. Unglücklicherweise hat er die Angewohnheit, in den Prüfungen Fragen einzustreuen, die er in der Vorlesung nur oberflächlich gestreift hat. Alle, die nicht aufpassen, zahlen später unweigerlich den Preis.

Ich verschiebe das Dilemma, was ich zu Dustin sagen soll, auf später, wickele mein Sandwich aus und beiße einmal ab, während das Handy aufwacht.

Dann ersticke ich fast, so verrückt spielt es vor lauter Benachrichtigungen.

Ein Blick aufs Display lässt mich zahlreiche Lebensentscheidungen bereuen.

107 NEUE NACHRICHTEN

Die können doch kaum alle von Dustin sein? Ist etwas passiert? Hat es einen Notfall gegeben und jemand hat versucht, mich zu erreichen?

Nein ... die hätten auf dem Festnetz angerufen, wenn sie mich auf dem Handy nicht erreicht hätten. Das Sekretariat der Englisch-Fakultät geht sehr gewissenhaft mit Nachrichten und notfalls Auffinden von Personen um.

Ich lege das Sandwich weg und greife vorsichtig nach dem Handy.

Okay. Okay. Nicht alle Nachrichten sind von Dustin. Drei weitere Personen haben mir ebenfalls mehrfach geschrieben. Ich habe die schleichende Befürchtung, es könnte sich auch um Drachen handeln, aufgrund meiner gestrigen Erlebnisse mit ihnen.

Aber zuerst zu Dustin.

Ich tippe unseren Chat an und scrolle.

DUSTIN:

upps, habe gerade gemerkt, dass du wahrscheinlich unterrichtest

sorry!

dein Handy ist wahrscheinlich sowieso aus, also kann ich ja auch weiter schreiben dann hast du eine Überraschung für später!

Hoffentlich eine gute

Nein, das ist es sicher. Ich bin hinreißend

du musst lächeln, wenn du das liest –
wetten?

alle Leute lächeln, wenn sie mit mir zu tun
haben

ich kann dich auch auf ganz andere Weise
zum Lächeln bringen

genau ;-)

wirst du hart, wenn du an mich denkst?

ich werde hart

nicht so gut während der Vorlesung

lol - 2 Jahre bin ich in deiner Vorlesung
wegen dir hart geworden, und jetzt auch
noch in anderen!

Igitt, was, wenn Keating denkt, es wäre
wegen ihm?

alles für dich, Rob. Mein Penis gehört dir

Moment mal, ist das schräg?

lass uns über andere Sachen reden, sonst
komme ich noch aus Versehen während der
Vorlesung

nicht, dass ich zu früh kommen würde

mein Durchhaltevermögen ist legendär

Ganztags-Dustin, so nennt man mich

nicht wirklich, das sollte man aber

hör auf, über Sex zu reden!

nur zur Info: Hab' Fabian, Sophie und Stef
deine Nummer gegeben

Fabian will sich über Literatur unterhalten,
glaube ich

Sophie quatscht einfach gern.

aber sie stellt äußerst indiskrete persönliche
Fragen

das ist die Heilerin in ihr. Du kannst dich
weigern, zu antworten. Das ist okay für sie

nicht sicher, was Stef wollte.

vielleicht die Erlaubnis, eine
Sicherheitsprüfung an deinem Haus
vorzunehmen

du kannst nein sagen

er ist aber ein echter Profi

nur bisschen komisch

mit dir kann man so gut reden

wir haben einen echten Draht zueinander

ich könnte den ganzen Tag mit dir chatten

kann's kaum erwarten dich heute Abend zu
sehen

das Restaurant sieht echt schön aus

privat

bietet reichlich Gelegenheit, unter dem
Tisch zu fummeln

aber das sollen wir ja nicht

versuch am besten nicht, darüber
nachzudenken, wie es wäre

wenn ich meinen Fuß an deinem Bein
hochschiebe

oder meine Hand an deinem Oberschenkel

deinen Reißverschluss öffne

die Hand reinschiebe

trägst du Boxers oder Slips?

das kriege ich noch raus

oh Mann, das hilft meiner Erektion nicht
gerade

bis später. Muss mich abregen.

Ich schlucke einmal heftig und räuspere mich – es ist nicht weiter schwierig, mir vorzustellen, wie Dustin mich in einem meiner Lieblingsrestaurants unsittlich berührt. Ich greife nach meiner Wasserflasche und setze sie an. Zum Glück habe ich erst jetzt die Nachrichten gelesen, statt es während der Vorlesung zu tun. Nie im Leben hätte ich mich dann noch konzentrieren können, so sehr ich meinen Job auch liebe.

Ich esse erst mein Sandwich halb auf, bevor ich mich den restlichen Nachrichten zuwende. Noch kenne ich mich mit Drachen nicht gut aus, bin aber sicher, dass es sicherer ist, nicht zu kauen, während man ihre Nachrichten liest. Ohne Zweifel sind die anderen fünfundfünfzig von ihnen.

Ich öffne den nächsten Chat.

UNBEKANNTE NUMMER:

Hey Rob, Sophie hier! Ich hoffe, du hast
einen schönen Tag. Wollte nur hallo sagen
und dich besser kennenlernen. Du gehörst
jetzt zur Familie! Spaß – aber nicht wirklich.

SOPHIE:

Außerdem wollte ich fragen, ob ich vielleicht deine medizinische Akte haben könnte? Oder dich mal untersuchen könnte? Ich bilde mich in Sachen menschlicher Physiologie fort und es wäre toll, an einem echten Menschen zu üben!

Also keine Operationen oder so. Streng nicht chirurgisch

Es sei denn, du wärst damit einverstanden?

Also nur ganz grundlegende Operationen zu Forschungszwecken. Ich könnte wahrscheinlich einen menschlichen Chirurgen finden, der das überwachen würde.

Lass mich wissen, was du meinst, dann würde ich jemanden suchen.

Fabian hat außerdem gesagt, dass Menschen beim Sex ejakulieren wie andere Spezies, anders als Drachen. Ich hätte sehr gern ein paar Proben.

Wenn du mit einem Proben-Becher nicht einverstanden bist, kein Problem. Ich kann von Dustin eine Probe entnehmen, nachdem ihr zusammen wart.

Mit deinem Einverständnis natürlich. Oder Dustins. Brauche ich beides? Das könnte ein ethisches Dilemma sein.

Werdet Dustin und du wirklich zwei Wochen lang auf Sex verzichten? Ist das ein menschlicher Brauch? Oder hat es mit einem medizinischen oder psychologischen Befund zu tun?

Ich bin so froh, jetzt einen Menschen in der Familie zu haben. Freue mich, von dir zu hören! xx

Ich lege das restliche Sandwich weg, denn ich habe plötzlich keinen Appetit mehr. Außerdem nehme ich mir vor, Sophie nicht in meine Nähe zu lassen, wenn sie etwas Scharfes in den Händen hat. Und wenn Dustin und ich anfangen, miteinander zu schlafen, werden wir das bei mir zu Hause tun, und ich werde dafür sorgen, dass er sich gründlich wäscht, bevor er wieder nach Hause fährt.

Obwohl ... wenn sie es faszinierend findet, dass andere Spezies ejakulieren, bedeutet das dann, dass Drachen es nicht tun?

Wie ist das möglich? Was geschieht denn, wenn sie zum Orgasmus kommen? Entstehen dabei Regenbogen oder so? Und wie pflanzen sie sich ohne Samenerguss fort?

So viele Fragen. Die werde ich aber nicht Dustin stellen – jedenfalls noch nicht. Er würde vermutlich anbieten, es zu demonstrieren, und das wäre nicht gut für meine Selbstbeherrschung.

Ich trinke noch etwas Wasser. Es sind immer noch eine Menge Nachrichten, und wenn sie von Fabian und/oder Steffen sind brauche ich Stärkung.

UNBEKANNT:

Hallo Rob, hier Fabian Draco. Dustin hat mir deine Nummer gegeben. Ich würde gern mit dir über die Literatur des neunzehnten Jahrhunderts sprechen. Lass mich bitte wissen, wann du Zeit hättest.

FABIAN:

Hallo Rob, nochmal Fabian. Ich dachte, vielleicht wäre es praktischer für dich, wenn ich dir eine Liste mit Fragen schicken würde, die du dir dann in Ruhe ansehen kannst. Die folgenden Nachrichten werden Fragen sein. In jeder Nachricht geht es um ein bestimmtes Buch. Vielen Dank, dass du dir Zeit nimmst.

Es folgen fünfzehn Nachrichten, alle mit einem Buchtitel als Überschrift. Sie enthalten je etwa sechs Fragen. Ich lese sie quer und bin beeindruckt, wie genau er die zentralen Themen erfasst – aber er ist schließlich Akademiker mit vielen Jahren Erfahrung. Es sind nur einige wenige merkwürdige Fragen, die sich aber mit seinem mangelnden Wissen über die Menschheit und die menschliche Geschichte erklären.

Ich schreibe kurz mit der Bitte um eine E-Mail-Adresse zurück, um ausführlich antworten zu können, dann wende ich mich dem letzten, bisher ungelesenen Chat zu. Der von Fabian war recht normal, also bin ich davon eingelullt, mich in Sicherheit zu wiegen.

UNBEKANNT:

> Deine Nummer wurde mir von einem gemeinsamen Freund gegeben. Wir hatten uns am Wochenende zweimal gesehen. Ist dein Handy sicher?

Na, das kann ja nur Steffen sein. Wer sonst wäre so zögerlich, Namen zu nennen? Ich füge ihn zu meinen Kontakten hinzu.

STEFFEN:

> Wenn nicht gewährleistet ist, dass dein Handy sicher ist, benutze keine Details, die man zuordnen kann.

> Ich kann das nächste Mal, wenn wir uns sehen, das Handy sichern. Ich muss außerdem dein Haus sichern, weiß aber nicht, wo du wohnst.

> NICHT DIE ADRESSE SENDEN

> Ich finde dich.

Triffst du Vorkehrungen für den Weg zu und
von der Arbeit?

Was dann folgt ist Nachricht über Nachricht mit zunehmend paranoider werdenden Instruktionen. Ich überfliege sie, beeindruckt davon, wie durchdacht seine Verschwörungstheorien sind. Ich meine, aus meiner Sicht sollte er unbedingt professionelle Hilfe in Anspruch nehmen, weiß aber nicht, ob Drachen Spezialisten für psychische Gesundheit haben. Einen Menschen kann er nicht konsultieren – das Risiko, alles zu verraten, wäre zu groß. Wenn ich in vierzig Jahren als Julians Stiefsohn eines gelernt habe, ist es, dass es katastrophale Folgen hätte, wenn das geschehen würde.

Es kostet viel zu viel Zeit, eine Antwort ohne Namen, Orte oder Zeiten zu schreiben. Ich erlaube ihm, mein Handy zu sichern, wenn wir uns das nächste Mal sehen. Zur Sicherung meines Hauses sage ich absichtlich nichts. Ich will erst mit Dustin – oder vielleicht Brandt – darüber sprechen. Wenn es zu Dustins Sicherheit notwendig ist, wäre es in Ordnung, anderenfalls nicht.

Ich lese nochmal Dustins Nachrichten und muss unwillkürlich lächeln. Er hält sich nicht allzu streng an das »rein freundschaftlich Bleiben«, aber ich kann ihm kaum böse sein. Ich liebe sein hemmungsloses Selbstvertrauen.

Ich tippe noch, als eine neue Nachricht von ihm erscheint.

DUSTIN:

yay! Da bist du wieder!

hoffe, du hast einen schönen Tag!

Ich blinzele das Display an. Woher weiß er, dass ich

seine Nachrichten gelesen habe? Dann wird mir klar, dass er die Punkte gesehen haben muss, während ich geschrieben habe. Ich kann mir eine leicht anzügliche Antwort nicht verkneifen.

ICH:

Ja, ein schöner Tag. Allerdings haben deine Nachrichten nicht gerade *zur Entspannung* beigetragen ;-)

DUSTIN:

Bild

Mir bleibt der Mund offenstehen, als ich das Foto betrachte, und aus meiner latenten leichten Erregung wird im Sekundenbruchteil eine steinharte Erektion. Es ist ein Penis-Foto, aber nicht im traditionellen Sinne. Man könnte sogar sagen, ein zufälliger Schnappschuss – wenn ich es nicht besser wüsste.

Es ist ein unscharfes Bild von Dustins Schoß, das offensichtlich im Hörsaal aufgenommen wurde. Er trägt Shorts, aber keine Unterhose – das ist eindeutig, denn an seinen Oberschenkel geschmiegt ist der Umriss seines harten Schwanzes deutlich zu sehen. Er dehnt die Shorts etwas aus und zeigt dabei so viel Detail, dass er ebenso gut nackt sein könnte.

Ich schlucke heftig.

DUSTIN:

meinst du etwas in dieser Art?

ICH:

Was für eine Vorlesung ist das?

Und worum geht es überhaupt, was ihn so erregt haben kann?

DUSTIN:

Technisches Schreiben. So langweilig. Das
hier passiert einfach, wenn ich an dich
denke.

Langsam beschleicht mich der Verdacht, das nicht mehr
zwei Wochen lang durchhalten zu können.

KAPITEL 10

DUSTIN

»Es dauert nur einen Moment«, verspreche ich Fabian. »Lehn dich einfach an die Wand neben der offenen Tür, damit es harmlos aussieht, falls jemand vorbeikommt.«

Er runzelt die Stirn. »Ich dachte, es *ist* alles harmlos? Eure Freunde-ohne-Poppen-Abmachung gilt doch noch acht Tage.«

Ich zucke zusammen. »Kannst du es bitte anders nennen? In Robs Anwesenheit wenigstens.«

Fabian sieht sich verwirrt im Korridor um, den wir gerade entlang laufen. »Rob ist gar nicht hier. Willst du in seinem Büro etwas nicht Harmloses anstellen? Du hast ihm zwei Wochen versprochen, Dustin. Es mag eine dämliche Abmachung sein, aber es bleibt eine Abmachung.«

»Ich *weiß*. Glaub mir, ich weiß.« Es ist mir mehr als bewusst, wenn ich mich jeden Abend in den Schlaf onaniere, während ich an ihn denke. »Ich werde nichts tun, was der Abmachung zuwider läuft. Ich will nur mit ihm reden. Aber ich bringe dich mit als zusätzliche Schicht Harmlosigkeit.«

Fabian wirkt nicht überzeugt, aber jetzt haben wir Robs Büro erreicht, also ist es zu spät, zu widersprechen. Ich nehme mir eine Sekunde Zeit, zu bewundern, wie scharf er an seinem Schreibtisch aussieht, während er etwas tippt und die Stirn so sexy gerunzelt hat, dann klopfe ich leicht an die angelehnte Tür.

Er schaut auf, und die Freude in seinem Gesichtsausdruck erfüllt mich mit unbeschreiblicher Wärme. Dann reißt er die Augen auf.

»Hallo, Professor«, sage ich schnell, bevor er in Panik geraten kann. »Fabian und ich wollten nur Bescheid sagen, dass wir heute Abend zurück nach Hause müssen. Ich hatte eine Nachricht geschickt, aber ich weiß, dass Sie das Handy tagsüber ausschalten.« Weil ich es liebe, ihm Nachrichten zu schreiben, und er sagt, er hätte nicht genug Willenskraft, nicht aufs Handy zu schauen, falls sie von mir sein sollten.

Er ist schon aufgesprungen und halb um seinen Schreibtisch herumgelaufen, bevor ich ausgeredet habe. »Ist alles okay?«

Ich nicke und mache einen Schritt zurück, um ihm nicht aus Versehen in die Arme zu springen. »Ja, Steffen will nur einen Sicherheits-Check ausführen.« Ich verdrehe die Augen. »Wir haben ihn schon eine Weile abgewimmelt, aber er wird nervös, also hat Großvater gesagt, dass es heute Abend passieren soll, wenn Percy und er aus der Stadt wiederkommen.« Ich versuche, mir nicht anmerken zu lassen, wie verärgert ich bin, auf den Freitagabend mit Rob verzichten zu müssen. Ich würde ihn einladen, mitzukommen, wenn ich nicht wüsste, dass Stef den Verstand verlieren würde, wenn eine »nicht autorisierte Person« bei der Besprechung dabei wäre. »Wir sehen uns morgen, oder?«

Fabian hustet laut. Er ist ein miserabler Schauspieler, also ist es offensichtlich aufgesetzt. Rob und ich wenden uns zur Tür, in der eine Sekunde später Professor Yang erscheint.

Mist. Ob er gehört hat, dass ich Pläne mit Rob gemacht habe?

»Hi, Gerald«, sagt Rob ruhig. »Ich bin gleich soweit.«

»Hallo, Professor Yang«, setze ich hinzu, im Versuch, beiläufig zu klingen.

»Hallo, Dustin. Ich kann kurz warten, bis ihr fertig seid«, sagt er und lehnt sich scheinbar unbesorgt an den Türrahmen. Ich spüre aber etwas in seinem Gesichtsausdruck, das mir ängstliches Herzklopfen bereitet. Was für ein Glück, dass Rob und ich uns nicht berührt haben, als er reinkam – wir standen etwa einen Meter voreinander. Vielleicht war es aber komisch, dass Rob vor mir stand statt an seinem Schreibtisch zu sitzen?

»Das ist glaube ich alles, Professor, danke«, sage ich an Rob gewandt. »Ich kann Ihnen die Kurzgeschichte morgen vorbeibringen, wenn Sie sie lesen würden. Oder per E-Mail schicken«, füge ich hinzu. Sind das zu viele Details? Ich war früher ein glänzender Verdreher von Tatsachen. Die Liebe scheint mein Gehirn ganz durcheinandergebracht zu haben.

»E-Mail reicht«, sagt Rob zustimmend. Er sagt nichts weiter, und ich merke, wie unangenehm ihm das Ganze ist. Mir rutscht das Herz in die Hose. Ich wollte ihm das nie aufbürden – die Geheimnistuerei, die Lügen. Ich wäre nur zu bereit, für ihn mein Studium abzubrechen, aber was würde das in dieser Situation ändern? Wie furchtbar wäre es, wenn ich jetzt zu Professor Yang sagen würde: »Ich breche das Studium ab, damit Rob und ich zusammen sein können, ohne gegen die Regeln zu verstoßen.«? Erstmal würde ich damit zugeben, dass etwas zwischen uns läuft. Und das stimmt genau genommen gar nicht. Nur-Freunde-kein-Poppen-Abmachung.

Ich versuche, geistesgegenwärtig zu bleiben, und entgegne lächelnd: »Danke nochmal. Tschüs, Professor Yang.«

Beide verabschieden sich und ich gehe so schnell es möglich ist, ohne zu rennen.

Im Flur starrt Fabian mich mit offenem Mund und geweiteten Augen an, aber ich hebe den Finger an die Lippen. »Danke, dass du gewartet hast. Wir können jetzt los.«

Dankenswerterweise nimmt er den Faden auf. »Super. Können wir unterwegs Tacos holen?«

»Tacos?«, frage ich lautlos, wobei ich eine ungläubige Grimasse schneide. Er zuckt die Achseln.

»Na klar.« Ich wirke einen langsamen Zauber, der den Klang sich entfernender Schritte simuliert. Dann pressen Fabian und ich uns an die Wand. Hoffentlich kommt jetzt niemand mehr vorbei, denn wir sehen mehr als verdächtig aus.

»Jesses, Rob, was machst du da?«, will Professor Yang wissen. »Ich weiß ja, dass ich meine Scherze darüber gemacht habe, aber ...«

»Ich mache gar nichts«, unterbricht Rob ihn scharf. »Zwischen mir und Dustin ist nichts Unpassendes passiert.«

Professor Yang lacht spöttisch. »Oh, bitte. Ich habe euch zwar nicht in flagranti erwischt, aber der Junge ist ein ganz schlechter Lügner.«

Hey! Ich bin so empört, dass ich mich gerade noch

zurückhalten kann, nicht zurück ins Büro zu stürmen und ihm zu versichern, dass ich ein ausgezeichneter Lügner bin.

»Zwei Jahre konnte er dir kaum ins Gesicht sehen, ohne rot zu werden und zu stottern, und jetzt ist er selbstbewusst genug, dir ... was war es doch gleich? Eine *Kurzgeschichte zu lesen* zu geben? Die er dir anscheinend an einem Samstag vorbei bringen wollte. Ich bitte dich.«

Rob gibt ein frustriertes Geräusch von sich. »Ich weiß ja, wie es aussieht, Gerald, aber es läuft wirklich nichts dergleichen. Wie sich herausgestellt hat, gehört Dustins Familie zum Bekanntenkreis meines Stiefvaters, und wir haben uns letztes Wochenende zufällig bei einer Party bei meinen Eltern getroffen. Ich kann auch nicht erklären, wieso ihn das in meiner Gegenwart so entspannt hat – vielleicht hat er seine Schwärmerei überwunden, als er mich außerhalb des Hörsaales erlebt hat.«

Robs Stimme zittert leicht. Es tut mir in der Seele weh. Das ist meine Schuld. Ich hätte heute niemals hierherkommen und ihn dazu zwingen dürfen, seinen Freund anzulügen. Ich hatte ihm schon eine Nachricht geschickt, und ich hätte ihn später anrufen können, aber nein, ich musste ihn ja so dringend sehen, wenn auch nur ganz kurz, dass ich genau diese furchtbare Situation heraufbeschworen habe, die er um jeden Preis vermeiden wollte.

»Na schön.« Professor Yangs Ton besagt eindeutig, dass er ihm kein Wort glaubt. »Ich sage das nur als Freund, und weil ich nicht möchte, dass du deine Karriere aufs Spiel setzt. Ich fand diese Schwärmerei süß, und lustig mit anzusehen, als ich sicher war, dass zwischen euch nichts laufen würde, aber–«

Ich nehme Fabian bei der Hand und ziehe ihn leise den Korridor entlang, mit einem kleinen Zauber, um unsere Schritte zu dämpfen. Erst draußen bleibe ich stehen.

Ich zittere.

»Dustin?« Fabian legt den Arm um mich und führt mich zu einem Hochbeet in der Nähe, das praktischerweise von einer Mauer eingefasst ist, auf die ich mich setzen kann. »Atme durch.«

Ich gehorche, atme tief ein, was in einem Hustenanfall endet. Anscheinend wollten meine Lungen nicht ganz so viel Luft.

»Alles okay?«, höre ich eine Stimme fragen, und sehe auf. Es ist Zara. Na prima. Ich mag sie wirklich sehr, bin ihr aber die ganze Woche aus dem Weg gegangen. Also außerhalb der Vorlesungen. Wahrscheinlich würde sie mir nicht anmerken, dass mein Leben sich verändert hat – aber was, wenn sie es doch errät?

»Ja, alles gut«, keuche ich.

»Hat eine Fliege verschluckt«, sagt Fabian.

Zara hebt eine Augenbraue. »Ehrlich? Es sah eher so aus, als würde er gleich umkippen und du hättest ihm geholfen, sich hinzusetzen.«

»Stimmt«, sagt Fabian. »Und dann hat er die Fliege geschluckt.« Er blinzelt sie unschuldig an.

Kopfschüttelnd schiebt sie ihn beiseite und setzt sich neben mich auf die kleine Mauer. »Räuspere dich mal, um den Rest des Fliegensaftes loszuwerden, und dann erzähl mir, was los ist«, befiehlt sie.

»Es ist nichts«, antworte ich. Meine Stimme klingt fast normal.

»Ich glaube dir kein Wort.«

»Ähm, da du jetzt nicht mehr Gefahr läufst, umzukippen und dir eine Kopfverletzung zuzuziehen, gehe ich mal in meine letzte Vorlesung«, sagt Fabian mit abwesendem Blick auf das Geschichte-und-Geisteswissenschaften-Gebäude.

Ich winke ab. »Geh nur. Mir geht's gut.«

Dann ist er weg.

»Und jetzt erzähl mal, was das Problem ist«, widerholt Zara.

»Hast du keine Vorlesung?« Meine Verzweiflung ist nicht zu überhören, und ich zucke zusammen.

»Nö«, verkündet sie gut gelaunt. »Ich habe reichlich Zeit, neben dir zu sitzen und mir anzuhören, was dich so aus der Fassung gebracht hat.«

»Ich bin nicht – also gut«, gebe ich ihrer ungläubigen Miene nach. »Also gut, du hast recht. Ich bin gerade ... ein bisschen verstört. Aber es ist nicht das Ende der Welt, und ich brauche keinen Zuspruch.« Ich kann nur hoffen, dass es nicht da Ende *meiner* Welt ist. Keine Ahnung, was ich mache, wenn Rob dadurch überzeugt wird, uns doch keine Chance zu geben.

»Ich dachte, wir sind Freunde«, sagt sie, jetzt nicht mehr herrisch, sondern gekränkt. Ich schließe die Augen.

»Sind wir auch«, protestiere ich schwach. »Ich ... also, kannst du ein Geheimnis bewahren?«, frage ich, während ich rasch abwäge. Ich halte Zara für vertrauenswürdig, und selbst wenn ich mich täusche, was kann sie schon groß anrichten? Wenn Rob und ich zusammen bleiben, werde ich abbrechen und er hat sich nichts vorzuwerfen. Wenn nicht, würde ich wahrscheinlich trotzdem abbrechen. Ich glaube nicht, dass ich es ertragen könnte, auf dem gleichen Campus zu sein, mit dem Wissen, dass er mich nicht will. Außerdem was Julian sehr beeindruckt von meinem schriftlichen Konzept für das soziale Jugendzentrum. Er wollte nur ein paar wenige Änderungen vornehmen und es dann Lihua Jiăng schicken. Sie hat bereits geantwortet, dass sie es auf den ersten Blick gut findet, aber noch die Meinung ihres Buchhalters und ihres Anwalts einholen wollte. Es ist kein definitives Ja, aber es sieht sehr positiv aus. Das Programm zum Laufen zu bekommen wäre ein Vollzeit-Job, zumindest am Anfang, und wenn es soweit ist, es in andere Hände abzugeben, wäre ich schon damit beschäftigt, zu expandieren. Also steht der Abschluss in englischer Literatur gerade nicht ganz oben auf meiner Prioritätenliste.

Zara sieht mir in die Augen. »Ich schwöre.«

Mit einem Seitenblick überzeuge ich mich davon, dass wir nicht belauscht werden, dann senke ich die Stimme. »Letztes Wochenende war ich mit meinem Großvater bei einer Wohltätigkeitsveranstaltung.« Ich achte darauf, welche Details ich verraten kann. Sie glaubt schon, dass ich später ins »Familienunternehmen« einsteigen will, und meinen Abschluss eher aus Spaß machen wollte. Das stimmt auch im Großen und Ganzen. Das kann ich also zu meinem Vorteil verwenden. »Ich habe in letzter Zeit darüber nachgedacht, nicht noch zwei weitere Jahre auf dem gleichen Campus zu bleiben wie Rob, und–«

»Moment mal. Wer ist Rob?« Sie reißt den Mund auf. »Meinst du Professor Sarris? Hast du es endlich bei ihm versucht?«

»Pssst«, zische ich, obwohl sie kaum lauter spricht als ein Flüstern. »Nicht ganz. Also schon. Aber lass mich erklären. Er war auch bei der Party – seine Eltern waren die Gastgeber. Ich habe mich mit ihm unterhalten, und mich ihm mehr oder weniger an den Hals geworfen.«

»Du warst tatsächlich in der Lage, mit ihm zu reden? Ohne zu stottern?«, fragt sie zweifelnd.

»Darum geht es nicht.« Obwohl man ihr die Frage nicht vorwerfen kann, so, wie ich mich früher in Robs Gegenwart verhalten habe. »Ich habe mich ihm an den Hals geworfen.«

»Und er ist darauf angesprungen?« Sie ist eindeutig schockiert.

Ich schüttele den Kopf. »Nein. Er hat gesagt, dass er diese Grenze niemals mit einem Studierenden überschreiten würde.«

Sie legt die Hand aufs Herz. »Ich weiß, das war nicht das, was du wolltest, aber er ist so ein Guter. Mit Prinzipien und Anstand.«

Ich funkele sie an. »Hör auf, von ihm zu fantasieren.«

Sie platzt heraus, während sie gleichzeitig die Augen verdreht. »Lesbe, schon vergessen? Ich kann die moralische Integrität eines Mannes würdigen, ohne scharf auf ihn zu sein.«

Nicht ganz überzeugt knurre ich vor mich hin, und sie legt einen Arm um mich.

»Es tut mir aber so leid, dass er dich abgewiesen hat. Das ist ihm bestimmt schwergefallen. Bist du deswegen schon die ganze Woche so komisch drauf?«

Ich schlucke. Jetzt geht es um die Wurst. »Mehr oder weniger? Äh, er hat mich nicht ... ich meine, er hat mich schon abgewiesen, aber dann habe ich ihm erklärt, dass ich den Abschluss für meine berufliche Zukunft nicht unbedingt brauche, weil ich bei Großvater arbeiten will und jederzeit abbrechen könnte, und –«

»Dustin! Bist du ...« Sie unterbricht sich und sieht sich sorgfältig um. Als sie wieder ansetzt, ist ihre Stimme so leise, dass ich sie kaum verstehe. »Bist du mit Professor Sarris in die Kiste gegangen?«

Ich beuge mich vor, sie kommt mir entgegen. Als wir uns so nahe sind, dass wir fast schielen müssen, sage ich: »Nein.«

»Du bist so ein Arsch.« Sie schlägt mir gegen den Arm

und macht Anstalten, aufzustehen, aber ich nehme ihre Hand.

»Ich war noch nicht fertig. Setz dich wieder hin.« Ich brauche noch einen Moment, um sie zum Bleiben zu bewegen, aber dann setzt sie sich wieder neben mich. »Jedenfalls habe ich ihm das alles erzählt, aber er war nicht überzeugt. Er will nicht mein Leben ruinieren, und er will seine Karriere nicht aufs Spiel setzen.«

»Aber er ist auch interessiert? Bist du sicher, dass er nicht nur nett sein wollte?«

Ich denke an unseren Kuss Samstags im Garten zurück und lächle. »Hm, nein. Er ist auf jeden Fall interessiert.«

Zara mustert mich, fragt aber nicht weiter nach Einzelheiten. »Und dann?«

»Wir haben eine Abmachung. Die nächsten zwei Wochen treffen wir uns nur als Freunde. Kein Sex, kein Küssen, kein Verhalten, das nicht in einer Jugend-Serie gezeigt werden könnte.«

»Und darauf hast *du* dich eingelassen?«, fragt sie wieder zweifelnd. »Nach all der Sehnsucht und dem Schmachten bist du bereit, nur befreundet zu sein?«

»Nur zwei Wochen lang«, betone ich. »Wenn wir uns danach immer noch zueinander hingezogen fühlen und eine Basis für mehr gefunden haben, exmatrikuliere ich mich und wir sind offiziell zusammen.«

Sie starrt mich lange unbeweglich an. Ist das ein medizinischer Notfall? Sollte ich Hilfe holen?

»Zara? Kannst du mich hören? Blinzele einmal, wenn du mich hörst.« Ich wedele mit der Hand vor ihren Augen herum. Sie schlägt sie beiseite.

»Oh mein Gott«, keucht sie dann. »Oh mein Gott!«

Ich beiße mir auf die Lippe, um nicht auszuplaudern,

dass ihr Gott nur ein Mythos ist. Meine Erden-Freunde haben uns alles erläutert. Anscheinend können Menschen sehr humorlos sein, was ihre Religion angeht, auch wenn sie sich für ganz locker halten.

»Also macht ihr ... was genau? Euch gegenseitig den Hof?«

Ich bin so dankbar, mich schon zwei Jahre mit klassischer Literatur beschäftigt zu haben, sonst hätte ich keine Ahnung, wovon sie redet. »Könnte man so sagen.«

»Und jetzt hast du es dir anders überlegt?«

»Was? Nein! Wie kommst du darauf?«

Mit einer Geste antwortet sie: »Weil du gerade eine Panikattacke hattest, schon vergessen? Fabian musste dich praktisch stützen.«

Ich schüttele den Kopf. »Nein, das war, weil ich möglicherweise eine Dummheit gemacht habe.« Ich erkläre, was in Robs Büro vorgefallen ist. »Und jetzt bin ich in Sorge, er könnte es sich anders überlegen. Ich meine ... all seine Befürchtungen haben sich bewahrheitet, und es war meine Schuld.« Bekümmert starre ich zu Boden, den Mund schmollend verzogen. Es ist nicht fair. Ich war so nah dran, alles zu bekommen, und ein albernen Fehler wird es mir vielleicht alles zunichte machen.

»Du bist vielleicht ein Idiot«, sagt Zara entschieden.

»Hm?«

»Ein Idiot. I-D-I-O-T«

»Ich weiß schon, wie man das buchstabiert«, sage ich schnippisch.

»Denk doch mal nach. Wenn du vorhättest, zu Ende zu studieren und jede Beziehung zwischen euch noch zwei Jahre geheim bleiben müsste, wärst du im Eimer. Aber das ist nicht der Fall, also hat es keine Nachteile, mit dir zusammen zu sein, sollte er das wollen. Ich meine, er könnte auch einfach entscheiden, dass er dich nicht ertragen kann«, sagt sie neckend, »aber wenn er dich tatsächlich mag und mit dir zusammen sein will, und du kein Studierender mehr hier bist ... gibt es kein Hindernis. Was in seinem Büro passiert ist, war eine kleine Unannehmlichkeit, nichts weiter.«

Ich sitze mit offenem Mund da und starre sie an. Könnte sie recht haben?

»Frag ihn doch einfach. Entschuldige dich für die Beinahe-Panne und versichere ihm, dass es nicht mehr vorkommen wird. Wenn er sich wirklich so darüber aufregen sollte, würde er das Ganze gleich beenden.«

»Glaubst du?«

Sie zuckt die Achseln. »Keine Ahnung. Aber wozu sollte er es noch weiter hinauszögern? Sex bekommt er sowieso keinen. Wenn du dir ernsthaft Sorgen machst, frag ihn einfach.«

Ich schaudere. »Ich will ihm keine Flausen in den Kopf setzen, falls er es nicht ohnehin schon denkt.« Aber sie könnte recht haben mit der Textnachricht. Sein Handy wird noch aus sein, also sieht er sie auch erst in ein paar Stunden.

Bevor mich der Mut verlässt, ziehe ich das Handy heraus und schreibe ihm.

DUSTIN:

Tut mir echt leid wegen heute Nachmittag. Ich hatte wirklich nichts Unangebrachtes vor, versprochen. Ich hoffe, du bekommst deswegen keine Schwierigkeiten. Wird nicht wieder vorkommen.

Ich zögere, dann schicke ich noch eine Nachricht.

> Später telefonieren? Ich rufe nach neun an.
> Stef sollte dann durch sein.

So. Wenn Zara recht hat, sollte ich wissen, woran ich bin, bevor ich ins Bett gehe.

»Danke«, sage ich. »Du bist wirklich eine gute Freundin.«

»Ich tue, was ich kann.« Sie tätschelt mein Knie. »Du brichst also ab, hm?«

»Es ist Zeit«, bestätige ich nickend, und versuche den Eindruck zu erwecken, als sei ich jemand, der sich freut, ins Familienunternehmen einzusteigen. »Das Studium hat wirklich Spaß gemacht, aber ich freue mich auf das, was als Nächstes kommt. Aber du wirst mir fehlen. Du wirst nicht den Kontakt zu mir abbrechen, oder?« Ich bin selbst überrascht, wie ernst es mir mit der Frage ist.

Sie grinst. »Keine Chance. Ich will allllles über dein Liebesleben wissen.«

ICH SITZE im Schneidersitz auf meinem Bett und fixiere besorgt das vor mir auf der Matratze liegende Handy. Auf dem Display wird die Uhrzeit 20:57 angezeigt, und ich warte ungeduldig, dass es endlich Neun wird, um Rob anrufen zu können. Es wäre ihm vermutlich egal, wenn ich mich ein paar Minuten früher melden würde, aber nach dem Ärger, den ich heute Nachmittag verursacht hatte, bin ich entschlossen, ihm zu beweisen, wie ich zu meinem Wort stehen kann, auch wenn es um etwas so Kleines wie eine verabredete Zeit geht.

Vorhin hatte er auf meine Nachrichten geantwortet, während ich noch dabei war, Steffens langweiligen Vortrag über mich ergehen zu lassen, aber aus dem einfachen *bis später* kann ich nicht ersehen, ob er wütend ist oder vorhat, Schluss mit der Sache zu machen, bevor sie überhaupt erst richtig begonnen hat.

Ich atme tief durch und lese zum dritten Mal meine Notizen durch, die ich ausgedruckt hatte, um mich einfach darauf beziehen zu können. Ich werde nicht ohne Widerrede klein beigeben. Wenn Rob wegen des Vorfalls heute Schluss machen will, habe ich dank meines Gesprächs mit Zara eine praktische Liste von Gründen, wieso das keine gute Idee wäre. Fabian hatte auf der Heimfahrt im Auto auch noch etwas beigesteuert. Es gibt keinen logischen Grund, wieso Rob unseren Probelauf beenden sollte.

Mein Wecker springt an, und ich zucke zusammen. Mist. Ich hatte darauf gewartet, und habe mich trotzdem zu Tode erschreckt. Ich schnappe mir mein Handy, stelle den Wecker ab und atme noch einmal tief durch.

Los geht's.

Binnen Sekunden habe ich die Kontakte geöffnet und Robs Nummer angetippt, und doch fühlt es sich so an, als würde alles in Zeitlupe passieren. Mein Herzschlag dröhnt in meinen Ohren.

»Hi, Dustin«, höre ich Robs warme Stimme sagen. Er klingt ... froh? Von mir zu hören?

Das muss doch sicher ein gutes Zeichen sein?

»Es tut mir so leid«, platze ich heraus. »So, so leid.« ich starre auf meine Liste, ohne etwas zu sehen, und bereite mental eine Antwort auf seine nächste Bemerkung vor.

Er lacht leise. »Ist schon gut. Du hast nichts falsch gemacht. Es war einfach Pech.«

Ich erstarre. »Wirklich?«, frage ich atemlos. »Ich meine ja! Es war wirklich Pech.«

»Hast du dir den ganzen Nachmittag deswegen Sorgen gemacht?«

Ich lehne mich zurück in meine Kissen. »Schon irgendwie. Ich – ich hatte Angst, du würdest es als schlechtes Omen für uns ansehen. Es sind ja gewissermaßen all deine Befürchtungen wahr geworden.«

»Stimmt«, gibt er zu, »aber diese Befürchtungen haben nichts mit unseren Plänen zu tun. Es sei denn, du willst doch am College bleiben? Sei ehrlich.«

»Will ich nicht, ganz ehrlich«, versichere ich ihm. »Selbst wenn die Finanzierung für das Sozial-Programm nicht direkt zustande kommt, habe ich noch andere Ideen, um sie zu verwirklichen. Und so viele andere Pläne. Ob wir nun ein Paar werden oder nicht, ich glaube nicht, dass ich weiter studieren würde.« Das ist das zweite Mal, das ich es laut ausspreche, und dieses Mal fühlt es sich noch richtiger an. Das College war eine tolle Erfahrung für mich, und ich habe hier eine Menge über die menschliche Kultur gelernt, aber ich habe eigentlich alles herausgeholt. Jetzt haben andere Dinge Priorität in meinem Leben.

»Na ja, du hast noch eine Woche Zeit, es dir nochmal zu überlegen. Oder auch jederzeit später noch, auch wenn wir dann unsere Pläne ändern müssten.«

Ich grinse. Das klingt, als würde er schon über eine gemeinsame Zukunft nachdenken.

»Und?«, beginne ich, bereit für einen Themenwechsel. »Was hast du an?«

Er lacht. »Übertreib es nicht, du kleines Biest. Rein freundschaftlich, schon vergessen?«

»Ich frage als Freund«, protestiere ich unschuldig. »Wieso musst du unbedingt davon ausgehen, ich hätte niederträchtige sexuelle Beweggründe?« Das tue ich absolut, aber ich weiß, wie weit ich gehen kann.

»Mm, dich interessiert also meine Kleidung unter modischen Gesichtspunkten?« Er klingt belustigt und entspannt, und ich finde es toll.

»Absolut. Ich bin fasziniert von deinem Stil.«

Wieder lacht er, und ich spüre warme Schauer meinen Rücken herunterlaufen. »Tja, tut mir leid, dich enttäuschen zu müssen, aber ich habe eine abgetragene Pyjamahose an, die schon bessere Tage gesehen hat.«

Ich stelle ihn mir in einer ausgebleichten, alten Pyjamahose vor, der Stoff so weich und anschmiegsam, dass er jeden Zentimeter seines Körpers liebevoll umhüllt, und muss heftig schlucken. »Und sonst nichts?«, frage ich heiser, dann räuspere ich mich.

»Dustin«, sagt er vorwurfsvoll. »Das ist nicht angebracht.«

»Nein. Natürlich nicht. Sorry.« Ich schiebe die Hand in meine Boxershorts und streichle meine schon halb harte Erektion. »Ich meine nur, dass ich auch im Pyjama bin«, lüge ich, während ich mir die Bilder, die ich mir von Rob mache, für spätere Verwendung vormerke.

Oder ...

»Erzähl mir von deinem Tag«, ermutige ich ihn, dann schließe ich die Augen und lasse mich vom Klang seiner Stimme umspülen, während ich mich weiter streichle, bis ich ganz steif geworden bin.

Das wird nicht lange dauern, wenn Rob mit mir spricht. Ich bewege meine Hand im gleichen Rhythmus, wie seine Worte, stelle mir vor, es wäre seine Hand, die mich fest umfasst hält, und dass es seine Finger sind, die meine Hoden kitzeln, als sie sich zusammenziehen. Ich fahre mit dem Daumen über meine Eichel, und muss wieder an meine Piraten-Fantasie denken. Ich erinnere mich an Robs Gesichtsausdruck, als ich gesagt habe, dass ich mir wünsche, er würde mich in die Knie zwingen, um mein Gesicht zu vögeln. Mein Atem stockt und ich streichle fester, dann beiße ich die Zähne zusammen, um meinen Aufschrei beim Kommen zu unterdrücken.

»Bist du dann soweit?«, fragt Rob leise, und unterbricht damit mein Nachglühen.

Oh-oh.

Er kann doch nicht meinen ...?

Oder doch?

»Soweit?«, frage ich im Versuch, so zu klingen, als wüsste ich nicht, wovon er redet.

»Damit, dir einen runterzuholen.«

»Äh–«

»Dieses eine Mal war es okay. Du hattest einen harten Nachmittag. Aber nicht nochmal. Bitte respektiere die Bedingungen, die wir abgemacht haben.«

Die ernsten Worte und der strenge Ton schicken mir einen Schauer den Rücken hinunter, und mein gerade erschlaffte Erektion zuckt erneut interessiert. »Tut mir leid?« Es klingt, als würde ich eine Frage stellen, also versuche ich es wieder. »Es tut mir wirklich leid, dass ich nicht gewartet habe bis später. Ich weiß, dass du unseren Kontakt sexfrei halten möchtest.«

»In der nächsten Woche jedenfalls«, murmelt er, aber bevor ich das zum Anlass für weitere Erregung nehmen kann, fährt er fort: »Diese Zeit war dazu gedacht, unserer zukünftigen Beziehung eine stärkere Basis zu geben.«

»Ich weiß, und das will ich auch. Deswegen werde ich auch nur eine weitere Sache dazu sagen, dann können wir uns wieder streng darauf beschränken, Freunde zu sein.«

»Und das wäre?«, fragt er verhalten.

»Wenn wir eine sexuelle Beziehung eingehen, möchte

ich, dass du mir vorliest und mir dabei zusiehst, wie ich mir einen runterhole. Und dann blase ich dir einen.«

Er hustet.

»Irgendein bestimmtes Buch?«

Es ist schon ganz gut, dass er mein Lächeln nicht sehen kann, denn ich habe das Gefühl, es ist sehr selbstzufrieden. »Das kannst du entscheiden. Am besten etwas Langweiliges, damit wir es schön lange ausdehnen können.«

KAPITEL 11

ROB

Trotz des beinahe-Problems in meinem Büro letzte Woche läuft es mit Dustin und mir so gut, dass ich gar nicht darauf gefasst bin, dass es an anderer Stelle ein Drama geben könnte.

Es ist später Nachmittag am Donnerstag. Ich bin gerade nach Hause gekommen, war heute sogar etwas früher gegangen, um etwas Besonderes zu essen zu machen. Dustin erwarte ich in der nächsten Stunde. Und natürlich Fabian. Ich bedaure einerseits diese ganze Anstandswau-wau-Sache, aber andererseits hat es Dustin und mir reichlich Gelegenheit gegeben, zu reden und uns besser kennenzulernen. Es war kein Fehler, uns diese Zeit zu nehmen. Dass er abgesehen von seinem sexy, attraktiven Äußeren auch intelligent und reflektiert ist, wusste ich bereits, aber es gibt noch so viel mehr über ihn zu erfahren. Fabian versinkt in meinen Büchern und muss oft regelrecht geschüttelt werden, wenn man auf sich aufmerksam machen will. Dustin und ich haben uns gegenseitig Dinge offenbart, die nur selten ans Licht kommen. Er hat von seiner »verschwendeten Jugend« gesprochen, und davon, wie lange er schon versucht, bei seinem Großvater Anerkennung zu finden.

»Ich habe es falsch angefangen«, hat er zugegeben. »Ich dachte, er sieht mich als leichtfertig und würde mich in seine Arbeit einbeziehen wollen, um ein Auge auf mich zu haben. Stattdessen habe ich ihn nur davon überzeugt, wie völlig leichtfertig ich bin. Aber das ändert sich jetzt.«

Er hat mir davon berichtet, dass er bessere Programme und Systeme für seine Community einrichten will, wie ihm durch seine Arbeit als Verbindungsperson während der Migration die Augen geöffnet wurden bezüglich all der Dinge, die anderen fehlten, ohne dass es ihnen bewusst war. Er ist zielstrebig, und es ist ihm ein echtes Anliegen, und er setzt sich ein – alles im scheinbaren Gegensatz zu seiner flirtenden, fast frivolen Natur – was aber in Wirklichkeit alles ganz harmonisch zusammenspielt. Es ist so einfach, mit ihm zu reden, und ich habe unwillkürlich viele Erinnerungen aus der nicht ganz einfachen Zeit in meiner Kindheit geteilt, über die ich sonst nie rede. Meine Mom ist wunderbar, und ich hatte eine großartige Kindheit. Damals waren die Menschen allerdings nicht immer so tolerant, und sie war eine stolze alleinerziehende Mutter, und es gab keinen Vater. Niemand wagte es, sie offen zu verspotten – jedenfalls nicht öfter als einmal – aber wenn sie nicht dabei war, wurde ich oft zur unglücklichen Zielscheibe. Dustins Erfahrung, in sehr jungem Alter seine Eltern zu verlieren, war anders, teilweise dank Brandt, aber auch aufgrund seiner eigenen Persönlichkeit. Er ist meiner Mutter sehr ähnlich, was seine Herangehensweise an die Welt betrifft. Ich neige eher dazu, mich nur dann zu öffnen, wenn ich mich sicher fühle. Wir ergänzen uns, was das betrifft.

Es läuft also gut. Sehr gut sogar. In drei Tagen sind die zwei Wochen dann offiziell um, und ich kann es kaum erwarten. Darum bin ich auch bester Dinge, als das Telefon klingelt und den Namen meines Stiefvaters zeigt.

Ich nehme den Anruf an und stelle auf laut, um weiter Kartoffeln schälen zu können. Dustin hat eine Schwäche für Pommes frites, also habe ich vor, ihm selbst welche zu machen. »Hallo, Julian.«

»Rob, wie gut.« Er klingt gehetzt und abwesend, und ich lege sofort das Messer weg. »Du solltest vielleicht Dustin anrufen.«

»Was?« Ich greife nach dem Telefon, ohne mir um die stärkehaltige Schicht Gedanken zu machen, die ich darauf hinterlasse. »Warum? Er kommt gleich zum Essen vorbei.« Während ich spreche, erscheint eine Textnachricht auf dem Display.

DUSTIN:

muss für heute absagen. Rufe dich
später an.

»Was ist passiert?«, frage ich Julian, während mir das Herz in die Hose rutscht. Dustin hat letztes Wochenende sehr deutlich gemacht, wie enttäuscht er war, am Freitagabend absagen zu müssen. Er würde das nicht ohne Grund tun, und es ist seltsam, dass er nicht angerufen oder wenigstens eine ausführliche Nachricht geschickt hat.

Julian seufzt. »Lihua Jiǎng hat ihre Finanzierung seines Sozialzentrums für Jugendliche zurückgezogen.«

Verdammt. »Oh nein.« Er hatte sich schon so auf dieses Zentrum gefreut. «Ich rufe ihn gleich an.«

»Warte, Rob, es geht noch weiter.«

Ein solcher Satz hat noch nie etwas Gutes nach sich gezogen. Ich erstarre.

»Was denn?«, frage ich nervös.

»Die Absage kam heute früh, und ich hatte einen von meinen Leuten um diskrete Nachforschungen gebeten, was sie dazu veranlasst hat. Du weißt schon, um die Pläne für den nächsten Versuch zielgruppengerechter ausrichten zu können.«

»Verstehe.«

»Leider hat die Person das Ergebnis nicht nur mir, sondern auch Dustin geschickt.«

»Heraus mit der Sprache, Julian. Ich bin schon ganz nervös.«

Mit einem tiefen Seufzer fährt er fort: »Lihuas Anwalt hat sich oberflächlich und inoffiziell über Dustin erkundigt. Anscheinend wurden ihm Geschichten über wilde Abenteuer zugetragen. Er hat Lihua empfohlen, das Programm nicht in Dustins Hände zu legen.«

»*Was?* Das ist doch absurd!«

»Ich weiß«, versichert Julian. »Ich habe mich auch über Dustin erkundigt, und er mag eine wilde Jugend gehabt haben, aber es deutet alles darauf hin, dass das vorbei ist. Laut allen Rückmeldungen war sein Verhalten in den letzten paar Jahren beispielhaft. Aber dieser Typ hat ein Problem, und es missfällt ihm, dass Lihua in Projekte investieren könnte, auf die er sie nicht selbst aufmerksam gemacht hat.«

»Okay«, murmele ich. Na prima, das wird bei Dustin alle Knöpfe drücken. »Darüber, dass du Erkundigungen über meinen festen Freund einholst, reden wir ein andermal noch.«

»Wenn er mit einer meiner Organisationen zu tun hat, muss ich das machen, Rob«, bekräftigt Julian ruhig. »Das hatte nichts mit dir zu tun.« Er hält inne. »Fester Freund?«

Upps. »Nicht jetzt, Julian. Was ist passiert, nachdem Dustin die Nachricht erhalten hatte – war es eine E-Mail?«

»Ja«, bestätigt er. »Er rief mich an, um mir mitzuteilen, dass er sich komplett aus dem Programm zurückzieht, und hat mir empfohlen, Lihua das wissen zu lassen und zu versuchen, sie damit umzustimmen. Er klang gar nicht wie er selbst, Rob, und hat aufgelegt, noch bevor ich ihn überreden konnte, dass das nicht notwendig sein wird.«

»Nicht notwendig?«, frage ich ungläubig nach. »Dieses Programm liegt ihm am Herzen. Ich weiß genau, dass er lieber davon Abstand nehmen würde, als es scheitern zu sehen.«

»Es wird nicht scheitern«, sagt Julian abfällig. »Ich habe schon einen Termin für morgen mit Lihua abgemacht, um der Sache auf den Grund zu gehen. Ich kenne sie schon lange, und kann garantieren, dass ich sie umstimmen kann, wenn ich ihr die ganze Geschichte erzähle und nicht nur die Bruchstücke, die ihr Anwalt ihr einflüstert. Sie war sehr begeistert von dem Programm, als sie das Angebot las, und sie mochte auch Dustin sehr.«

»Aber was, wenn sie sich nicht umstimmen lässt?«

»Dann frage ich, ob es ihre Entscheidung beeinflussen würde, wenn Dustin außen vor wäre«, sagt er zögerlich. »Ich glaube nicht, dass es so weit kommen wird. Und wenn sie es trotzdem ablehnt, das Programm zu fördern, werden wir uns nach anderen Optionen umsehen. Dustin hatte tolle Ideen, und ich freue mich, weiter mit ihm daran zu arbeiten.« Mit erneutem Seufzen fährt er fort: »Ich weiß gar nicht, warum er das so persönlich nimmt. Liegt es am dramatischen Naturell der Drachen?«

Ich räuspere mich. »Teilweise. Aber es ist auch ein persönliches Thema für ihn. Lass mich mit ihm reden. Ich melde mich später wieder.«

Julian verabschiedet sich, und ich stehe eine Weile nachdenklich in der Küche. Was mache ich jetzt am besten?

Erst versuche ich, Dustin anzurufen. Der Anruf wird direkt auf Voicemail umgeleitet. Schreiben werde ich gar nicht erst. Stattdessen versuche ich es bei Fabian, falls sie noch auf dem Campus sein sollten.

Auch dieser Anruf landet auf Voicemail.

Also rufe ich Sophie an.

»Ich wollte gerade dich anrufen!«, ruft sie, und ich blinzele mein Handy an.

»Wirklich?«

»Dustin und Fabian sind gerade nach Hause gekommen, Dustin ist sofort schmollend auf sein Zimmer gegangen. Fabian weiß nicht, wieso. Dustin hat einfach gesagt, dass sie direkt nach Hause fahren müssen. Percy und Brandt sind nicht hier, und Kethe und ich waren unsicher, ob wir ihn an den Haaren herauszerren oder ihm Tee und Kekse bringen sollten.«

»Lasst ihn in Ruhe«, rate ich. »Ich mache mich auf den Weg. Brauche ich eine Sondergenehmigung von Steffen, um reinzukommen?« Letztes Wochenende war das nicht der Fall, aber bei Steffen kann man nie wissen.

»Nö, der ist gar nicht hier. Wir sind ziemlich locker, wenn er nicht da ist. Du weißt also, was mit Dustin los ist?«

»Ja. Lasst ihn ein bisschen schmollen und bringt ihm auf jeden Fall Tee und Kekse, bitte. Ich bin in knapp einer Stunde da, hoffe ich«, füge ich hinzu, während ich die bereits geschälten Kartoffeln in eine Schüssel gebe und sie mit Wasser fülle. Es wird ein bisschen Verkehr sein um diese Zeit, aber hier am Stadtrand nicht allzu schlimm. Der Großteil der Strecke besteht aus dem Highway.

»Okay. Soll ich Kethe bitten, die Schokokekse rauszuholen? Oder ist es nicht ganz so schlimm?«

»Schokokekse?«, frage ich nach, während ich in der Bewegung innehalte, als ich einen Teller auf die Schüssel mit den Kartoffeln legen will.

»Die australischen Schokokekse. Die mag Dustin am liebsten, aber wir haben nicht immer welche im Haus.«

Ich habe so viele Fragen, aber jetzt keine Zeit, sie zu stellen. »Gebt ihm einfach die Kekse, die er mag. Er hatte einen schlechten Tag.«

»Verstehe«, sagt Sophie gut gelaunt. »Bis bald.«

In fünf Minuten habe ich Hände gewaschen, meine Schlüssel genommen und bin auf dem Weg nach draußen.

»Er hat mich noch nicht mal reingelassen, als ich gesagt habe, ich hätte Schokokekse für ihn«, sagt Kethe besorgt, während sie mich zu Dustins Zimmer begleitet »So habe ich ihn noch nie erlebt. Sonst ist er immer so gutmütig und fröhlich.« Sie bleibt vor einer geschlossenen Tür stehen und senkt die Stimme. »Soll ich Brandt und Percy nach Hause beordern?«

»Nein!«, kommt eine gedämpfte Stimme aus dem Zimmer. Das Gehör von Drachen ist wesentlich besser als meins, wie mir gerade wieder einfällt.

Kethe klopft mit einem Seufzer an. »Dustin?«

»Geh weg!«

»Rob ist hier.«

Pause.

»Das ist doch ein Trick. Geh weg. Ich will keinen Tee und keine Kekse. Ich will nur alleine sein.« Seine Stimme zittert so, dass es mir das Herz bricht.

»Ich bin wirklich hier, Dustin«, sage ich leise. »Wir müssen reden. Bitte.«

Einen Augenblick später höre ich, wie aufgeschlossen wird. Die Tür wird einen kleinen Spalt geöffnet, gerade so weit, dass ich ein blutunterlaufenes grün-braunes Auge erblicke. Mit einem Keuchen öffnet er die Tür weiter, dann zerrt er mich herein und wirft sie wieder zu.

»Ich bin dann wieder in der Küche«, ruft Kethe. »Lass mich wissen, wenn du es dir anders überlegst mit dem Tee. Rob, bleibst du zum Abendessen?«

»Wenn es keine Umstände macht«, erwidere ich.

»Nicht die Spur.« Wir hören, wie sich ihre Schritte entfernen, dann wende ich mich Dustin zu.

Er schielt unglücklich zu mir hoch. Seine Augen sind dick und seine Lippen geschwollen vom Draufbeißen. Jeder Gedanke daran, ihn dafür zu ermahnen, dass er weggelaufen ist, sind vergessen, und ich breite die Arme aus.

Er springt mir in die Arme und vergräbt das Gesicht an meiner Schulter, dann sagt er etwas, was ich nicht verstehen kann.

»Das habe ich nicht gehört, Süßer. Sag' es nochmal.«

Er hebt den Kopf und sieht mir in die Augen, während er wiederholt: »Hat Julian dich angerufen? Ich hab' alles vergeigt.«

»Ja, Julian hat mich angerufen, aber du hast gar nichts vergeigt. Was du auch wissen würdest, wenn du abgenommen hättest, als ich versucht habe, dich zu erreichen.« Ich schaue mich in dem großen und ehrlich gesagt wunderschönen Raum um, dann schiebe ich ihn zu einem riesigen Sessel in der Ecke. Ich setze mich, ziehe ihn auf meinen Schoß und knuddele ihn. Das hier bricht alle unsere Abmachungen, aber es sind auch besondere Umstände.

»Doch, das habe ich«, wiederholt er trotzig. »Ich und meine dumme leichtlebige Vergangenheit. Ich hätte es wissen müssen. Und mir hätte klar sein müssen, dass mich niemals jemand respektieren würde.«

»Genug«, sage ich scharf. »Das stimmt nicht. Und selbst wenn du immer noch so unverantwortlich wärst wie früher, hättest du sehr wohl Respekt verdient.« Ich atme durch, dann fahre ich etwas ruhiger fort. »Aber deine Vergangenheit spielt keine Rolle, Dustin. Julian weiß das. Er weiß alles über deinen Leichtsinn früher und will trotzdem der Person, die du heute bist, den Ruf seiner Wohltätigkeits-Organisation anvertrauen.«

Er sieht mich aus großen, feuchten Augen unglücklich an. »Aber dann verliert er seine ganze Finanzierung«, flüstert er. »Ich bin ihm zu nichts nütze, wenn wegen mir niemand spendet.«

»Du hättest abnehmen sollen, als er anrief, um es dir zu erklären. Kannst du jetzt mir zuhören?«

Er nickt, kaut wieder auf seiner Lippe, aber in seinem Blick sehe ich eine kleine Hoffnung erwachen. Ich erlöse mit dem Daumen seine arme Unterlippe von ihren Qualen, während ich erläutere, was Julian gesagt hat. »Du siehst also, es ist durchaus möglich, die Finanzierung zu erhalten. Und selbst wenn es dieses Mal nicht klappt, will Julian dich nicht loswerden. Dieses Programm ist dein Baby, und du bist die perfekte Person, um es zu leiten. Er ist zuversichtlich, mit deiner Hilfe die Finanzierung zu ermöglichen.«

Schniefend denkt er über meine Worte nach. »Es ist also nicht wegen mir alles ruiniert?«

»Absolut nicht.«

Er atmet heftig aus und vergräbt das Gesicht an meiner Brust. »Ich hatte mir solche Mühe gegeben«, sagt er mit bebender Stimme. »Ich weiß, es hat lange gedauert, bis ich meine leichtsinnige Phase hinter mir hatte, aber ich habe mich so bemüht, zu beweisen, dass ich heute nicht mehr so bin.«

Wie soll ich am besten antworten? Mir missfällt, dass er das Gefühl hat, einen Teil von sich leugnen zu müssen. »Ich kannte dich damals noch nicht«, setze ich vorsichtig an, »Aber nach allem, was ich gehört habe, warst du nie destruktiv, grausam oder verletzend. Du warst ... übermütig. Vielleicht hast du dich etwas hinreißen lassen. Möglicherweise hat es länger angehalten, als manche es für richtig gehalten hätten. Aber du bist ein Guter, Dustin, und ich kann mir nicht vorstellen, dass das früher anders war. In letzter Zeit hast du bewiesen, das Zeug dazu zu haben, solche Dinge zu leiten. Deine Erfahrungen in der Vergangenheit haben dich zu dem gemacht, der du heute bist. Und das werden die Leute auch begreifen.«

Er schweigt kurz, dann zieht er wieder die Nase hoch und nickt. »Hoffentlich. Ich schätze, wir müssen einfach abwarten, wie Julians Meeting läuft.«

»Nicht gut genug. Versuch's nochmal.«

Er blinzelt mich erschrocken an. »Nicht?«

»Was willst du denn machen, wenn Ms Jiǎng, wenn auch aus fehlgeleiteten Gründen, die Finanzierung des Programms nicht übernimmt?«

Er öffnet verdutzt den Mund, dann nimmt sein Gesicht wieder den trotzigen Ausdruck an, den ich schon so gut kenne. »Ich werde nicht aufgeben«, verkündet er. Es ist nur ein ganz bisschen weniger wirkungsvoll, weil er gleichzeitig seine Nase abwischt. Ich greife in die Tasche und reiche ihm ein sauberes Taschentuck. »Danke«, sagt er, tupft sein Gesicht trocken und putzt sich die Nase. »Du hast recht. Ich kann mich nicht einfach zurücklehnen und abwarten. Wenn Lihua Jiǎng beschließt, uns nicht zu finanzieren,

muss ich Pläne parat haben, um das Geld woanders aufzutreiben.«

Ich lächle. *Da ist er ja wieder.*

»Du bleibst doch zum Essen?«, fragt er, während er von
meinem Schoß aufspringt und zum Nachttisch hinüber eilt,
um nach seinem Handy zu greifen.

»Hatte ich vor, da wir ja offensichtlich nicht bei mir
essen werden.« Ich erhebe mich ebenfalls, dann bleibe ich
etwas ungeschickt stehen.

»Tut mir leid.« Er tippt bereits, eindeutig schon mit den
Gedanken woanders. Ich liebe seine entschlossene Miene.
»Aber danke, dass du gekommen bist, um mich daran zu
erinnern, was wichtig ist.« Er schaut zu mir auf. »Ich habe
dich gebraucht.«

Ich schlucke einmal heftig, denn mir wird gerade etwas
klar. Wer hätte gedacht, dass ich mir immer gewünscht
habe, gebraucht zu werden? Ich denke an alles zurück, was
mir am besten gefallen hat, als ich Dustin näher kennengelernt habe: seine Nähe, Berührungen, wann immer
möglich. Wie er komplett auf mich konzentriert ist, wenn
er mit mir spricht, und wie er strahlt, wenn ich lächle oder
ihn lobe. Ich mag es offenbar, gewollt und gebraucht zu
werden. Und zwar nicht von jedem x-Beliebigen, sondern
einem äußerst selbständigen Mann, der sich seinen eigenen
Weg durchs Leben bahnt. Von Dustin.

Er läuft auf mich zu, stellt sich auf die Zehenspitzen
und drückt mir einen festen Kuss auf den Mund. »Ich weiß,
das war gegen die Regeln, aber ich hatte einen schlechten
Tag, also darf ich eine Ausnahme machen.«

Dann schließt er die Tür auf, schlendert hinaus und ruft
Kethe zu, dass er wirklich ein Tässchen Tee brauchen
könnte – die leicht britische Betonung des Wortes muss er

wohl von Percy aufgeschnappt haben. Ich folge ihm schmunzelnd. Mir wird nie wieder langweilig sein an seiner Seite.

KAPITEL 12

DUSTIN

Dieses sicher allen bekannte Gefühl, wenn man etwas Tolles erreicht hat und sich auch darüber bewusst ist, und doch einen winzig kleinen Zweifel hegt – das belastet mich gerade. Als hätte ich mich doch getäuscht und in Wirklichkeit die Sache in den Sand gesetzt. Ich warte auf Rob. Heute ist der offiziell letzte Tag der zweiwöchigen »Kennenlern«-Freundschaft-Probezeit. Rob kommt zum Mittagessen vorbei und dann beschließen wir, wie es weiter geht, genau wie vor zwei Wochen besprochen.

Eigentlich liegt alles klar auf der Hand. Rob und ich waren so gut wie unzertrennlich – wir haben fast alle Abende zusammen verbracht, außerdem einige Mittagspausen und das komplette vergangene Wochenende. Von all den Textnachrichten und Telefonaten nicht zu reden. Es besteht kein Zweifel: wir passen zusammen. Wir haben so viel gemeinsam, und obwohl wir nicht bei allem übereinstimmen (er ist überzeugt, dass Ananas nichts auf Pizza zu suchen hat, und da täuscht er sich), tun wir es doch bei den wichtigen Dingen. Unsere Gespräche sind nie aufgesetzt. Und er ist mir zu Hilfe gekommen, als ich jemanden brauchte – ihn brauchte.

Sex hatten wir noch nicht – ich hätte ihn vielleicht überreden können, aber als ich gemerkt habe, wie kurz davor er war, der Versuchung zu erliegen, habe ich einen Rückzieher gemacht. Das klingt vielleicht albern, aber ich weiß ganz sicher, dass er den ersten Schritt gemacht hätte, wenn er es wirklich gewollt hätte. Mir war wichtig, ihm zu zeigen, dass ich seine Wünsche respektiere, auch wenn ich sie absurd finde und ich gern über die Stränge schlage.

Also ist heute eigentlich nur eine Formalität. Wir haben auch schon Pläne für später gemacht, was er sicher nicht getan hätte, wenn er die Absicht hätte, mir heute mitzuteilen, dass wir nicht zusammen sein können. Aber insgeheim habe ich doch Sorge, er könnte sagen, dass wir nicht zusammenpassen. Dass er mich doch nicht will.

Uff. Selbstzweifel sind das Letzte. Dass ich mich noch emotional gebeutelt fühle vom letzten Donnerstag hilft mir auch nicht gerade. Die Vorstellung, ich könnte das soziale Jugendprogramm aufs Spiel gesetzt haben, hat mich wirklich aus der Bahn geworfen. Julian sagt, seine Besprechung mit Lihua Jiǎng am Freitag lief gut, aber sie hatte sich das Wochenende Bedenkzeit ausgebeten, bevor sie eine finale Entscheidung trifft. Also ... warten wir. Und ehrlich gesagt ist es ein ganz mieses Gefühl. Ich weiß, ich bin in der Lage und auch verantwortungsbewusst genug, das zu übernehmen, und Julian vertraut mir auch, aber wir sind nicht diejenigen, deren Meinung gerade entscheidend ist. Als Resultat bin ich verletzlich und emotional, auch wenn ich versuche, selbstbewusst zu sein, und diese Unsicherheit hat beschlossen, ihre Klauen in alle Lebensbereiche zu schlagen – einschließlich der Beziehung zu Rob.

Jedenfalls ist das der Grund, warum ich jetzt rastlos in der Eingangshalle von »Lass es Drachen« hin und her laufe. Ich kann mich auf nichts konzentrieren, und Kethe hat mich der Küche verwiesen, nachdem ich beim Teekochen versehentlich kochendes Wasser auf die Arbeitsfläche gegossen hatte. Ich meine, es war nur *Wasser*, aber sie war ganz patzig und hat mich weggeschickt. Da ich nichts anderes zu tun habe, habe ich beschlossen, an der Eingangstür zu warten. Ich hätte mich auch ans Tor gestellt, wollte aber nicht allzu unsicher rüberkommen. Außerdem – was, wenn er ankommen würde, wenn ich noch auf dem Weg nach unten bin? Dann würde ihm am Ende jemand anderes aufmachen, und er könnte denken, mir sei unsere Beziehung nicht wichtig.

Das ergibt zwar keinen Sinn, wenn ich näher darüber nachdenke, aber ich habe mich jetzt festgelegt, in der Eingangshalle auf und ab zu gehen.

»Was macht er da?«, flüstert Fabian hinter mir.

»Einen Trampelpfad in den Fußboden laufen«, antwortet Großvater trocken.

»Wozu denn das? Der Raum ist zwar groß, aber nicht so groß, dass wir einen festgelegten Pfad brauchen, um ihn zu durchqueren.«

Ob es wohl sehr schlimm wäre, wenn ich meinen alten Freund erwürgte?

Großvater scheint zu merken, dass ich mit dem Gedanken spiele, denn er schickt Fabian mit einer Nachricht zu Kethe, dann nähert er sich vorsichtig.

»Dustin? Stimmt etwas nicht, oder sind das nur die kalten Füße, bevor du dich auf Rob festlegst?«

Ich habe ihn glaube ich noch nie in meinem Leben so vernichtend angefunkelt. »Ich habe keine kalten Füße.«

Mein Herz jubelt schon beim Gedanken, mich an Rob zu binden.

Großvater nickt. »Es ist also die vollkommen törichte Befürchtung, er könnte sich nicht an dich binden wollen.«

Ich wirbele herum. »Ist sie denn wirklich so töricht?«, frage ich unsicher. Es ist absolut untypisch für mich, aber ich kann den Gedanken nicht ertragen, Rob könnte sich gegen mich entscheiden.

»Sehr töricht«, bestätigt er. »Selbst ich kann sehen, dass Rob bis über beide Ohren in dich verliebt ist. Obwohl ich nicht ganz begreife, was dieser Verzicht auf Sex sollte.«

Oh. Hoppla. Ich hatte ihm gar nicht erklärt ...

»Großvater«, setze ich zögerlich an. Das letzte Mal, als ich davon sprach, das Studium abzubrechen, hat er es nicht gut aufgenommen. Das ist aber zwei Jahre her, und damals dachte er noch, ich würde zu meiner früheren oberflächlichen Lebensweise zurückkehren. »Eine von Robs Befürchtungen im Zusammenhang mit einer Beziehung zu mir war, dass ich an dem College studiere, an dem er lehrt.« Ich erkläre die Details und die Lösung, auf die wir uns geeinigt hatten. »Du siehst also«, schließe ich, »wenn Rob eine Beziehung mit mir eingehen will, muss ich das Studium abbrechen.«

Großvater nickt langsam mit geschürzten Lippen. Es ist sein nachdenkliches Gesicht, das er schon aufsetzt, solange ich denken kann, und ich verspüre eine Welle der Zuneigung. »Was hast du stattdessen vor?«

»Na ja, da ist das neue Sozialzentrum für Jugendliche«, antworte ich prompt. »Es muss aufgebaut werden, und ich wäre mindestens während der ersten Monate in die Leitung involviert.« Hoffe ich. Und wenn nicht, werde ich mich damit befassen, woanders Gelder aufzutreiben. Außerdem kann ich potenziell weitere solche Zentren planen, denn die

Expansion muss so oder so stattfinden. Das erläutere ich alles meinem Großvater.

»Idealerweise würde ich diese kleineren Programme gern als Testlauf für ein größeres Netzwerk sehen. Jugendarbeit in kleineren Städten am Anfang, aber letztendlich denke ich, dass es in der gesamten Community einen Bedarf für solche sozialen Angebote gibt.«

»Und das willst du? Solche Angebote zur Verfügung stellen?«

»Sie einrichten«, verbessere ich ihn. »Ich wäre für die meisten Angebote gar nicht die richtige Person. Aber ich kann gut mit Leuten reden und feststellen, was sie brauchen, und dann eine Möglichkeit finden, ihnen dazu zu verhelfen.« In meiner Stimme schwingt etwas Trotziges mit, was ich lieber vermieden hätte. Ich klinge wie ein quengelndes Kind. Aber was ich gesagt habe, stimmt … meine Stärke ist es, mit anderen zu kommunizieren, und meine lebenslange Verbindung zu Großvater und König Raðulfr hat mich eine Menge über Diplomatie und Bürokratie gelehrt. Ich weiß das System zu bedienen, um Leuten Dinge zu beschaffen. Ich mag zwar nicht lange Verbindungsperson während der Migration gewesen sein, aber ich habe großartige Arbeit geleistet.

»Das kannst du wirklich«, sagt er zustimmend, und ich bin nicht unbedingt geschockt, aber … ich schätze, vielleicht doch ein bisschen. Ich rechne irgendwie innerlich immer noch damit, von Großvater als verwöhnt und flatterhaft gesehen zu werden. »Ich bin nicht weiter erstaunt, dich diesen Weg einschlagen zu sehen, Dustin. Du warst immer hilfsbereit. Vielleicht sollten wir uns mal Zeit nehmen, uns hinsetzen und deine Pläne ganz offiziell besprechen. Mal sehen, wo die Regierung dich unterstützen könnte.«

Ich habe einen so großen Kloß im Hals, dass ich kaum atmen kann, zwinge mich aber, ihn runterzuschlucken und meine Zustimmung herauszubringen. »Das wäre toll.«

Er lächelt mich an, so stolz und liebevoll, dass ich die Tränen unterdrücken muss. »Das machen wir. Sobald du dich exmatrikuliert hast.«

Der Summer am Tor ertönt, und bevor ich antworten kann, stelle ich verblüfft fest, dass ich meine Nervosität wegen Robs Ankunft ganz vergessen hatte. Jetzt holt sie mich aber wieder ein, und ich erstarre.

»Ich mache dann mal auf, ja?«, sagt Großvater, als ich keine Anstalten mache, mich in Bewegung zu setzen. Er geht ans Bedienungs-Panel und drückt auf einen Knopf. »Hallo, Rob. Das Tor geht jetzt auf.«

Ich höre Robs Stimme, kann aber seine Worte nicht verstehen, weil das Rauschen in meinen Ohren so laut ist. Großvater tritt wieder neben mich, und ich schaue flehentlich zu ihm hoch.

»Klang er glücklich? Als ob er kurz davor wäre, sich auf eine lebenslange Liebesbeziehung einzulassen? Oder eher entschlossen, als wäre er kurz davor, sie zu beenden?«

Er schüttelt den Kopf. »Er klang wie sonst auch. Geh ein Glas Wasser trinken, bevor du noch umkippst. Es wird alles gut. Wer könnte sich jemals von dir trennen wollen?«

»Viele Leute«, sage ich düster, befolge aber seinen Rat und gehe in die Küche. Kethe und Fabian drehen sich zu mir um, aber ich hole mir wortlos Wasser und stürze es hinunter. Es hilft überhaupt nicht ... wenn überhaupt, macht es alles viel schlimmer, denn es schwappt in meinem Magen hin und her und bereitet mir Übelkeit.

»Dustin?«, fragt Kethe. »Ist Rob hier?«

Ich nicke. »Großvater hat ihn gerade reingelassen.« Bevor sie weitere Fragen stellen kann, laufe ich wieder aus der Küche und nehme meinen Platz in der Eingangshalle ein, bevor Rob das Haus erreicht.

Plötzlich kann ich die Ungewissheit keine Sekunde länger aushalten. Ich dränge mich an Großvater vorbei, reiße die Tür auf und springe die Treppe hinunter bis zur Einfahrt, in die Rob gerade einbiegt. Er tritt scharf auf die Bremse, um mich nicht umzufahren, dann sitzt er nach Luft schnappend da, die Hand auf den Mund gepresst.

Ups.

Ich mache einen Schritt rückwärts von der Stoßstange, die möglicherweise mein Bein leicht gestreift hat, und nehme auf dem Beifahrersitz Platz.

»Dustin«, keucht er. »Was *machst* du nur? Ich hätte dich umbringen können!«

Ich winke ab. »So schnell warst du nicht. Und wir können uns von fast allen Verletzungen erholen. Hör zu, ich–«

»Ich will aber nicht, dass du dich davon erholen musst, dass ich dich mit dem Auto angefahren habe!«

»Aber das hast du gar nicht. Sei nicht so dramatisch. Du hast mich kaum gestreift.«

Er schaltet auf Parken um und streckt die Hände nach mir aus. »Oh mein Gott, hat der Wagen dich etwa wirklich gestreift? Wo? Zeig es mir. Hast du eine Prellung? Soll ich Sophie holen?«

»Mir geht's gut«, erkläre ich ungeduldig. Ich kann nicht fassen, dass er Zeit damit vergeudet, wenn ich doch so begierig darauf bin, zu hören, wie er denn nun entschieden hat. »Rob, ich kann nicht mehr warten.«

Er blinzelt. »Worauf denn?«

»Auf dich. Zu erfahren, was du tun willst.«

Er runzelt die Stirn, und mir rutscht das Herz in die Hose. Vielleicht sollte ich das Thema wechseln. Ihn ins

Haus ziehen und seine Gesellschaft genießen, solange es möglich ist.

»Was ich wann tun will? Wolltest du wieder über die Weihnachtspläne meiner Mutter reden? Denn ich hatte doch schon gesagt, dass es mir nichts ausmacht, wenn du nicht alles mitmachen willst, was sie vorhat. Wir haben außerdem noch ewig Zeit, das zu entscheiden.«

Das lenkt mich ab, denn ich hatte letzte Woche ein langes Gespräch mit seiner Mutter, in dem es um Weihnachten ging, und jetzt freue ich mich total darauf. Natürlich kennt sie die Wahrheit über Weihnachten, aber das hält sie nicht davon ab, Pläne für über zwei Wochen verteilte weihnachtliche Aktivitäten zu machen, bei denen sie für ihre wohltätigen Zwecke sammelt. Sie sagt, es ist eine immersive menschliche Erfahrung für die Community, und dass sie in diesen beiden Wochen mehr Geld einnimmt als zu jedem anderen Zeitpunkt im Jahr. Darum steht ihre Planung auch schon, obwohl erst September ist.

»Nein, wir gehen definitiv zu allen Events«, bestätige ich. »Und wir schauen uns vorher ganz viele Weihnachtsfilme an, damit ich weiß, was ich zu tun habe.«

Er kneift die Augen zusammen. »Das ist nicht unbedingt ... egal. Was hast du denn gemeint?«

Und da weiß ich wieder, was ich vorhatte. »Feiern wir wirklich zusammen Weihnachten? Oder bin ich dann der traurige Einzelgast, der versucht, sich nicht unter den Mistelzweig zu stellen, damit keiner Mitleid mit mir hat?« Könnte sein, dass ich schon ein paar Weihnachtsfilme angeschaut habe. Forschung ist sehr wichtig.

Die Verwirrung steht ihm ins Gesicht geschrieben – am liebsten würde ich ihm eine runterhauen, oder ihn küssen. Ich weiß noch nicht genau – je nachdem, ob er mich behalten will oder nicht.

»Willst du wissen, ob wir zu Weihnachten noch ein Paar sind?«, fragt er langsam. »Denn eine Kristallkugel besitze ich nicht. Ich hoffe es – und glaube es auch – aber es gibt im Leben keine Garantien.«

Mein Lächeln ist so breit, dass meine Wangen davon schmerzen. »Du wolltest heute also nicht Schluss machen?«, frage ich, um ganz sicherzugehen, und er fängt an zu lachen.

»Dustin, dachtest du wirklich, ich hätte das vor? Wir haben für nächstes Wochenende einen Tisch im Restaurant reserviert, das du gerne ausprobieren wolltest!«

Zugegeben, wenn er es so formuliert, kann ich einsehen, dass ich möglicherweise ein kleines Bisschen überreagiert habe. »Ich musste sichergehen«, protestiere ich ohne viel Überzeugung. Ich bin damit beschäftigt, sein Gesicht an mich zu ziehen, um ihn zu küssen.

Knutschen auf den Vordersitzen kann ich wahrhaftig *nicht* empfehlen. Einmal, weil es absurd unbequem ist, da man bei jeder Bewegung an die Mittelkonsole, den Schalt-knüppel oder das Lenkrad stößt, aber vor allem, weil kein Platz ist, um sich wirklich nahe zu kommen. Und das will ich. Ich will mich von den Schultern bis zu den Zehen an Rob schmiegen und seinen ganzen Körper an meinem spüren.

Oh, und außerdem der letzte wichtige Grund, der dagegen spricht?

Keine Privatsphäre.

»Hey! Kethe wollte wissen, ob ihr noch lange braucht. Essen ist fertig«, ruft Wil, während er fröhlich aufs Auto-dach klopft. Das macht er mit Absicht – wenn es Fabian wäre, könnte ich glauben, dass er einfach nichts checkt, aber Wil mag es gelegentlich, mich zu nerven. Ob wir ihn einfach ignorieren können?

»Die knutschen nur!«, ruft er vermutlich jemandem im Haus zu, und Rob lehnt sich mit einem Seufzer zurück.

»Wir sollten wohl reingehen«, sagt er, und ich schwöre, Wil heute noch den Garaus zu machen.

Also ... schön, er darf weiterleben, aber eines Tages werde ich mich rächen.

»Parke erst den Wagen«, presse ich mit zusammengebissenen Zähnen hervor. »Ist nicht schlimm, wenn du dabei Wil über den Fuß fährst.«

Rob lacht und legt den Gang ein, nimmt aber so langsam den Fuß von der Bremse, dass er kaum Schaden anrichten kann. Wil quiekt trotzdem und springt hastig zurück, der dramatische Arsch, der er ist.

Ich sage nichts weiter auf dem Weg zum Parkplatz hinter dem Haus, und als er den Motor abstellt, dreht er sich zu mir um, nimmt meine Hand, hebt sie an die Lippen und küsst meine Handfläche.

Mich überläuft ein Schauer. Wer hätte gedacht, dass eine so unschuldige Geste so erregend sein kann?

»Möchtest du heute mit zu mir kommen und über Nacht bleiben?«, fragt er leise. »Da haben wir jede Menge Privatsphäre, und mein Bett ist schön groß.«

»Ja.« Ich habe so schnell geantwortet, dass man es kaum versteht, aber sein Lächeln zeigt mir, dass er es mitbekommen hat.

»Perfekt.«

ICH LIEBE ROBS HAUS. Er sagt, es ist eigentlich für einen einzelnen Mann zu groß, aber er füllt es aus und nutzt den Platz. Als ich ihm später am Nachmittag hinein folge, atme ich tief ein und lasse die Persönlichkeit dieses Ortes auf mich wirken, während all meine Sorgen von mir abfallen.

Sie waren nicht allzu groß. In den letzten Jahren hat mir hauptsächlich die unerwiderte Liebe zu Rob zugesetzt, außerdem die Angst, für immer und ewig nicht ernstgenommen zu werden. Und jetzt bin ich hier mit Rob, stehe kurz vor einer Nacht voller wilder Sexeskapaden, und obwohl es Zweifel an meiner professionellen Integrität gibt, gibt es auch Leute, die sich für mich in die Bresche werfen und mir die Leitung eines großen Projektes übertragen wollen. Mein Großvater vertraut mir. Alles in allem ist mein Leben doch ziemlich gut.

Und im Begriff, noch besser zu werden.

Während Rob seine Schlüssel in die kleine Schale wirft, die einzig der Aufbewahrung von Schlüsseln zu dienen scheint, schlendere ich in das kleine Zimmer, das ihm als Bibliothek und Arbeitszimmer dient. In der Mitte des Raumes steht der Schreibtisch, dessen Oberfläche bis auf seine Aktentasche leer ist. An zwei Wänden sind deckenhohe Bücherregale eingebaut worden, an der dritten Wand blickt ein großes Erkerfenster in den von einer Mauer begrenzten Vorgarten. Die vierte Wand hängt voller gerahmter Postkarten und Fotos von Freunden und Familie – Rob nennt sie seine »Lebenswand«. Davor steht eine breite, weiche Couch, die perfekt ist, um sich mit einem guten Buch darauf auszustrecken – oder für andere Dinge.

Auf dieser Couch möchte ich von Rob zum ersten Mal gevögelt werden. Das Zimmer bedeutet ihm so viel, und ich möchte, dass er jedes Mal an mich denken muss, wenn er es betritt.

»Dustin?«, ruft er. »Möchtest du was zu trinken?«

»Nein danke«, rufe ich zurück. Selbst wenn ich Durst hätte, würde ich mich jetzt nicht davon ablenken lassen.

Ich höre seine Schritte den Flur entlanggehen, in Richtung der an der Rückseite des Hauses gelegenen Küche, und nutze die Gelegenheit, mich vorzubereiten.

Ausziehen. Die Kleidung verstecke ich hinter der Couch, weil ich nicht will, dass Rob beschließt, sie ordentlich zusammenfalten zu müssen oder so. Ich *glaube* zwar nicht, dass er so pingelig ist, aber jetzt ist nicht der Zeitpunkt, ein Risiko einzugehen.

Als Nächstes prüfe ich, wie einsichtig das Fenster ist. Ohne auf die Mauer zu steigen, kann man von der Straße unmöglich etwas sehen, und es stehen keine mehrstöckigen Gebäude mit passend – oder unpassend – ausgerichteten Fenstern in der Nähe. Aber wenn Rob sich Sorgen macht, können wir die Vorhänge zumachen. Mir persönlich ist es egal, wer mich nackt sieht, und ich würde auch meinen schönen Rob liebend gern zur Schau stellen, aber das ist seine Entscheidung.

Okay ... nackt. Privatsphäre. Ich wende mich der Couch zu und betrachte sie prüfend. Sie ist auf jeden Fall lang und tief genug, sodass wir beide bequem darauf liegen können. Wäre es ansprechender, wenn ich verlockend darauf liegen würde? Oder soll ich ihn vielleicht davor stehend verführen?

Vielleicht sollte ich auch so tun, als sei ich schüchtern. Ich könnte mich mit einem Buch hinsetzen und mich überrascht stellen, wenn er reinkommt. Ich meine ... man liest doch ständig nackt. Es ist ganz und gar nichts Ungewöhnliches.

Ich höre Robs Schritte, die sich nähern, und beeile mich, greife nach dem nächstbesten Buch aus einem der Regale und werfe mich hastig auf die Couch, an eine der Armstützen gelehnt, auf einen Ellbogen gestützt, die Beine entspannt neben mir angewinkelt. Das Buch liegt offen auf der Armlehne, und ich habe gerade noch Zeit, einen Satz über Pilzwachstum zu lesen – WTF?, bevor Rob im Türrahmen steht.

Ich höre, wie er den Atem anhält, achte aber auf die aufgeschlagene Seite vor mir. Ich habe definitiv zum falschen Buch gegriffen, denn gleich auf das Pilzwachstum folgt Verwesung. Es muss irgend ein altes Fachbuch sein und leider nicht der Roman, für den ich es gehalten hatte – nicht gerade ein sexy Thema.

Ich brauche aber auch kein sexy Thema. Alleine zu wissen, dass Rob mich anschaut, führt zu einer Erektion.

»Was machst du da?«, fragt er leichthin, allerdings mit leicht angespanntem Unterton.

»Ich lese«, antworte ich, ohne meinen Blick von dem Buch zu erheben, während ich die Seite umschlage. »Was zum *Teufel*?« Ich springe auf, um etwas Abstand zu der Zeichnung von einer von Maden befallenen offene Wunde zu bekommen. Falls das unklar sein sollte: die Illustration ist nicht weniger ekelhaft als ein Foto.

»An der Papierkante geschnitten?«, fragt Rob, während er das Zimmer betritt.

Ich schaudere. »Da wären mir tausend kleine Schnitte lieber als dieser Anblick. Ich werde nie wieder ein Auge zutun.«

Und obwohl ich nichts anhabe, läuft er an mir vorbei, um das Buch zur Hand zu nehmen.

»Igitt, ich verstehe, was du meinst«, sagt er gelassen, klappt das Buch zu und stellt es zurück ins Regal. »Warum liest du denn einen medizinischen Text aus dem neunzehnten Jahrhundert?«

Verdammt. Er hat mich überführt.

»Ich dachte erst, es wäre ein Roman«, improvisiere ich. »Wegen des Ledereinbands. Eine deiner Originalausgaben.

Als ich gemerkt habe, dass das nicht der Fall war, hat es mich, äh, trotzdem interessiert. Bis ich diese Abbildung gesehen habe.«

Er dreht sich zu mir um und nickt nachdenklich. »Das ist absolut nachvollziehbar. Liest du oft, ohne Kleider zu tragen?«

»Ständig«, antworte ich leichthin, setze mich wieder auf die Couch und schlage die Beine übereinander. Dann merke ich, dass damit eines meiner besten Stücke bedeckt ist, öffne hastig die Beine und spreize sie, um alles vorteilhaft zu präsentieren. »Machen das nicht alle so?«

Ich kann seinen intensiven Blick fast spüren. *Yesss.* »Da müsste ich nachfragen«, sagt er heiser. »Ich jedenfalls nicht.«

»Das solltest du unbedingt ausprobieren. Wir könnten uns mal einen ruhigen Abend zu Hause machen und ... lesen. Du und ich. Auf die Couch gekuschelt. Nackt. *Lesend.*« An seiner Miene erkenne ich, dass er sich daran erinnert, dass ich gesagt hatte, dass ich mir einen runterholen will, während er mir vorliest. Ich habe aber so anzüglich gesprochen, dass ich mir kaum vorstellen kann, er könnte denken, ich meine jetzt sofort.

Dann nimmt er sich zusammen und lächelt boshaft. »Was für eine schöne Idee. Warum nicht gleich?«

Mir bleibt der Mund offen stehen, aber das sieht er gar nicht, denn er hat sich zu den Regalen umgedreht und sucht ein Buch heraus.

Sucht. Ein. Buch. Heraus.

Während ich nackt hier rumsitze!

»Ich kann dir vorlesen«, sagt er, während er mit dem Finger an den Buchrücken entlang fährt. Er steht jetzt vor dem anderen Regal, in dem nicht die ledergebundenen Bände stehen. Das kann er ja wohl nicht ernst meinen.

Nach zwei Wochen Qualen, und den Versprechen von vorhin? Ich möchte vernascht werden, verdammt nochmal!

»Rob«, quengele ich kläglich, und er wirft einen Blick über die Schulter.

»Ja?«

»Ernsthaft?« Ich gebe jeden Versuch auf, Spielchen zu spielen. »Ich sitze nackt hier rum und du willst lesen?«

Er fängt an zu lächeln, lässt das Buchregal Buchregal sein und läuft auf mich zu, wobei er gleichzeitig sein Hemd aufknöpft. »Ich wusste, dass du einknicken würdest.«

Mir ist es gleich, ob er unser blödes kleines Spiel gewonnen hat oder nicht – ich will ihn nackt sehen und in mir spüren.

Er setzt sich zu mir auf die Couch, noch immer ziemlich angezogen, und küsst mich so ungestüm, dass meine Lippen später garantiert geschwollen sein werden. Mir egal. Ich klettere rittlings auf seinen Schoß, dann lehne ich mich mit einem Ausdruck von Abscheu zurück. »Wieso bist du noch angezogen?«

Er legt leise lachend das Hemd ab, dann drückt er mich sanft auf die Couch zurück, um aufzustehen und seine Hose auszuziehen. Dadurch ist sein schöner Schwanz fast exakt in meinem Blickfeld, und ich lecke mir die Lippen.

Dann betrachte ich ihn neugierig.

Ich habe noch nie einen menschlichen Penis gesehen. All meine Partner nach dem Umzug zur Erde waren Community-Mitglieder. In den ersten Jahren haben wir uns nur selten unter die Menschen gemischt, dann habe ich mein Studium aufgenommen und Rob kennengelernt und wurde enthaltsam. Denn wenn ich ihn nicht haben konnte, wollte ich auch niemand anderen. Ich habe mir sagen lassen, dass Menschen ähnlich gebaut sind wie Zauberer, aber ich habe auch noch nie mit einem Zauberer geschlafen. Es ist im Grunde die gleiche Form wie bei Dämonen, allerdings ist die Eichel klarer definiert, und Dämonenpenisse sind von oben bis unten gleich dick. Die von Menschen dagegen scheinen sich zur Spitze hin leicht zu verjüngen? Ich lege den Kopf schief, um besser sehen zu können.

Rob lacht. »Was machst du da?«

»Ich betrachte deinen Schwanz. Ich war noch nie mit einem Menschen zusammen.«

Er lässt sich auf die Couch fallen und küsst mich, während er meinen Penis mit der Hand umschließt. »Mmm, und ich noch nie mit einem Drachen. Ich bin sehr neugierig auf diese Rillendinger.«

Wir schauen beide nach unten in meinen Schoß, während er die Hand an mir auf und ab bewegt und dabei über die Rillen gleiten lässt. »Wie ein Waschbrett«, bemerkt er. »Das wird sich großartig anfühlen, wenn du mich vögelst.«

Eine heiße Welle durchströmt mich. »Du willst, dass ich dich ...?«, frage ich. Ich bin zwar flexibel, aber gewöhnlich werden bestimmte Annahmen über mich gemacht, nur weil ich so bezaubernd bin.

Er wirkt unsicher. »Es sei denn, du magst das nicht? Dieses Mal will ich am liebsten deinen Arsch, aber vielleicht–«

»Ja! Ich will es. Du in mir drin und ich in dir drin, im Mund und mit der Hand, und vielleicht auch mit ein paar Toys? Lass uns alles machen. Ab jetzt.« Ich lege ihm die Hand um den Nacken und ziehe ihn mit Schwung an mich.

Es dauert kaum eine halbe Sekunde, um Rob zu überzeugen, dann klettert er auf die Couch und legt sich auf mich, wobei wir gegenseitig versuchen, uns zu verschlingen. Das ist es, darauf warte ich seit zwei Wochen – seit zwei Jahren – *schon mein ganzes Leben*, und es ist so wunderbar, dass ich heulen könnte.

Stattdessen spreize ich die Beine, ziehe die Knie an und reibe mich an meinem sexy Lover.

Er löst sich von meinen Lippen und beginnt sich nach unten zu arbeiten, leckt und lutscht und knabbert sanft an mir, während er murmelt, wie schön ich bin, wie sexy und wunderbar, und was er für ein Glück hat. Ich drücke seinen Kopf an mich. Normalerweise bin ich ein aktiver Sexpartner, aber irgendwie habe ich bei diesem ersten Mal mit Rob Lust, mich zurückzulehnen und mich verwöhnen zu lassen.

Und das tut er. Er liebkost jeden Quadratzentimeter, und unsere Beziehung mag noch neu sein, aber ich schwöre, ich kann seine Liebe körperlich spüren. Auch wenn er es noch nicht weiß: Er liebt mich, und das stillt ein Bedürfnis tief in meiner Seele.

Jetzt, in diesem Moment ist es aber nicht meine Seele, die nach Befriedigung verlangt. Ich wimmere, als Rob über meiner Erektion schwebt, spüre seinen heißen Atem an der empfindlichen Haut – und doch berührt er mich nicht. Stattdessen beugt er den Kopf und leckt meine Hoden. Ich erschauere am ganzen Körper, also tut er es nochmal.

»Das gefällt dir also«, murmelt er. »Du schmeckst großartig.«

»Bitte«, bettele ich, und er muss leise lachen.

»Bitte was?«

»Lutsch mir den Schwanz! Bitte.«

Das tut er dann auch. Er nimmt ihn in seinen heißen, feuchten Mund und lässt ihn am Schaft herunter gleiten, wobei er jede einzelne Rille begierig mit der Zunge erkundet. Ich kneife die Augen zu, weil es fast zu intensiv ist, ertaste seine Haare und ziehe an den kurzen Strähnen, um ihn anzufeuern.

Als er schließlich von mir ablässt, atme ich so schwer, dass ich nichts anderes mehr hören kann. Kann sein, dass ich ihm alles Mögliche versprochen habe, das ich gar nicht halten kann. Ich öffne mühsam die Augen, um ihm in sein geliebtes Gesicht zu sehen. Seine Brille ist schief, und ich löse meinen Klammergriff von der Couchpolsterung, um sie ihm abzunehmen. Ohne sich hinter den optischen Gläsern zu verstecken ist seine Schönheit noch offensichtlicher, und doch ... anders. Ich spüre ein unartiges Prickeln an der Wirbelsäule. Rob mit Brille ist mein wohlerzogener Professor. Dieser Rob ist mein wilder Pirat.

»Ich will dich in mir haben«, flüstere ich. Sein Lächeln ist übermütig, und in seinen Augen blitzt pure Lust.

Doch dann zieht er sich zurück und ich jammere: »Wo gehst du hin?«

»Gleitgel«, antwortet er. »Wir brauchen welches.«

»Ich kann mich selbst feucht machen«, erwidere ich verächtlich.

Er erstarrt und blinzelt mich an. »Was? Ehrlich?«

»Nein. Aber wenn du die Hand aufhältst, zaubere ich Gleitgel.«

Scheinbar im Zweifel streckt er eine Hand aus, und ich zapfe meine Kräfte an und produziere einen kleinen Klecks Gleitgel.

»Kein schlechter Partytrick«, bemerkt er, während er es anstarrt.

»Und diese Party wird bald langweilig, wenn du dich nicht wieder an die Arbeit machst.«

Er lacht tonlos auf, beugt sich herunter um mich zu küssen, dann taucht er einen Finger in das Gel und verstreicht es an meinem Eingang. Die Kombination aus kühlem Gel und der leichten Berührung lässt mich zusammenzucken, und meine Erektion, die im Begriff war, weich zu werden, wird im Nu wieder stahlhart.

Rob bereitet mich gründlich vor, einen Finger nach dem anderen, um sicherzugehen, dass alle Muskeln entspannt sind, bevor er einen weiteren Finger einführt, und streift gelegentlich meine Prostata, nur um mich betteln zu hören, er solle sich gefälligst beeilen.

»Ich bin jetzt gedehnt«, verkünde ich. »Wir Drachen haben ausgezeichnete Muskelkontrolle. Fick mich endlich!«

Er sieht mir in die Augen, während er sich vorbeugt, um sanft in meinen Nippel zu beißen, während er gleichzeitig mit den Fingern meine Prostata stimuliert.

Ich komme, mit durchgebogenem Rücken, jeder einzelne Muskel angespannt vor Lust.

Ich hatte gar nicht das Gefühl, so kurz davor zu sein, aber Rob kennt meinen Körper eindeutig besser als ich selbst – und weiß darauf zu spielen wie auf einem Instrument.

Als ich schließlich kraftlos auf die Couch zurücksinke, sehe ich, wie Rob mich zufrieden grinsend mustert.

»Was soll diese Selbstzufriedenheit?«, murmele ich, und er bewegt die Finger in mir, was mich zusammenzucken lässt.

»Du bist wunderschön, wenn du kommst.«

»Ich wollte aber kommen, wenn du in mir drin bist«, merke ich missmutig an.

»Das wirst du«, verspricht er. »Gibt es irgendeinen Grund, nicht gleich weiter zu machen?«, fragt er mit vielsagendem Blick auf meine wieder fester werdende Erektion. »Die Erholungsphasen bei den Spezies in der Community sind wesentlich kürzer als bei Menschen, wie ich schon weiß, und das würde ich gerne ausnutzen.«

Allerdings, Baby.

»Wenn du darauf bestehst.« Ich richte mich auf, um ihn zu küssen – einfach, weil ich es kann.

»Eine Frage habe ich«, murmelt er an meinen Lippen.

»Alles. Ich mache alles, was du willst.«

Er lehnt sich zurück, beißt mir in die Lippe, und sagt: »Das merke ich mir. Was ich aber fragen wollte ist, ob du beim Orgasmus nicht ejakulierst.«

Blinzelnd versuche ich, mein Gehirn wieder zum Funktionieren zu bewegen. »Ejakulieren? Nein. Drachen pflanzen sich nicht durch Sex fort, also produzieren wir auch keinen Samen.«

»Dazu habe ich später noch so viele Fragen, aber jetzt ...« er zieht die Finger so schnell aus meinem Arsch, dass ich nach Luft schnappe, dann legt er sich meine Beine auf die Arme, bringt mein Becken in Position und dringt mit einem einzigen, festen Stoß ein.

Ich gebe einen überraschten Lustschrei von mir. Meine Muskeln dehnen sich, um ihn aufzunehmen. Als er beginnt, zuzustoßen, schließe ich die Augen und überlasse mich dem Glücksgefühl. Alle Nervenenden werden stimuliert, und er zieht sich bei jeder Bewegung fast komplett heraus, und zwingt meinen Körper damit, ihn ein ums andere Mal ganz aufzunehmen. In mir spannt sich alles an, mehr und mehr, fester und fester, bis er knurrt: »Jetzt, komm jetzt!«, und ich von Neuem explodiere, während er stöhnend auf mir zusammensinkt und ich seinen Schwanz in mir zucken fühle.

Das Warten hat sich gelohnt.

KAPITEL 13

DUSTIN

Ich erwache am besten Morgen aller Zeiten.

Wieso es der beste Morgen aller Zeiten ist? Ganz einfach. Wie könnte es anders sein, wenn ich an Rob gekuschelt in seinem Bett liege? Wenn ich einen kleinen angenehmen Schmerz im Hintern verspüre, den ich absichtlich nicht heile, nachdem ich Rob gestern dreimal in mir drin hatte? Bei der zweiten Runde hat er mehrfach betont, nicht mehr der Jüngste zu sein, und dass er auf keinen Fall noch eine Nummer schaffen würde.

Ich habe ihm das Gegenteil bewiesen.

Und ja, ich trage ein selbstzufriedenes Lächeln im Gesicht. Wenn er aufwacht, muss ich unbedingt daran denken, »Hab' ich's nicht gesagt?« zu sagen.

Bis dahin kuschele ich mich an die Liebe meines Lebens, sicher im Wissen, dass wir jetzt zusammen sind, dass er mich will, dass ich in seinen Armen aufwachen darf, so oft ich will. Besser gesagt, so oft ich ihn überzeugen kann, mich hier übernachten zu lassen. Ich werde ihm ein paar Monate zum Eingewöhnen lassen, dann werde ich meine Sachen holen und hier einziehen.

Während es langsam heller wird, sonne ich mich in all meinen Glücksgefühlen. Ich bin schon lange am Leben, und habe mich stets als fröhliche Person betrachtet, aber das hier ist anders. Sicher war mir klar, dass es eine neue Dimension in mein Leben bringen würde, einen Partner zu haben, dass es großartig sein würde, ein gewisses Zusammengehörigkeitsgefühl und Liebe zu haben, aber das hier … geht weiter über das hinaus, womit ich gerechnet hatte. Und wir stehen noch ganz am Anfang.

Rob bewegt sich an meinem Rücken und drückt mir die Lippen auf den Nacken. Ich erschauere. »Guten Morgen«, murmelt er. Seine Stimme klingt ganz rau. »Wie lange bist du schon wach?«

»Nicht lange. Ich genieße den ersten Morgen unseres weiteren Lebens.«

Er versteift sich leicht, und ich frage mich, ob ihm das vielleicht zu schnell geht. Aber dann entspannt er sich und kuschelt sich an mich.

»Hast du heute Uni? Soll ich dich zum Campus mitnehmen? Oder kommt Fabian dich abholen?«

Ich drehe mich um, um ihn anzusehen. Dabei berühren sich unsere Unterleibe, und mein Schwanz meldet Interesse an. Seiner zuckt einmal kurz, gibt dann aber wieder auf. Ich schätze, Menschen können nicht öfter als dreimal pro Nacht. Wir müssen an seinem Durchhaltevermögen arbeiten.

»Ich habe heute keine Uni«, sage ich leise. »Kann sein, dass ich zum Exmatrikulieren hin muss. Aber ich bin jetzt nicht mehr Student.«

Er schluckt und betrachtet mich forschend. »Bist du sicher?«

»Ganz sicher. Ich will das nicht mehr. Dieser Teil meines Lebens ist vorbei. Das wäre auch so, wenn zwischen uns nichts wäre.« Ich drücke ihm einen Kuss auf die Nase. »Kann ich heute hierbleiben?« *Und heute Abend, und den Rest der Woche?*

»Natürlich«, versichert er mir. »Fühl dich wie zu Hause. Du weißt ja, wo alles ist.« Er hält inne. »Du wirst dir hoffentlich nicht den ganzen Tag Sorgen um das Jugendprogramm machen.«

Ich seufze. »Vielleicht ein bisschen.« Julian sollte heute von Lihua Bescheid bekommen. Es sei denn, sie braucht mehr Bedenkzeit. Was, wenn sie eine ganze Woche will? Wie soll ich das noch fünf weitere Tage aushalten? »Aber ich werde mich beschäftigen. Ich muss mich exmatrikulieren, dann kann ich mir Gedanken über Alternativen für Fördergelder machen. Selbst wenn wir ihren Beitrag bekommen, brauchen wir noch mehr.«

»Das stimmt«, sagt er. »Versprich mir nur eines.«

»Alles, was du willst.«

Er lächelt, und in seinen Augenwinkeln erscheinen kleine Fältchen. »Wenn du anfängst, dich schlecht zu fühlen, oder wenn Lihua Jiǎng beschließen sollte, dieses Projekt nicht zu fördern, ruf mich an. Ich lasse das Handy an. Lass es nicht so weit kommen wie letzte Woche.«

»Mach' ich nicht«, verspreche ich, während ich es genieße, wie besorgt er um mich ist. »Aber mach das Handy ruhig aus. Ich schreibe dir gern tagsüber und will dich nicht in der Vorlesung stören. Wenn ich mich schlecht fühle, rufe ich jemanden an. Aber allein zu wissen, dass du heute Abend zu mir nach Hause kommst, wird mir helfen.«

Er sieht aus, als hätte er Zweifel, also küsse ich ihn, um ihn abzulenken. Sein Penis bemüht sich wirklich, mitzumachen, aber dann gibt sein Handy ein hässliches Plärren von sich. Seufzend löst Rob sich von mir.

»Das ist der Wecker. Ich muss raus.«

»Jetzt?«, rufe ich kläglich.

»Jetzt«, sagt er entschieden und wirft die Decke beiseite. Das nutze ich und breite die Arme aus, damit er alles gut sehen kann.

»Wie kannst du mich nur in dem Zustand im Stich lassen?«

Er lässt den Blick an mir herab wandern, dann räuspert er sich. »Es fällt mir nicht leicht. Aber ich muss zur Arbeit.«

Ich ziehe einen Flunsch, und er schwankt. Ich kann den Augenblick sehen, in dem er beschließt, standhaft zu bleiben. »Darum kannst du dich in der Dusche kümmern. Und wenn ich nach Hause komme, bin ich wieder zu allem bereit.«

Das enttäuscht und erregt mich zu gleichen Teilen.

AM ENDE FAHRE ich dann doch mit Rob zum Campus. Ich nehme an, es wird einfacher sein, das Nötige persönlich zu erledigen, als es online oder telefonisch zu versuchen. Und für eine relativ simple Sache ist es komplizierter als erwartet. Der Universität gefällt es offenbar nicht, auf meine Studiengebühren verzichten zu müssen. Selbst als ich schließlich entnervt angeboten habe, auf die bereits bezahlten Semester-Beiträge zu verzichten, gab es längeres Hin und Her und den Hinweis, das erst mit meiner Tutorin und möglicherweise einer beratenden Person zu besprechen. Also habe ich meine Tutorin zwischen zwei Vorlesungen abgepasst, ihr mitgeteilt, dass ich das Studium abbreche und ihre Hilfe brauche, das bei der Verwaltung durchzufechten. Das führte zu einem zwanzigminütigen Gespräch beim Mittagessen, da sie heute sonst keine Zeit hatte, und ich mich geweigert habe, »es mir nochmal zu überlegen und später in der Woche nochmals darüber zu sprechen«. Endlich stimmte sie zu, dass meine Entscheidung »Hand und Fuß« hat und schickte eine E-Mail, die das bestätigte.

Es ist also schon fast vierzehn Uhr, als ich schließlich das Verwaltungsbüro mit dem erledigten Papierkram verlasse. Sie hatten mich vorgewarnt, dass es ein paar Tage dauern könnte, bis alles bearbeitet ist, und dass die Erstattung der Gebühren noch länger Zeit brauchen würde. Das ist mir egal. Mir ist nur wichtig, offiziell nicht mehr hier eingeschrieben zu sein und Robs Gewissen zu entlasten.

Ich hatte Rob die ganze Zeit auf dem Laufenden gehalten, also sende ich eine abschließende Siegesnachricht und schlendere Richtung Cafeteria, wo ich mit Zara verabredet bin, als endlich eine Antwort von ihm kommt.

ROB:

Schön, dass du zufrieden bist und alles organisiert ist. Will Fabian heute Abend mitessen, oder fährst du mit ihm zurück?

Ähh, zurück? Ein kategorisches Nein. Und Fabian wird auch nicht vorbeikommen. Rob hatte mir heute Morgen Versprechungen gemacht, bei denen ich kein fünftes Rad am Wagen brauchen kann.

ICH:

Fabian muss früher zurück, also sind wir zum Essen allein. Und zum Nachtisch.

Ich denke kurz darüber nach, ihn im Büro aufzusuchen – ich weiß, dass er heute nicht mehr unterrichtet –

entscheide mich aber dagegen, weil es sicherer so ist. Es sollte etwas Zeit verstreichen zwischen meiner Rolle als Studierender und meiner neuen Rolle als fester Freund, bevor ich ihn bei der Arbeit besuchen komme. Sein Büro liegt auf dem gleichen Flur wie die meiner anderen Professoren.

ROB:

LOL also gut, du kleines Biest. Du und ich und »Nachtisch«. Ich gehe um viertel nach fünf. Wenn du dann noch hier bist, kannst du gern mit mir kommen.

ICH:

Herr Professor, ich wusste ja noch gar nicht, dass Sie so etwas anbieten. Mit Ihnen kommen? Liebend gern.

Mit selbstzufriedenem Schmunzeln stelle ich mir sein Gesicht beim Lesen der Nachricht vor, während ich in der Cafeteria Ausschau nach Zara halte. Es sind haufenweise Tische frei, weil es schon so spät ist, aber sie ist nicht zu sehen.

»Da bist du ja«, höre ich sie hinter mir sagen, und drehe mich um. Sie strahlt. »Wie ging es denn gestern? Kaum zu fassen, dass du mir nicht geschrieben hast. Aber ich gehe mal davon aus, es lief gut, denn du siehst nicht unglücklich aus.«

Ich erwidere das Lächeln. »Es lief gut«, bestätige ich, und sie quiekt – sehr untypisch für Zara. »Erst essen«, fordere ich, denn gegen die Bürokratie zu kämpfen macht hungrig. Aber schon bald sitzen wir an einem Tisch am Fenster, und sie sieht mich erwartungsvoll an.

»Er hat mich ausgelacht, weil ich so nervös war, und gesagt, er sei davon ausgegangen, dass ich weiß, dass er mit mir zusammen sein will«, fasse ich zusammen, ohne unsere Pläne für das kommende Wochenende zu erwähnen. Zara würde mich sonst einen Trottel schimpfen, und das hat sie schon zur Genüge getan.

Sie legt die Hand aufs Herz. »Ohhh. Ich wusste es. Er war in den letzten zwei Wochen hin und weg von dir. Nie im Leben hätte er es sich in der letzten Minute anders überlegt.« Sie schaut sich um, dann beugt sie sich vor. »Und? Habt ihr's getan?«

»Was denn?« Ich weiß genau, was sie meint.

»Sex gehabt«, zischt sie. Ich sage nichts, und ihre Miene verdüstert sich. »Nein? Warum denn nicht? Weil ihr bei deinem Großvater zu Hause wart?« Sie lehnt sich zurück und verschränkt die Arme. »Ich war so sicher, dass ihr gestern den ganzen Tag schmutzigen Sex haben würdet.«

Ich schüttele den Kopf. »Das war nicht der Fall.« Ich warte lange genug, um ihrer Enttäuschung Raum zu geben. »Das haben wir aber die ganze Nacht gemacht.«

Sie blickt ruckartig auf. »Was? Ist nicht *wahr*! War es super?«

Ich nicke mit einem so breiten Lächeln, dass mein Gesicht davon weh tut. »Das war es wirklich. Er ist perfekt, Zara, in jeder Hinsicht. Ich habe bei ihm übernachtet und heute Morgen hat er mich hierher mitgenommen. Da fällt mir ein ...« Ich nehme die Akte mit all meinen Exmatrikulationspapieren zur Hand. »Ich studiere jetzt nicht mehr an diesem College.«

Jetzt ist ihre Reaktion gemischt. »Ich weiß ja, du wolltest es so. Aber mir wird es fehlen, dich jeden Tag zu sehen«, gesteht sie.

Die Erkenntnis, nicht mehr während der Vorlesungen mit ihr tratschen zu können, wenn wir eigentlich aufpassen sollten, oder mit ihr Kaffeepausen zwischen den Lerngruppen einzulegen, trifft mich.

»Du wirst mir auch fehlen. Aber ich bin jetzt nicht mehr so weit weg, denn Rob wohnt nur zehn Minuten von hier entfernt. Ich kann vorbeikommen und mit dir zu Mittag essen, und wir können uns abends treffen, weil ich jetzt nicht mehr so weit fahren muss. Wenn ich nicht gerade Sex mit Rob habe.«

Sie hustet. »Danke für diese Vorstellung.«

»Aber nicht doch. Lass mich dir erzählen, wie er–«

»Danke, Dustin.« Sie hebt abwehrend die Hand. »Das reicht wirklich. Ich habe nächstes Jahr wahrscheinlich kreatives Schreiben bei ihm, und das wird mir sicher leichter fallen, wenn ich nichts Intimes von ihm weiß.«

»Kann gut sein«, sage ich zustimmend. »Ich könnte das sicher nicht mehr aushalten, jetzt, da ich weiß, wie es ist, unter ihm zu liegen.«

»Auch diese Vorstellung musste ich nicht unbedingt haben, danke auch.«

»Dann hast du ihn dir nicht richtig vorgestellt.« Ich lächle bei der Erinnerung an Robs schönen nackten Körper und besonders seinen kräftigen Schwanz. Ob ich ihn überreden kann, sich fotografieren zu lassen? Er ist überraschend schüchtern, was seinen Körper betrifft, und hat etwas über Weichwerden im mittleren Alter gebrummelt. Ich hätte jedenfalls liebend gerne ein Nackt-Poster von ihm.

Mein Handy klingelt, bevor sie antworten kann. Ein kurzer Blick verrät mit, dass Julian dran ist, und meine Handflächen werden feucht.

»Willst du nicht rangehen?«, fragt Zara.

»Ich habe Angst. Meine ganze Zukunft hängt davon ab.«

Sie nimmt etwas Salat auf die Gabel. »Du bist eine solche Dramaqueen.«

Also fasse ich mir ein Herz und greife nach dem Handy.

»Hallo?« Meine Stimme zittert nur ein ganz kleines Bisschen, worauf ich sehr stolz bin.

»Wir haben die Zusage.«

Ich sacke auf meinem Stuhl zusammen und stütze den Unterarm auf dem Tisch ab, um nicht auf den Boden zu rutschen. Mir wird jetzt erst richtig bewusst, wie besorgt ich war.

Julian spricht immer noch, aber ich verstehe gar nichts, weil ich so erleichtert bin.

»Tut mir leid, Julian, das habe ich nicht mitbekommen. Kannst du es bitte nochmal wiederholen?«

»Na klar. Lihua lässt sich wegen der Verwirrung und der Beleidigung deiner Person entschuldigen. Sie hat mit dem Anwalt über die Quelle der Informationen gesprochen und musste feststellen, dass es keine konkreten Beweise gab. Ihm wurde empfohlen, sich zu bessern oder sich einen neuen Job zu suchen. Ich soll dir ausrichten, wie zufrieden sie ist, die richtige Intuition gehabt zu haben, und dass sie sich freut, gleich anzufangen. Sie glaubt auch, ein paar ihrer Bekannten für das expandierte Programm begeistern zu können, du solltest also mit den weiteren Plänen loslegen.«

Ich bin so glücklich, dass ich unwillkürlich meine Magie durch alle Venen strömen fühle. Von draußen ist lautes Rufen zu hören, und Zara und ich schauen beide aus dem Fenster ... und sehen, dass die Bäume ausgeschlagen haben wie im Frühling.

Obwohl wir September haben.

Ups.

Es hat sich schon ein Grüppchen Menschen gebildet. Alle starren die Bäume an ... und die Blumenbeete, in denen absolut nicht saisonale Tulpen und Narzissen in Paaren und Dreierkonstellationen gewachsen sind – sie sind bunt, fröhlich und sollten eigentlich gar nicht da sein.

»Was zum Teufel?«, fragt Zara, die sich näher zum Fenster beugt. »So sah das aber nicht aus, als ich vorhin reinkam!«

»Äh, ja, bei mir auch nicht. Was zum Teufel«, wiederhole ich. »Äh, Julian, danke vielmals – das sind ganz großartige Nachrichten. Was ist der nächste Schritt?« Ich nehme meine Magie scharf an die Zügel. Oh, was ich für einen Ärger am Hals habe.

»Kannst du morgen in mein Büro kommen? Ich stelle dich dem Team vor, dann kann es losgehen.«

»Klingt gut.« Ich bin jetzt von der stetig anwachsenden Menge draußen abgelenkt, Verdammt. Verdammt. Ich muss Großvater anrufen. Oder Percy. Er wird wissen, was zu tun ist. Wenn ich gerade versehentlich die Community bei den Menschen geoutet hätte, wäre das ganz ungut – und alles nur, weil ich die Kontrolle verloren habe wie ein Jungdrache.

Ich schaffe es, den Anruf zu beenden, dann Zara »Toilette!« zuzurufen, die aber kaum merkt, wie ich mich entferne, so fasziniert ist sie von dem »Wunder«, das sich vor dem Fenster abspielt.

In einer Kabine der ansonsten dankenswerterweise leeren Toilette versteckt rufe ich Percy an.

»Dustin? Hi. Was gibt's?«

»Ich hab Mist gebaut«, flüstere ich. »Hilf mir bitte!« Schnell erzähle ich, was passiert ist.

»Okay, sagt er nach kurzer Pause. »Gibt es Beweise, auch nur vom Hörensagen, dass du etwas damit zu tun hattest? Hast du auf den Garten gezeigt, bevor es passiert ist oder etwas in der Art?«

»Nein. Das ist einfach eine Nebenwirkung der Drachenmagie, die manchmal vorkommt«, erkläre ich. »Wenn sie uns entgleitet, versucht sie gelegentlich, Dingen zu helfen ...

stärker zu werden? Wahrscheinlich wurden gleichzeitig auch ein paar Schnupfen oder kleine Verletzungen in der Cafeteria kuriert. Aber ich habe es nicht veranlasst. Sie ist mir einfach entwischt und hat ihr eigenes Ding gemacht.«

Zu meiner Erleichterung lacht er. »Dann kann dir nichts passieren. Ich sage bei der CSG Bescheid, ein wachsames Auge darauf zu haben, falls es Fragen geben sollte. Aber wenn du durch nichts damit in Verbindung gebracht werden kannst, werden sich alle ein paar Tage darüber wundern und es dann wieder vergessen. Du würdest staunen, zu was für Gehirnakrobatik Menschen in der Lage sind, um sich Dinge zu erklären. Glaube mir, niemand wird darauf kommen, es könnte mit Zauberei zu tun haben.«

Ich atme etwas auf. »Sicher?«

»Ganz sicher«, sagt er beruhigend. »Du hast also deine Förderung bekommen? Gratuliere!«

Mein Glück ist nicht ganz so überschäumend wie zuvor. »Danke, aber ich muss mich fragen, ob der Anwalt nicht doch recht hatte. Ich meine, sieh nur, was ich angestellt habe.«

»Dustin«, sagt Percy entschieden, »wir werden alle ab und zu ein bisschen übermütig. Wir machen alle Fehler, auch die Verantwortungsbewusstesten von uns. Du hast sofort Schritte unternommen, es in Ordnung zu bringen und hast um Hilfe gebeten, was genau das ist, was man als verantwortungsbewusste Person tut. Hör auf, an dir zu zweifeln – wir tun es auch nicht.«

Eine Toilettenkabine vor der Cafeteria ist wahrscheinlich nicht der beste Ort für eine Erleuchtung, und doch habe ich gerade eine. Gestern hat Großvater gesagt, er wollte mich in seine Regierung einbinden. Julian ist bereit, mich mit seiner renommierten Wohltätigkeitsorganisation in Verbindung zu bringen. Lihua Jiǎng stellt mir großzügig einen Haufen Geld zur Verfügung.

Und Rob setzt seine moralischen Prinzipien für mich aufs Spiel.

Keiner von ihnen zweifelt an mir. Es ist Zeit, ihren Erwartungen gerecht zu werden.

»Danke, Percy. Ich bin morgen in der Stadt – können wir mit Großvater zu Mittag essen?«

»Das machen wir. Und jetzt geh und bewundere diese spät blühenden Blumen. Oder sind sie zu früh dran?«

»Ich werde berichten, welch Geschichten sich die Leute ausdenken. Ich hoffe, es wird etwas Aufregendes sein.« Und so weit von der Wahrheit entfernt wie möglich.

KAPITEL 14

ROB

Schon nach fünf Tagen mit Dustin weiß ich: Mein Leben wird nie wieder so sein wie früher.

Und das ist okay für mich. Um genau zu sein ... ich finde es toll. Ich liebe es, aufzuwachen, wenn er an mich gekuschelt ist. Ich liebe, dass er nur zu gern bereit ist, wach zu werden, wenn er Sex oder Kuscheleinheiten bekommt, aber jammert, wenn es bedeutet, dass er aufstehen muss. Ich liebe seine Begeisterung für alles, wie konzentriert und entschlossen er sich seiner Jugendorganisation widmet. Ich liebe es jetzt, nach Hause zu kommen. Ich liebe seine Faszination für Reality-TV und kitschige Seifenopern, die er mich zwingt, mit ihm anzuschauen. Es ist ihm egal, ob ich dabei lese oder Klausuren korrigiere, solange ich anwesend bin. Und ich liebe es, dass er mich mit Haut und Haaren liebt. Wie könnte man unglücklich sein, wenn man ganz und gar begehrt wird?

Und heute werde ich eine neue Seite von ihm kennenlernen.

Gestern sind wir übers Wochenende nach »Lass es Drachen« gefahren. Dustin hat mir erklärt, dass er sich unausgeglichen fühlt, wenn er sich zu lange nicht in seine Drachengestalt verwandelt hat; aufgrund seiner Größe als Drache ist das aber etwas, das er hier in der Stadt nicht tun kann. Da ich noch nicht bereit bin, ein ganzes Wochenende getrennt von ihm zu verbringen, war ich begeistert, als er mich eingeladen hat, zu bleiben. Außerdem mag ich Dustins Familie, auch wenn sie exzentrisch sind, und das Anwesen ist wunderschön. Ein Wochenende auf dem Land ist keine Strafe.

Das Abendessen am Freitag war eine laute, ausgelassene Veranstaltung, bei der alle gleichzeitig sprachen, um sich gegenseitig zu berichten, was in der Woche passiert ist. Soweit ich es mitbekommen habe, hatte Fabian einen Dreier, der sich als große Enttäuschung erwiesen hat; Sophie hat Schneckenschleim getestet für ... ich habe nicht mehr genau zugehört, als sie den Geschmack beschrieben hat; und Steffen wurde aus einem Kaufhaus rausgeworfen, nachdem er den Kunden mitgeteilt hat, dass sie beobachtet werden. Brandt hörte sich das alles wohlwollend lächelnd von seinem Platz an der Stirnseite des Tisches an.

Und nach dem Essen entführte Dustin mich in sein Zimmer, wirkte einen Privatsphären-Zauber und teilte mir mit, dass es an der Zeit sei, zwei Jahre Phantasien Wirklichkeit werden zu lassen.

Heute Vormittag bin ich also erschöpft, aber glücklich, körperlich etwas mitgenommen und beeindruckt von seinem Einfallsreichtum. Ich sitze gemütlich auf der Terrasse und plaudere mit Percy über dies und das, während der Rest des Haushaltes nach unten auf die Wiese schlendert.

Zur Start/Landezone.

Ich werde gleich Dustin beim Verwandeln zusehen.

»Wie funktioniert es genau?«, frage ich Percy. »Können sie dabei nicht beobachtet werden?«

»Nein«, versichert er. »Sie sind mit einem Tarnschild für alle menschlichen Beobachter geschützt. Alle Beobachter, um genau zu sein, außer anderen Drachen und jeder anderen Person, für die sie eine Ausnahme machen. Was normalerweise nur für mich gilt, aber heute auch dich.«

»Und dann ... verwandeln sie sich einfach? Tut es weh?« Ich hätte das auch Dustin fragen können, wollte aber nicht aus Versehen etwas Verletzendes sagen. Außerdem hat er mich abgelenkt. Sehr.

»Überhaupt nicht. Drachenmagie ist einzigartig. Sie leiten einfach ihre Energie um und wechseln ihre Gestalt. Mach dich aber darauf gefasst ... sie sind *groß*.«

Ich lasse den Blick über die Wiese wandern. »Wie groß?«

Er lächelt. »Na ja, wir sitzen hier oben, um nicht im Weg zu stehen, wenn sie sich verwandeln.«

Wow. Ich schlucke. »So groß also?«

Sein leises Lachen ist warm. »Keine Sorge, sie können sich sehr gut selbst einschätzen, und sind sehr graziös. Wenn sie sich verwandelt haben, gehen wir runter und schauen sie uns aus der Nähe an, und Dustin kann dich mit der Nase streicheln. Das mögen sie sehr. Dann genießen wir die Sonne und sie machen ein bisschen Bewegung.« Er wirft mir einen wissenden Seitenblick zu. »Und bevor du dich versiehst, fliegst du mit Dustin.«

»Klar«, sage ich, denn »Auf keinen Fall« würde sich unhöflich anhören. Außerdem ist es nicht so, dass ich per se etwas dagegen hätte, auf einem Drachen zu reiten. Ich bin sogar ganz angetan von der Idee. Ich muss mich nur daran gewöhnen, wie genau es funktionieren soll.

Unten auf der Wiese geht es zur Sache.

Brandt verwandelt sich zuerst, und ich schnappe nach Luft. Percy hat recht behalten, was die Größe betrifft, aber das ist es nicht allein. Es ist ihre unglaubliche Präsenz in dieser Gestalt ... diese zusätzliche Facette ihrer Persönlichkeit; ich verstehe jetzt das gewisse Etwas, das man in ihren Augen sieht, auch wenn sie zweibeinige Gestalt haben, viel besser. Und Brandt ist wunderschön. Seine Schuppen changieren zwischen Blau und Lila im Morgenlicht.

Die anderen verwandeln sich ebenfalls schnell, ich sehe Rottöne, Grüntöne, Rosa und glitzerndes Gelbgold. Der goldene Drache ist Kethe, und Percy erklärt, dass Drachen bei ihrer Geburt sehr hell sind und mit der Zeit dunkler werden. Wenn ein Drache ein bestimmtes Alter erreicht hat, bekommen die Schuppen eine Textur, die sie schimmern, glitzern oder reflektieren lässt.

Dustin ist von einem überwältigenden Himmelblau, und ich kann meinen Blick nicht von ihm abwenden. Wie die anderen ist auch er groß, und unten auf der Wiese ist nicht mehr viel Platz.

»Komm mit«, sagt Percy, und das lasse ich mir nicht zweimal sagen. Ich eile die Treppe hinunter und schlängele mich zwischen Drachengliedern durch, bis ich Dustin erreicht habe.

Er senkt den Kopf, und mir stockt der Atem, als ich erkenne, dass seine Augen auch in dieser Gestalt die gleichen sind. Größer, aber die Farbe und das Blitzen darin sind genauso.

Dann stupst er mich mit der Nase an, und da sein Kopf größer ist als mein ganzer Körper, gerate ich ins Straucheln und rudere mit den Armen, um nicht umzufallen. »Sachte!«

Er schmollt.

Ich weiß, es klingt absurd – riesiger Drache, der einen Flunsch zieht – und doch schwöre ich, so ist es, und er ist dabei so voll und ganz mein Dustin, dass ich mir das Lachen nicht verkneifen kann. Ich lege ihm, die Hände an die Wange, und die Schuppen fühlen sich anders an als ich dachte. Obwohl ich gar nicht sagen könnte, was ich erwartet hatte – hart? Schleimig? Scharf? Stattdessen sind sie geschmeidig wie feinstes Leder, und ich streichele ihn.

Dustin stupst mich wieder mit der Nase, dieses Mal ganz sanft, dann gibt er mir einen kleinen Schubs Richtung Terrasse. Widerstrebend gehe ich und schaue dabei mehrfach über die Schulter zurück.

Percy folgt mir, und dann schauen wir zu, wie sie sich nacheinander in die Lüfte erheben.

»Und du bist ganz sicher, dass niemand sie sehen kann?«, frage ich besorgt. Ich will nicht, dass Dustin sich in Gefahr begibt.

»Ganz sicher«, beruhigt er mich. »Sie sind komplett abgeschirmt von etwaigen Zuschauern.«

Wir lehnen uns zurück, plaudern und schauen in den Himmel, wo unsere jeweiligen Freunde spielen. Und spielen ist auch das richtige Wort. Was das für ein Spiel ist, weiß ich nicht genau, aber es scheint eine Art Fangen zu sein. Nach einer Weile wird ihnen das langweilig, und sie fangen an, hoch in den Himmel zu fliegen, bis sie mit bloßem Auge kaum noch zu sehen sind, dann im Sturzflug mit schreckenerregender Geschwindigkeit wieder herunter zu fliegen, und kurz vor dem Aufprall knapp über den Baumwipfeln wieder nach oben zu steigen.

»Ich kann gar nicht hinsehen«, gestehe ich, wende aber den Blick nicht ab. Wenn Dustin abstürzt, will ich so bald wie möglich bei ihm sein.

»Diese Stunts mag ich auch nicht besonders«, gibt

Percy zu. »Aber sie sind erfahren. Sie machen das alle schon sehr lange.«

Möglich, dass sie uns gehört haben, denn kurz darauf wechselt das Spiel erneut; jetzt machen sie Flugakrobatik, bei der mir ganz schwindelig wird. Sie haben aber Spaß dabei, also lehne ich mich zurück und entspanne mich in der Sonne mit Percy, während Dustin und Sophie sich mit halsbrecherischer Geschwindigkeit umeinander winden.

Dann wird ihnen auch das langweilig, und sie begeben sich auf einen langen Flug.

»Na komm«, sagt Percy, und erhebt sich. »Wir machen Mittagessen. Wenn sie zurückkommen, werden sie Hunger haben.«

DUSTIN und ich verbringen den Samstagnachmittag mit seiner Familie, und abends schauen wir uns nach dem Essen zusammen *John Wick* an. Fabian fragt, warum auch immer, wann eigentlich John Smith auftaucht.

»Es gibt keinen John Smith, Fabian«, sagt Kethe müde. »Das ist doch schon zwei Jahre her. Wieso kannst du dir das nicht endlich merken?«

Ich frage lieber gar nicht nach.

Danach gehen Dustin und ich auf sein Zimmer und kuscheln uns zusammen auf den Sessel. Wir sitzen im Dunkeln und betrachten die Sterne durchs Fenster. Ich muss unwillkürlich daran denken, was er bei der Party meiner Eltern gesagt hat. Dass die Sterne hier anders sind und dass in seiner Heimatwelt lange gar keine Sterne zu sehen waren.

Ich hoffe, dass er sie jetzt genießen kann.

»War das okay?«, fragt er plötzlich. »Heute, meine ich. Als ich mich verwandelt habe.«

Ich gebe ihm einen Kuss auf den Scheitel, und ein kleines buntes Etwas flattert auf die Sessellehne – ein Kuss für seinen Schatz. Ich muss lächeln.

»Du warst wunderschön. Ich habe noch nie etwas so Überwältigendes gesehen wie dich in Drachengestalt. Außer vielleicht dich in zweibeiniger Gestalt.«

»Schmeichler.«

»Ich meine es ernst. Du bist wunderschön, egal in welcher Gestalt. Und ich war sehr beeindruckt von deinen Flugkünsten.«

»Ich habe ein bisschen angegeben«, gibt er zu. »Ich wollte dir zeigen, was ich kann.« Er dreht sich in meinen Armen um, legt den Kopf in den Nacken und sieht mich an. »Würdest du mal mit mir fliegen wollen? Keine wilden Sachen, versprochen. Es ist aber etwas, das ich gern mit dir teilen würde.«

»Auf jeden Fall. Aber wie funktioniert das genau? Kann ich mich irgendwo festhalten? Oder würdest du mich in deinen ... Händen? Klauen? ... tragen?«

Er schüttelt den Kopf. »Nein, ich würde dich nicht tragen. Wir benutzen Geschirre, mit denen man auf uns reiten kann, dann kannst du nicht herunterfallen, und dein Griff kann nicht ermüden oder so. Es ist wirklich einfach. Percy fliegt die ganze Zeit mit Großvater – so pendeln sie meist zwischen hier und der Stadt.«

»Das klingt doch ungefährlich genug. Ist es für dich auch nicht unbequem? Ich will dir nicht wehtun oder so.«

»Pft. Als ob das überhaupt geht, ein mickriger kleiner Mensch wie du.«

Ich kitzle ihn, und er windet sich lachend.

»Okay, okay, ich gebe auf! Du bist ein großer, böser, gefährlicher Mensch!«

»Das war ja einfach«, stelle ich fest und gebe ihm einen Kuss auf den Hals. »Kann es sein, dass du extrem kitzelig bist?«

»Wann möchtest du denn mit mir fliegen?«, fragt er hastig, und ich grinse.

»Bald. Inzwischen würde ich aber gern weiter darüber sprechen, wie kitzelig du bist.«

KAPITEL 15

ROB

MANCHMAL, wenn ich neben dem an mich gekuschelten Dustin im Bett liege, der wie ein Engel aussieht, wenn er friedlich schläft – im Übrigen ein Eindruck, der täuschender nicht sein könnte – würde ich mich am liebsten treten, weil ich uns diese zwei Wochen Wartezeit aufgezwungen habe. Es war keine verschwendete Zeit – wir haben uns viel besser kennengelernt, und ich bereue keine Sekunde. Aber ich wollte, wir hätten mehr Zeit zusammen im Bett verbringen können. Tatsache ist, dass ich sogar wünschte, ich hätte all meine Skrupel in den Wind geschlagen, sobald ich ihn vor zwei Jahren das erste Mal in der Vorlesung sitzen hatte. Wir hätten zwei Jahre länger zusammen gehabt.

Mir ist so deutlich bewusst, dass ich mittleren Alters bin. Dustin mag wesentlich, wesentlich älter als ich sein, aber ich bin nur ein Mensch, und ich habe schon die Hälfte – möglicherweise mehr – meines Lebens hinter mir. Die vierzig Jahre oder so, die wir noch zusammen haben werden, werden Dustin wie ein kurzer Augenblick erscheinen. Und obwohl wir erst sechs Wochen ein Paar sind, einschließlich der zwei ersten Wochen ohne Sex, bereue ich schon jede Sekunde, die ich ohne ihn verbracht habe.

Wie lebt meine Mom nur mit dem Wissen, dass sie immer älter werden und schließlich sterben wird, wenn Julian noch Jahrzehnte – Jahrhunderte – bleiben? Inzwischen hat Mom endlich das Alter erreicht, das dem von Julian entspricht, und sie sehen zum ersten Mal nicht mehr wie ein Mai-Oktober-Paar aus. Aber in den nächsten zehn Jahren wird Mom in ihre nächste Lebensphase wechseln, und Julian nicht.

Der Drang, mit ihr darüber zu sprechen, ist so groß, dass ich aufstehe. Dustin murrt kurz, dann nimmt er mein Kissen und bohrt sein Gesicht hinein. Ich bleibe kurz stehen, um die Silhouette seines schönen Rückens und die Locken in seinem Nacken zu bewundern, dann ziehe ich schnell eine Pyjamahose über und schlüpfe aus dem Zimmer.

Unten stelle ich die Kaffeemaschine an, dann lasse ich mein gesundes Müsli links liegen und tauche stattdessen ein paar Ritz-Cracker in das Nutellaglas, das Dustin gekauft hat. Das sollte man nicht verteufeln, bevor man es versucht hat, kann ich nur raten – die Kombination aus salzig und süß, knusprig und cremig, ist perfekt. Ich habe normalerweise keine Nutella im Haus, aber Dustin hatte in einem Porno etwas gesehen, das er ausprobieren wollte, also ...

Und keine Sorge. Das hier ist ein anderes Glas. Im Supermarkt gab es ein Sonderangebot, und wie sich herausstellt, ist mein koketter Liebling ein Sparfuchs und würde sich niemals ein Sonderangebot entgehen lassen.

Ich nehme Kaffee und Handy, lasse Cracker und Nutella stehen, dann gehe ich in die Bibliothek. Das war schon immer mein Lieblingszimmer, aber seit Dustin keine Gelegenheit verstreichen lässt, mir hier an die Wäsche zu gehen, ist es für mich noch attraktiver geworden. Ich rolle mich auf der Couch zusammen und rufe Mom an. Ich weiß, dass sie Frühaufsteherin ist; das habe ich von ihr.

»Morgen, Lieblingssohn«, sagt sie herzlich nach dem ersten Klingeln.

»Morgen, Lieblingsmom«, antworte ich lächelnd. »Ich habe dich nicht geweckt, oder?«

Sie lacht spöttisch. »Ich bitte dich. Ich bin schon geduscht und habe die erste Waschmaschine angestellt. Julian schlummert aber noch.«

»Dustin auch. Aber du bist mir um einiges voraus; ich habe erst geschafft, Kaffee zu kochen.« Ich runzele die Stirn. »Macht Liana nicht eure Wäsche?« Die Haushälterin, die sie in meiner Jugend hatten, ist längst im Ruhestand, aber ich kenne Liana und kann mir kaum vorstellen, dass sie begeistert ist, wenn Mom ihr System auf den Kopf stellt.

»Liana und ich haben eine Abmachung. Da ich gerne morgens rumwerkele, bevor sie kommt, legt sie mir jede Woche eine Liste von Dingen hin, die ich machen darf. Sie hat die Wäsche schon vorsortiert und auch das Waschpulver abgemessen, also kann ich nichts verkehrt machen.« In Moms Stimme schwingt Belustigung mit, denn sie hat noch nie beim Waschen etwas falsch gemacht. »Ich habe große Hoffnungen, eines Tages auch die Spülmaschine ausräumen zu dürfen. Vorläufig ist sie noch überzeugt, dass ich alles falsch einsortieren würde.«

Ich lache. »Du findest sie toll, stimmt's?«

»Das tue ich, wirklich und wahrhaftig. Aber du hast sicher nicht um sechs Uhr morgens angerufen, um über Liana zu sprechen.«

»Nein«, sage ich seufzend. »Ich weiß nicht genau, warum ich eigentlich angerufen habe.«

»Lüge.«

»Mom!«

»Also bitte. Ich kenne dich schon dein ganzes Leben. Ich habe sechsundzwanzig Stunden gebraucht, um dich auf die Welt zu bringen. Ich weiß, wann du lügst.«

»Danke für dieses Bild«, murmele ich automatisch, obwohl sie es schon so oft angebracht hat, dass es seine Wirkung so ziemlich verloren hat. »Es ist keine große Lüge. Ich bin wirklich nicht ganz sicher, warum ich anrufe. Es ist nicht so, dass du etwas dagegen tun könntest.«

»Das weißt du nicht«, protestiert sie. »Ich bin Supermom, danke auch.«

Ich schmunzele und erinnere mich daran, dass ich sie so genannt habe. »Ich weiß.« Und doch zögere ich. Vorhin schien es eine gute Idee zu sein, sie anzurufen, aber jetzt – es ist grausam, ihr ins Bewusstsein zu rufen, wie wenig Zeit sie und Julian noch zusammen haben. Und dass er weiterleben wird, wenn sie nicht mehr da ist, alleine, ohne sie.

»Robert«, sagt sie warnend. »Muss ich bis drei zählen?«

Ich lache auf. »Okay, okay. Ich musste nur ... daran denken, dass ich schon mein halbes Leben hinter mir habe, wogegen Dustin noch so viel Zeit hat. Und dass unsere gemeinsame Zeit im Gesamtbild für ihn nichts weiter als ein kurzes Intermezzo sein wird. Und dann musste ich an dich und Julian denken, und wie bald sich für euch alles verändern wird.« So. Charmanter kann ich es auch nicht ausdrücken.

Aber es scheint ein wunder Punkt zu sein, denn Mom schweigt.

»Mom? Tut mir leid. Ich hätte nicht davon anfangen sollen. Ich–«

»Psst, Rob. Ich versuche, nachzudenken«, sagt sie geistesabwesend. »Verdammt. Ich hätte doch mit dir darüber sprechen sollen. Wir dachten einfach, es wäre besser, noch zu warten.«

Plötzlich fühle ich mich wieder wie ein Teenager. »Worüber denn? Worauf denn warten?« Ein schrecklicher absurder Gedanke schießt mir durch den Kopf. »Du willst mir nicht mitteilen, du und Julian hättet einen Suizidpakt geschlossen, oder?« Ich kann mir nicht vorstellen, dass Mom Julian das erlauben würde, nach all der Arbeit und dem ganzen Geld, das sie in Suizidprävention und öffentliche Bewusstseinsbildung gesteckt haben.

»Natürlich nicht«, sagt sie scharf, eine Erleichterung. Es mag egoistisch sein, aber es war tröstlich für mich, zu denken, dass wenn ich meine Mom schließlich verliere, ich immer noch meinen Stiefvater haben würde. »Lass mich einfach in Ruhe erklären. Es ist kompliziert.« Sie hält inne. »Vielleicht sollten wir das lieber von Angesicht zu Angesicht besprechen.«

»Mom!« Wenn sie denkt, dass ich noch abwarten kann, das zu erfahren, was sie mir sagen will, dann hat sie sich geschnitten.

Ihr Seufzer ist so tief, dass er an einen Windstoß erinnert. »Also gut. Sitzt du?«

Oh mein Gott, was kommt denn jetzt?

»Ich sitze«, bestätige ich und beuge mich vor, um die halbvolle Kaffeetasse auf dem Boden abzustellen. Ich will mir nicht aus Versehen heiße Flüssigkeit überkippen, falls das, was sie mir sagen will, tatsächlich so schockierend sein sollte.

»Seit die Drachen und Elfen zur Erde kamen, haben wir einiges dazugelernt. Also, es waren alte Fähigkeiten, die wir vergessen hatten. Also nicht wir persönlich, sondern im Sinne von wir als menschliche Gesellschaft.«

»Mom!« Gleich erwürge ich sie.

»Tut mir leid, Rob, ich weiß, ich bringe das nicht allzu zusammenhängend vor. Hab ein bisschen Geduld. Ich wollte nur ein paar grundlegende Dinge vorausschicken.«

So wie ich meine Mom kenne, folgt jetzt gleich eine einstündige verworrene Geschichte, die nur zu einem geringen Prozentsatz mit dem Wesentlichen zu tun hat.

»Muss das sein? Sag mir einfach das Fazit.«

»Tja ...« Sie zögert.

»Das Fazit, Mom.«

»Ich kann mein Leben verlängern und beliebig der Lebensspanne von Julian angleichen«, platzt sie heraus.

Mir schwirrt der Kopf, und ich bin wirklich froh, vorhin die Tasse weggestellt zu haben.

»Rob?«

Ich atme durch und spüre, wie mein Hals sich zuzieht.

»Rob?« Jetzt klingt sie wirklich besorgt.

»Ich bin noch dran«, presse ich hervor. »Also ... etwas mehr Grundlagen wären vielleicht doch gut.« Ich brauche Zeit, um mich an den Gedanken zu gewöhnen. Hat sie wirklich gesagt, sie könnte ihre Lebenszeit verlängern?

Und heißt das, dass auch ich es kann?

Die Hoffnung in meinem Inneren ist wie eine verzweifelt um sich schlagende Kreatur. Mehr Zeit mit Dustin zu haben ... mit zitternder Hand greife ich nach dem Kaffee. Ich brauche die heiße Flüssigkeit, um mich zu beruhigen.

»Es ist eine lange, komplizierte Geschichte«, sagt Mom. »Kurz gefasst ist es so: Menschen sind in der Lage, sich der Magie zu bedienen – wir hatten diese Fähigkeit nach den Spezieskriegen vergessen, genau wie die Existenz der anderen Spezies. Aber die anderen Spezies vergaßen auch, dass wir es können. Mir ist nicht ganz klar, wie es wieder ans Licht kam – es war zur Zeit der Migration, also kann es sein, dass sich die Drachen und Elfen einfach daran erinnert haben; allerdings habe ich auch ein paar Dinge gehört, die mich vermuten lassen, dass jemand bei uns es bereits wieder entdeckt hatte. Jedenfalls ist ein Teil der Prinzipien gleich, auch wenn es anders ist als das, was die Elfen machen. Ein Aspekt ist, dass man dadurch die menschliche Lebenszeit verlängern kann.«

Ich habe mich noch nie im Leben so unwissend gefühlt, noch nicht mal, als ich mit einem Physiker liiert war, und mein Mathe hassendes Gehirn Mühe hatte, zu folgen, wenn er von seiner Arbeit erzählte. Aus irgendwelchen Gründen ist das hier noch schwerer zu verstehen, und ich versuche mühsam, zu verinnerlichen, was Mom mir da erzählt.

»W ... wie?«, frage ich. Ich habe noch so viele andere Fragen. »Warum« ist auch eine ganz große – aber das ist die erste, die mir einfällt.

»Es ist kompliziert«, wiederholt Mom, und noch nie habe ich einen Ausdruck so gehasst. »Am Anfang wird extrem viel meditiert. Mich hat nur der Teil mit dem Leben Verlängern interessiert, aber man kann potenziell auch noch alles Mögliche andere lernen.«

Ich kratze die zersplitterten Stücke meiner Intelligenz zusammen und zwinge mich, zu denken. »Und das ist allgemein bekannt?«

»Nein – noch nicht mal innerhalb der Community. Es wäre zu riskant, dass es sich unter den Menschen herumspricht, und selbst wenn nicht, gibt es in der Community viele, die nicht gut darauf reagieren würden, dass Menschen in der Lage sind, zu zaubern. Bisher wurde es nur diskret denen mitgeteilt, die eine Inter-Spezies-Beziehung führen, vor allem denen, die etwas älter sind und weniger Zeit haben, sich das Nötige anzueignen. Ich glaube, das CSG will es behutsam angehen und sehen, wie es läuft, bevor sie es allen Menschen mitteilen will, die von der Community wissen.«

»Das klingt vernünftig«, murmele ich. »Dustin müsste es also wissen?«

»Ich weiß nicht, Schätzchen. Das müsstest du ihn fragen.«

Ich schlucke den Klumpen im Hals hinunter und frage: »Und du wirst nicht älter?« Ist es das, was sie meint?

Wieder zögert sie, dann antwortet sie mit rauer Stimme: »Nein, Rob. Ich werde nicht mehr älter.«

Mir laufen Tränen die Wangen herunter, und ich kneife mir in den Nasenrücken und atme mit weiten Nasenflügeln tief ein. Mein ganzes Leben lang war ich darauf eingestellt, Mom früher oder später zu verlieren ... meinen einzigen Elternteil, die einzige Person, auf die während meiner frühen Jahre Verlass war, die Einzige, die immer bedingungslos für mich da war. Aber das ist normal, oder? Dass Eltern alt werden und sterben – damit müssen alle Erdenbewohner zurechtkommen. Ich kann kaum in Worte fassen, wie sehr es mich erleichtert, zu hören, dass ich länger Zeit mit meiner Mutter habe.

Sie hat inzwischen weitergesprochen. »Also ich werde natürlich etwas älter werden, aber es wird kontrollierter sein. Ich werde mein Leben dem von Julian angleichen. Und–« ihre Stimme bricht. »Und jetzt, da du mit Dustin zusammen bist ...«

Ich wische mir die Tränen ab und verstehe auch ohne Worte, was sie meint. »Ich schätze, ich sollte mal mit

Dustin reden.« Ob er das nicht erwähnt hat, weil er es nicht weiß? Weil er es vergessen hat? Weil er es noch zu früh in unserer Beziehung fand? Weil er sich Gedanken über meine Reaktion gemacht hat?

Weil er gar nicht für immer mit mir zusammen sein will?

Diese letzte, heimtückische Frage will ich nicht stellen. Warum auch immer Dustin nicht darüber gesprochen hat, das war es nicht. Unsere Beziehung mag noch neu sein, aber ich zweifle nicht daran, dass er zu mir steht ... es ist außerdem nicht gesagt, dass wir zusammen bleiben, bis wir sterben, auch wenn ich mein Leben mithilfe von Magie verlängern kann (oh mein Gott, ist das surreal!).

Oder? Sterben Drachen überhaupt jemals, wenn sie nicht getötet werden? Will ich das eigentlich, ewig leben? Ich meine ... das ist eine lange Zeit. Ich würde viele Veränderungen erleben, die ich gar nicht unbedingt will. Dustin musste die Vernichtung seiner Welt miterleben – würde ich mich damit auseinandersetzen wollen?

Ich muss mehr erfahren.

»Das solltest du«, sagt Mom zustimmend. »Es ist nicht einfach, ein solches Thema anzusprechen. Julian und ich hatten uns schon Gedanken gemacht, wann wir mit dir und seinen Kindern darüber sprechen sollten. Wir dachten, ihr würdet es früher oder später merken.«

Ich geben ein kehliges Geräusch von mir, das ein Lachen hätte sein können, wenn ich gerade nicht so emotional gebeutelt wäre. »Es hätte vielleicht eine Weile gedauert, aber vermutlich wäre es uns irgendwann aufgefallen«, bestätige ich dann.

»Was denn?«, höre ich eine Stimme und fahre herum. Dustin lehnt nackt in der Tür. Sobald er mein Gesicht sieht, verschwindet das kokette Lächeln, und er kommt hereingestürmt. »Wer hat dich aufgeregt?«, fragt er. »Stimmt etwas nicht?« Er klettert zu mir auf die Couch und schlingt Arme und Beine um mich, seine Umarmung wie ein sicherer Kokon.

Dann entreißt er mir das Handy.

»Hey!«

»Wer ist da?«, bellt er. »Was hast du gesagt, was Rob so verstört hat?«

»Es ist meine Mom«, sage ich, aber er hört ihr aufmerksam zu.

»Okay«, sagt er schließlich. »Wir melden uns später wieder.« Damit legt er auf.

»Ähm entschuldige mal? Was, wenn ich mich noch verabschieden wollte?«

»Wir reden später mit ihr. Sie sagte, es ist wichtig, dass wir beide uns erst unterhalten.« Er lässt das Handy zu Boden fallen, dann nimmt er mir die inzwischen leere Tasse ab und lässt auch sie fallen. Zum Glück habe ich weiche Teppiche. »Was hat dich so aufgeregt? Sag es mir, ich bringe es in Ordnung.«

Nie könnte ich jemanden mehr lieben als ihn. Ich kuschele mich in seine Arme und lehne meinen Kopf an seinen. »Alles in Ordnung«, murmele ich, während ich seine Haare küsse. »Ich war heute früh etwas besorgt. Ich musste darüber nachdenken, wie wenig Zeit wir miteinander haben würden, bis ich alt bin und sterbe. Mom hat mir etwas dazu erzählt, was ein kleiner Schock für mich war.«

Er lehnt sich zurück und runzelt die Stirn. »Warum hast du mich nicht geweckt? Du solltest mich immer wecken, wenn du aufgebracht bist.«

Ich lächle unwillkürlich. »Du hast so friedlich geschlafen. Ich wollte dich nicht wegen einer Sache wecken, gegen die du auch nichts machen kannst.«

»Egal«, sagt er kopfschüttelnd. »Weck mich bitte trotzdem. Nichts ist allzu schlimm, wenn man es mit jemandem teilen kann. Was hat deine Mutter denn so Schockierendes gesagt?«

In seiner Stimme schwingt etwas mit, das mich ahnen lässt: er weiß Bescheid. Ich kneife ihn – aber nicht allzu fest.

»Aua!« Er schmollt. »Womit habe ich das verdient?«

»Du weißt genau, was Mom mir erzählt hat«, sage ich streng, dann ruiniere ich die Wirkung, indem ich die Stelle küsse, in die ich ihn gekniffen hatte. Da ich diesem Schmollen nicht widerstehen kann, küsse ich ihn auch gleich auf den Mund.

»Nicht *genau*«, teilt er mir atemlos mit, nachdem der Kuss schließlich endet. »Ich vermute nur, worum es geht, wegen des Themas.«

»Hat es einen Grund, dass du das Thema noch nie mit mir besprochen hast?«

Er öffnet die Augen weit und sieht mich unschuldig an. »Ich dachte, du weißt es. Deine Mom ist mit einem Inkubus verheiratet, und ich hatte vor ein paar Jahren beim CSG gehört, dass alle älteren Interspezies-Paare informiert werden ... also ging ich davon aus, dass du es weißt.« Er runzelt die Stirn. »Moment mal, soll das etwa heißen, dass du es nicht wusstest?«

»Ich hatte tatsächlich keine Ahnung, bis Mom es mir gerade verraten hat. Sie und Julian hatten sich noch nicht entschieden, wie sie das Thema anschneiden sollen, also haben sie es verschoben.« Ich sehe, wie sein Stirnrunzeln tiefer wird, und will sichergehen, dass wir nicht aneinander vorbeireden. »Es geht um die Fähigkeit der Menschen, mithilfe der Magie ihr Leben zu verlängern, oder?«

Er nickt, aber das Stirnrunzeln ist nach wie vor da. »Es hat also niemand mit dir darüber gesprochen? Wie man lernt, sich der Magie zu bedienen? Du hast den Alterungsprozess noch nicht eingefroren?«

Oh. *Oh.* Das Stirnrunzeln besagt, dass er sich um genau die gleiche Sache sorgt wie ich zuvor. Ich küsse ihn nochmal, äußerst beglückt davon, das noch viele viele weitere Jahre länger tun zu können als gedacht, aber er löst sich von mir.

»Rob«, sagt er vorwurfsvoll, »das ist wichtig.«

»Ich weiß. Und nein, ich habe keine Ahnung, wie man das anstellt. Kannst du es mir beibringen?« Ich spüre, wie mich ein aufgeregtes Kribbeln durchläuft. Abseits der offensichtlichen Freude darüber, mein Leben verlängern zu können, um mehr Zeit mit ihm zu haben, ist es auch unheimlich spannend, zaubern zu lernen. Seit dem Tag, an dem ich von der Existenz der anderen Spezies erfahren habe, war ich ein kleines Bisschen neidisch auf die unglaublichen Fähigkeiten, die sie haben. Das habe ich immer ignoriert und mich stattdessen glücklich geschätzt, an ihrer Welt teilhaben zu dürfen, wenn auch nur am Rand, aber jetzt ...

... werde ich lernen, mich der Magie zu bedienen.

Dustin hat die Lippen geschürzt. »Das geht glaube ich nicht«, sagt er kopfschüttelnd. »Vielleicht einer der Elfen. Drachenmagie funktioniert einfach ganz anders als das, was sie tun. Es wird das Beste sein, sich an die Quelle zu begeben.«

»Welche Quelle?« Das ist also das Ende meiner unartigen Tagträume mit nackten »Nachhilfestunden«. Ich hatte mir schon das halbe Belohnungssystem zurechtgelegt.

»Noah.«

Mühsam distanziere ich mich von Gedanken an Blowjobs für erfolgreiche Versuche, Magie zu nutzen, und konzentriere mich auf ihn. »Wer ist Noah?«, frage ich, während sich eine schwache Erinnerung regt. »Meinst du den Assistenten im Team des Luzifer?« Es gab reichlich Diskussionen, als Sam Tiller zum Luzifer berufen wurde und einen Menschen zum persönlichen Assistenten seines Seniorteams ernannte. Selbst ich hatte es mitbekommen, und ich hatte nicht allzu viel Aufmerksamkeit darauf verwendet.

»Japp. Wir sind befreundet. Also ...« er rümpft die Nase. »Gute Bekannte. Er trachtet mir nicht ganz so sehr nach dem Leben wie den meisten anderen Leuten. Glaube ich«, fügt er nach einer kurzen Pause hinzu, in der er darüber nachzudenken scheint, ob dieser Noah ihn tatsächlich umbringen will. »Jedenfalls ist er derjenige, der die Entdeckung gemacht hat, dass auch Menschen in der Lage sind, sich der Magie zu bedienen, und ich habe ihn schon reichlich fortgeschrittene Dinge machen sehen. Ich denke, das wäre jemand, mit dem du das gut besprechen könntest.«

»Ich glaube nicht, dass wir dazu Vitamin B brauchen. Bestimmt hat das CSG ein Lernprogramm eingerichtet, das reicht doch sicher«, beginne ich. Noah ist sicher sehr beschäftigt als Regierungsbeamter im mittleren Dienst, und wenn er Dustin wirklich an den Kragen will, bin ich nicht allzu begierig, Zeit mit ihm zu verbringen.

Aber Dustin hat störrisch die Zähne zusammengebissen, genau wie damals, als ich gesagt hatte, dass wir nicht zusammen sein können – und wie das ausgegangen ist, ist bekannt. Also sage ich seufzend: »Aber wenn du glaubst, dass Noah die beste Option wäre, beuge ich mich gern deiner Expertise.«

Er fängt an zu lächeln. »Danke. Rede einfach mal mit

ihm, auch wenn er dich dann letztendlich nicht selbst unterrichtet. Ich rufe ihn später an.« Jetzt bekommt das sonnige Lächeln eine lustvoll verführerische Note. »Ich wache nicht gern ohne dich auf.«

Ich neige mich näher zu ihm und küsse ihn. Nie werde ich davon genug haben. »Ich mag es auch nicht. Aber du warst so friedlich ... und still.«

Er schnauft empört. »Das werde ich mal ignorieren, weil ich keine Lust habe, mich darüber zu streiten, wie zurückhaltend und still ich immer bin.« Ich lache auf, und er funkelt mich an. »Das war's. Ausziehen, auf die Knie, Gesicht zur Sofalehne.«

Ich schmunzele heimlich, während ich gehorche, die Unterarme auf die Sofalehne stütze und mein Becken anhebe, um ihm den Hintern entgegenzustrecken. Ich liebe Dustins herrische Seite. Das wird ein Spaß.

»Da du so gemein warst, wird es nur ein minimales Vorspiel geben«, verkündet er, dann fährt er mit der Hand an meinem Rückgrat entlang, streichelt mit einem Finger zwischen meinen Pobacken, und nimmt meine Hoden in die Hand. Ich erschauere, als er sie rollt, und ich werde schneller hart, als ich es für möglich gehalten hätte, bevor ich Dustin kannte.

Dann beißt er mir in den Hintern.

»Aua!«, jaule ich.

»Ich brauchte einen Vorgeschmack.« Er gibt mir einen Klaps auf die Stelle, in die er gebissen hatte, was den nachlassenden Schmerz wieder aufflammen lässt. »Du hast einfach einen so einladenden Popo.«

»Äh, danke?« Insgeheim bin ich geschmeichelt. Ich bin Mitte Vierzig, und mein Arsch ist definitiv nicht so prall wie seiner, so sehr ich mich auch bemühe, in Form zu bleiben.

Es ist einfach schön, zu wissen, dass mein Körper ihm gefällt.

Jetzt schmiegt er sich mit dem ganzen Körper von hinten an mich, den Schwanz in meine Poritze gekuschelt, und küsst mich auf den Nacken. »Bereit?«, murmelt er.

»Beeil dich. Bisher war das alles leeres Gerede, sonst nichts.«

Er gibt ein empörtes Geräusch von sich. Es macht wirklich Spaß, ihn aufzuziehen. Und obwohl er leise über meine Unverschämtheit vor sich hin schimpft, ist er unglaublich sanft, als er mit angefeuchteten Fingern beginnt, mich zu dehnen. Ich entspanne mich und lege den Kopf auf die Arme, während ich es genieße, seine Finger zu spüren. Mein Anus war immer schon sehr empfindlich, und schon bald zuckt mein Schwanz bei jeder seiner Bewegungen.

»Ich bin bereit, Dustin«, zische ich und mache eine Bewegung, um mich an der Couch zu reiben. Ich werde diese Couch bald professionell reinigen lassen müssen, so oft, wie wir hier Sex haben.

»Du bist bereit, wenn ich sage, dass du bereit bist«, beharrt der kleine Kobold, aber dann zieht er seine Finger heraus und ich spüre seine Eichel an meinem Eingang. Er dringt langsam ein und dehnt mich dabei, ein köstliches Brennen. Jede Rille an seinem Penis fühlt sich so an, als würde er wieder von vorne anfangen, und als er ganz in mir drin steckt, spüre ich die Rillen von innen an allen Nervenenden reiben – es ist ein mit nichts anderem vergleichbares Gefühl.

Er vögelt mich langsam und bewusst, gibt sich extra Mühe, meine Prostata nicht zu berühren, und mich damit in den Wahnsinn zu treiben, bis er schließlich nach meinem Schwanz greift. Ein Wimmern entweicht meiner Kehle.

»Willst du kommen?«, flüstert er.

»Bitte«, keuche ich gebrochen.

Er bewegt seine Hand einmal, zweimal, dreimal, dann falle ich auseinander und verschieße mein Sperma, während mein Schließmuskel sich rhythmisch zusammenkrampft. Im nächsten Moment schreit auch er auf, dann schmiegt er sich an mich und hält mich fest.

Und mit ihm darf ich den Rest der Ewigkeit verbringen.

KAPITEL 16

DUSTIN

»… und darauf würde ich mich im ersten Monat konzentrieren wollen«, sage ich abschließend. »Meiner Meinung nach ist es wichtig, festzustellen, was wirklich benötigt wird, bevor wir die Planung der Aktivitäten festlegen.« Ich schaue in die Runde, die sich im Konferenzzimmer des Vorstandes versammelt hat, erleichtert, allgemeines Nicken und Lächeln zu sehen. Das Vorstands-Komitee, der mein Jugendprogramm überwachen wird, setzt sich aus Vorständen anderer wohltätiger Organisationen in der Community zusammen. Julian versichert mir, dass sie alle begeistert von dem Programm und gespannt sind, was ich daraus machen werde. Das hat auch Lihua Jiǎng, die in den Vorstand gewählt wurde aufgrund der fantastischen Fördermittel, die sie uns zur Verfügung gestellt hat, bestätigt. Aber nur weil ein Projekt für Begeisterung sorgt, bedeutet das noch lange nicht, dass sie damit einverstanden sein müssen, wie ich es angehe.

»Das klingt gut, Eure Hoheit«, sagt Matilda, eine felide

Shifterin aus der Gesundheitsbranche. Ich versuche, bei dem absurden Titel nicht zu zucken. Julian und Lihua bestehen darauf, dass ich Kapital aus den Vorteilen schlagen muss, die er mit sich bringt. Manche Leute glauben tatsächlich, dass die Zufälligkeit der Geburt eine Person automatisch dazu befähigt, bestimmte Aufgaben erfüllen zu können. Ich persönlich finde das zwar lächerlich, bin aber durchaus gewillt, alles zu nutzen, was mir zur Verfügung steht, um dieses Programm zum Laufen zu bekommen, einschließlich meiner Verbindung zu Großvater, also …

»Nur zur Sicherheit: Es gibt bereits einen Plan für den Ablauf der Aktivitäten?«

Ich zwinge mich, zu lächeln; später muss ich mir unbedingt Julian vorknöpfen. Ich hatte mich über Matildas Werdegang belesen, ebenso wie den aller anderen, und sie ist sicher qualifiziert für ihren Vorstandsposten, aber auf dieses Treffen hat sie sich eindeutig nicht gut vorbereitet. »Ja, natürlich. Im Businessplan sind mehrere Optionen für den Anfang aufgeführt, jeweils auf ein bestimmtes Segment abzielend, von dem ich glaube, dass es sich als primäre Bedarfssituation erweisen könnte. Alle diese Optionen sind so angelegt, dass wir sie ohne viel Aufwand an übergreifende Bedürfnisse anpassen können. Ich möchte mich nicht zu sehr auf beispielsweise die Interaktion der Kinder mit Menschen fokussieren und dafür andere Themen vernachlässigen, die ebenso wichtig sind. Wir werden in diesem ersten Monat feststellen, wo die Prioritäten liegen, und anschließend zügig die Planung daran angleichen und entsprechend implementieren.«

Sie nickt, während sie in dem dicken, gebundenen Dokument blättert, das sie vor sich liegen hat – und das sie ganz offensichtlich vor dieser Besprechung nicht gelesen hat. »Okay, ich sehe sie. Ja, das klingt gut. Mir gefällt, dass Sie bei allen Optionen Kliniken für körperliche und mentale Gesundheit vorgesehen haben.«

»Das ist nicht verhandelbar«, sage ich zustimmend. »In regionalen und ländlichen Gegenden gibt es häufig Defizite, was den Zugang zu medizinischen Leistungen betrifft, und das kann dazu führen, dass die Motivation, sich um seine Gesundheit zu kümmern, leidet. Eine unserer Prioritäten ist es, diesen Jugendlichen beizubringen, ihre Gesundheit als etwas zu betrachten, das sie mit regelmäßigen Untersuchungen unterstützen können, auch wenn es ihnen gut geht, ebenso, wie sich sofort darum zu kümmern, wenn dies nicht der Fall ist. Wir müssen das unterstützen, indem wir ihnen Zugang zu solchen Diensten gewährleisten.« In der kleinen Universitätsstadt, mit der wir beginnen, gibt es ganz gute medizinische Versorgung für Menschen, und auch nicht ganz so gute, aber adäquate für die Community, ich will aber speziell für Jugendliche gedachte Angebote einrichten. Und ich will sie so eng in das Programm einbinden, dass niemand sich über die zusätzlichen Kosten beschweren wird, die das Einrichten medizinischer Versorgung an anderen Orten mit sich bringen wird.

»Ab Januar soll es losgehen?«, fragt Julian mit einem Funkeln in den Augen.

»Wir hoffen, bereits Mitte Dezember zu beginnen«, verkünde ich, und um den Konferenztisch ist Gemurmel zu hören. »Der ursprüngliche Entwurf zielte auf Januar ab, aber es lief im Vorfeld so gut, dass wir früher starten können als geplant. Ich freue mich, dass wir so die Feiertage der Menschen als Zeitpunkt für eine entspannte Einführung des Programms nutzen können. Wir planen, in die Bedarfsanalyse Angebote wie Bastelaktivitäten und Singen, Lernen über menschliche Folklore und Geschichte einzustreuen. Das soll den Kindern helfen, sich miteinander und mit dem Programm vertraut zu machen; es wird die Eingewöhnung erleichtern, wenn die permanenten Angebote vorgestellt werden.«

»Das gefällt mir«, erklärt Lihua. »Die Feiertagsrituale der Menschen basieren zum Großteil auf religiösen Hirngespinsten, aber das bedeutet nicht, dass sie nicht interessant sind und manchmal Freude machen können.«

Ich lächle und neige dankend den Kopf.

Sie schaut in die Runde. »Gibt es noch weitere Fragen an Prinz Dustin?«

Es werden Köpfe geschüttelt, einige verneinen, also schließt sie den offiziellen Teil der Besprechung. Ich hatte damit gerechnet, dass alle sofort aufbrechen würden ... die meisten sind vielbeschäftigte, wichtige Persönlichkeiten. Überraschenderweise bleiben aber gar nicht wenige, um noch etwas zu plaudern ... und zwar mit mir. Sie stellen Fragen zum Programm, wollen meine Meinung zu übergreifenden Themen hören, und jemand erwähnt, dass eine Position im Vorstand einer anderen Wohltätigkeits-Organisation frei wird und schlägt vor, dass ich Interesse anmelden sollte.

Meine erste instinktive Reaktion ist, abzulehnen — schließlich habe ich keine Erfahrung mit Vorstandsarbeit bei wohltätigen Stiftungen. Stattdessen danke ich ihm und notiere mir die Details. Wieso sollte ich es nicht versuchen? Ist es nicht das, was ich tun will? Anderen helfen? Genau das tue ich jetzt bei der Planung dieses Jugend-Programms. Fähigkeiten und Wissen, das mir dafür dienlich sein könnte, bringe ich mit. Ich hatte zwar nicht vor, mich jetzt schon mehreren Aufgaben zu widmen, aber es kann nicht schaden, sich zu informieren. Ich muss gestehen: Es fühlt sich toll an, seinen Vorschlag zu hören. Es ist ein Kompliment und eine Bestätigung, auf eine Weise, von der ich früher niemals geglaubt hätte, sie jemals zu bekommen. Man hat so viel Vertrauen in meine Fähigkeiten – zu mir – dass mir mehr Verantwortung übertragen wird.

Jawoll!

Langsam leert sich der Raum, bis schließlich nur noch Julian und ich übrig sind. Er lehnt sich an den Konferenztisch und grinst mich an. »Wie fühlst du dich?«

Ich nehme mir einen Moment Zeit, darüber nachzudenken. »Super«, gestehe ich dann. »Ich war nervös vor dieser Besprechung–«

»Habe ich gemerkt.«

»–aber jetzt fühle ich mich besser.« Ich werfe ihm einen fragenden Blick zu. »Wie hast du das gemerkt?«

Er lacht. »Ich kenne dich vielleicht nicht so gut, aber du hast heute genauso ein Gesicht gemacht wie damals, als du Rob durch mein Haus verfolgt hast.«

»Oh.« Ich muss auch lachen. »Ja, es hat sich wirklich so ähnlich angefühlt. Dieses Mal war zum Glück nicht ganz so schlimm.« Ich spüre eine Welle der Befriedigung in mir aufsteigen. Ich bin gerade extrem erfolgreich dabei, das zu erreichen, was ich will. Erst Rob, jetzt das Jugendprogramm.

»Apropos, wie geht es meinem Stiefsohn? Mit seinem, äh ...« er schaut sich zur offen stehenden Tür um. »Mit seinem neuen Hobby?«

Es ist nicht schwer zu erraten, wovon er spricht: Robs Versuche, die Magie beherrschen zu lernen. Ich schaue ebenfalls zur Tür und antworte mit sorgfältig gewählten Worten. »Ich glaube, recht gut. Er ist frustriert wegen all der ... äh, notwendigen Vorbereitungen, aber sein Lehrer ist zufrieden mit ihm.«

Ich hatte noch am gleichen Tag, als Rob von menschlicher Zauberkunst erfahren hatte, Noah Cage angerufen. Ich bin nicht so eng mit ihm befreundet wie mit anderen in seinem Team, aber als ich ihm von meiner Liebe zu einem Menschen, der schon über uns Bescheid weiß, erzählte musste ich erst gar nicht um seine Hilfe bitten.

»Bring ihn hierher«, sagte er, noch bevor ich ausgeredet hatte. »Ich kann ihm beibringen, was er wissen muss, und seine Fragen beantworten.«

Es hat mich daran erinnert, als Percy uns zur Erde eingeladen hat, ohne mit der Wimper zu zucken, ohne Bedingungen daran zu knüpfen, und uns vor dem Aussterben gerettet hat. Selbst wenn Großvater nicht bis über beide Ohren in ihn verliebt wäre, selbst wenn er nicht ein so großartiger Kerl wäre, der mich immer unterstützt hat, wenn ich Hilfe brauchte – ich würde alleine deswegen alles für Percy tun.

Julian nickt. »Sehr gut, sehr gut. Es war eine große Erleichterung für Erika, ihn einweihen zu können. Und zu wissen, dass er ... äh, dass er das gleiche Hobby aufnehmen würde wie sie.« Er verzieht das Gesicht. Es scheint schwer zu sein, in seinen eigenen Büroräumen unter seinen eigenen Leuten ein Geheimnis zu bewahren. Die Community ist es gewohnt, Geheimnisse vor den Menschen zu haben – untereinander allerdings eher weniger. Früher oder später wird es herauskommen, wenn die anderen feststellen, dass die menschlichen Partner nicht so altern, wie es normal wäre; ich kann trotzdem verstehen, warum das CSG die Leute behutsam darauf vorbereiten will.

»Du und Erika solltet bald mal zum Essen vorbeikommen«, schlage ich vor. Ich bin zwar noch nicht offiziell bei Rob eingezogen, aber das ist eine reine Formsache. Ich verbringe die meisten Nächte unter der Woche bei ihm – es ist praktischer für die Arbeit – und an den Wochenenden fahren wir nach »Lass es Drachen«, um meine Familie zu sehen, ein bisschen zu fliegen und uns von Kethe bekochen zu lassen.

Rob liebt es übrigens, zu fliegen. Erst war er zögerlich, aber schon das erste Mal hat ihn überzeugt. Letzte Woche habe ich ihn beim Suchen nach Immobilien mit großem Garten erwischt, damit ich zu Hause starten und landen kann.

Die Gärten waren aber alle nicht groß genug, und Bauernhöfe kommen für uns nicht infrage, auch keine kleinen, also bleibt es vorläufig bei den Wochenenden.

»Das wäre toll«, sagt Julian lächelnd. »Ich spreche mit ihr, und wir melden uns, um etwas auszumachen.«

Ich packe meine Sachen zusammen. Rob hat heute Nachmittag freigenommen, um eine Sitzung mit Noah einzulegen. Wir sind beim CSG verabredet. Ich wollte die Leute im dortigen Büro besuchen und »offiziell« mit Großvater über die sozialen Angebote sprechen. Er und König Raðulfr haben zugestimmt, einige Programme zu finanzieren, arbeiten aber noch daran, welche es sein sollen, wo sie genau angeboten werden sollen und wie hoch ihre Förderung sein wird.

»Dustin.« Ich schaue zu Julian auf. »Ich möchte nur, dass du weißt, wie froh Erika und ich sind, dass Rob dich gefunden hat. Wir finden, du bist perfekt für ihn, und wir sind so glücklich, dass er jemanden hat, der ihn wirklich versteht und liebt, so wie er ist.«

Ich schlucke und blinzele die Tränen weg, bevor sie sich bilden können. Das ist ein Aspekt an meiner zweibeinigen Gestalt, den ich nicht besonders mag.

»Danke. Ich weiß, wie nahe Erika und er sich stehen, und er betrachtet dich als seinen Vater, also bedeutet mir das sehr viel.«

Wir lächeln uns an, dann sagt er: »Tja, ich sollte dann wieder an die Arbeit gehen. Bleibt ihr heute in der Stadt, oder geht es wieder nach Hause?«

Ich zucke die Achseln. »Ich weiß nicht genau. Vielleicht bleiben wir. Ich wollte ein paar Leute treffen, die ich eine Weile nicht gesehen habe.«

Wir verlassen den Konferenzraum und verabschieden uns herzlich. Ich hatte noch nie darüber nachgedacht, was für ein Glück es doch ist, dass Robs Eltern so cool sind. Es wäre schlimm, wenn sie mich nicht leiden könnten oder unsere Beziehung nicht gut heißen würden. Ich meine, das würde uns nicht auseinander bringen, aber mit zwei wohlwollenden Eltern ist es viel besser. Mir gefällt es, gemocht zu werden.

Fünfzehn Minuten später bin ich im Gebäude angekommen, in dem die DEA – Drachen-Elfen-Allianz – und die Räume des CSG untergebracht sind. Ich unterdrücke meine Sehnsucht nach Rob – sechs ganze Stunden sind wir jetzt schon getrennt. Meine erste Station ist die DEA.

»Dustin, gut, dass du da bist«, sagt Dáithí, Herrscher über die Rezeption, als er mich erblickt. »Dein Großvater und der König wollten dich sprechen. Lass mich kurz nachsehen ... sie sind beide in vierzig Minuten fertig. Ich trage eine Besprechung ein. Einstweilen habe ich hier etwas Papierkram für dich, und die Finanzbehörde wollte dich wegen Lücken im Steuersystem sprechen.«

Ich schaue mich um. »Arbeite ich in Wirklichkeit hier und weiß nur nichts davon?«

»Haha. Erst den Papierkram. Dann sage ich der Finanzbehörde, dass du hier bist.« Damit reicht er mir ein Tablet, auf dem bereits offene Dokumente zu sehen sind und drückt einen Knopf auf seiner Tastatur. Ich bin entlassen.

Darüber muss ich später nachdenken. Ich traue mich

nicht, Dáithí zu verstimmen, also tue ich wie geheißen. Er mag hübsch und harmlos aussehen, aber er hat die Macht, anderen das Leben zur Hölle zu machen. Empfangspersonal sollte man niemals gegen sich aufbringen.

Da ich aber immer ein bisschen Unruhe stiften muss, lehne ich mich an seinen Schreibtisch, anstatt mir einen Stuhl zu suchen – nur um auszutesten, wie weit ich es treiben kann.

Bei den Dokumenten scheint es sich um Arbeitsverträge für freiberufliche Berater zu handeln. Ich blinzele, dann lese ich sie sorgfältig durch. Sie sind auf meinen Namen ausgestellt, und es sieht ganz danach aus, als wollten Großvater und der König mich als Berater für das neue Sozialprogramm und für die Neugestaltung des gegenwärtigen von der Regierung angebotenen solchen Programms engagieren.

Kann sein, dass meine Hand leicht zittert, als ich das Tablet ablege und Dáithí frage: »Bekommt man normalerweise nicht erst einen Job angeboten, bevor Verträge aufgesetzt werden?«

Er blickt gar nicht vom Bildschirm auf. »Wen kümmert das? Wenn du es nicht machen willst, unterschreibe es nicht. Aber hör auf, dich hier auf meinem Schreibtisch zu aalen. Es wirkt unprofessionell.«

Mit zusammengekniffenen Augen schicke ich ihm einen kleinen Energiestoß über den Unterarm. Das ist harmlos, wird aber ein paar Minuten lang jucken. Es mag kleinlich von mir sein, aber ich fühle mich danach besser. Dann nehme ich das Tablet und setze mich damit in einen der Besuchersessel, um alles noch einmal genau durchzulesen und darüber nachzudenken, was es bedeutet.

Als nächstes ist die Finanzbehörde dran, wo sich gleich drei Personen auf mich stürzen. Zwei von ihnen brabbeln etwas von den Budgets für das neue Programm, der dritte möchte wissen, wie hoch mein Honorar ist, und ob es verhandelbar wäre.

Wir vereinbaren locker eine Besprechung für nächste Woche – locker, weil ich erst noch einiges zu regeln habe – dann eise ich mich los und gehe auf die Suche nach Großvater und König Raðulfr.

Sie erwarten mich schon vor dem Büro des Königs.

»Na, wie lief es mit dem Vorstand?«, fragt Großvater, noch bevor er mich richtig begrüßt.

»Danke der Nachfrage. Alles läuft.« Ich hebe das Tablet hoch. »Und was soll das hier werden?«

Der König verzieht das Gesicht. »Ich hatte ihm gesagt, dass wir ein förmliches Meeting einberufen sollten und es erst mit dir besprechen müssten.«

Ich nicke. »Eine E-Mail mit einer Vorwarnung wäre auch nett gewesen.« Wir drei hatten schon mal über die Lücken im gegenwärtigen Programm gesprochen, und was meiner Meinung nach zukünftig gebraucht werden würde, aber mehr auch nicht. Damals hatte ich im Anschluss Pläne für meine eigene externe Hilfsorganisation entworfen, die von Spenden und gelegentlichen öffentlichen Fördergeldern finanziert werden sollte. Ich hatte definitiv nicht erwartet, dass sie von mir wollen könnten, die komplette Überarbeitung des bestehenden Systems vorzunehmen.

»Verzeih«, sagt Großvater leichthin. »Ich war so begeistert, dass ich einfach losgeprescht bin. Hast du den Vertrag durchgelesen?«

»Ja. Es wird gar nicht spezifiziert, was ihr euch von dem neuen Programm erwartet. Mit anderen Worten, ihr sagt gar nicht genau, wofür ich da beauftragt werde.«

Der König lächelt. »Was ist das doch für ein stolzer Augenblick. Ich weiß, dass du älter bist als ich, Dustin, aber ich wäre fast daran verzweifelt, dich jemals erwachsen werden zu sehen. Und jetzt schau dich nur an!« Er stützt die Unterarme ab und lehnt sich vor. »Lass uns die Details besprechen.«

Und das tun wir.

Als wir fertig sind, fühle ich mich bedeutend besser. Mag sein, dass ich durch Beziehungen an diesen Auftrag gekommen bin, aber sie werden mich dafür arbeiten lassen. Und selbst wenn da der Aspekt »Lass uns Dustin ein bisschen unterstützen« mitspielt, es ist schon in Ordnung. Ich kann beweisen, dass ich es nicht nötig habe.

»Dustin? Eine Sache noch«, sagt der König, während ich mich erhebe.

Ich setze mich wieder hin. »Natürlich.«

Er wirft Großvater einen Blick zu und atmet tief durch. »Ich muss dir ein Geständnis machen.«

Blinzelnd überlege ich. Ein Geständnis? Mir gegenüber? »Ja?«

»Letzte Woche war ich an der Beresford University und habe mich heimlich in eine Vorlesung deines Partners gesetzt.«

Was? »Denkt Ihr ... über eine Fortbildung in klassischer Literatur nach?« Ich verstehe nichts.

Großvater schnaubt. »Ich hatte ihn darum gebeten, Dustin. Du planst, für immer mit Rob zusammenzubleiben, und ich wollte wissen, ob das möglich wäre.«

Es trifft mich wie ein Holzhammer, und ich schnappe nach Luft. Wie konnte ich das vergessen? Der König ist einer der Elfen, die Seelenpaare sehen können.

Ich werfe ihm einen Seitenblick zu und spüre Hoffnung in mir aufkeimen. Sie hätten doch sicherlich nicht davon angefangen, wenn es keine gute Nachricht wäre, oder?

König Raðulfr lächelt mich an, mit dem gleichen liebevollen Lächeln, das er mir seit Jahrtausenden schenkt. »Deine und Robs Seele sind ein perfektes Paar«, bestätigt er, und ich spüre eine Explosion des Glücks durch mein ganzes Wesen schießen.

Als ich in den Fahrstuhl steige, versuche ich, selbstbewusst und selbstsicher zu wirken anstatt so weggetreten, wie ich mich gerade fühle. Kann es wirklich alles wahr sein? Rob und ich sind praktisch durch das Schicksal für immer und ewig dazu bestimmt, zusammenzubleiben. Und ich hatte erwartet, dass es noch Jahre dauern würde, bis ich mit meinem Karriereplan an dem Punkt bin, an dem ich heute stehe. Dass es alles so bald geschieht – mit dem zusätzlichen Bonus, Rob an meiner Seite zu haben – lässt mich daran zweifeln, ob man wirklich so viel Glück haben kann.

Der Fahrstuhl geht drei Stockwerke weiter oben beim CSG auf, und ich steige aus.

»Dustin!« Jemand kommt aus dem Treppenhaus neben dem Fahrstuhl herausgestürmt und packt mich keuchend am Arm. »Da bist du ja.«

Ich blinzele Hagen an, der offenbar die Treppe im Laufschritt genommen hat.

»Hi. Brauchst du etwas?«

Er schnappt ein paarmal nach Luft, und ich warte, bis er nicht mehr so außer Atem ist. Ich mag Hagen. Er ist einer der wenigen Drachen, die am königlichen Hof gearbeitet hatten, in ähnlicher Funktion wie mein Freund Caolan. Anders als Caolan kann er aber manchmal etwas ungehobelt sein. Jetzt, da Hagen glücklich verliebt ist, hat sich das gebessert, aber ich würde ihn nach wie vor nicht als diplomatisch bezeichnen.

»Sorry«, japst er schließlich und richtet sich auf. »Drei Stockwerke im Laufschritt zu nehmen war keine gute Idee. Ich sollte wohl mehr trainieren.«

Ich kneife die Augen zusammen. »Bist du nicht jeden Tag im Fitnessstudio? Ich dachte, das gehört zu eurem Alltag.«

Er lächelt und spannt seine Muskeln an, wobei mir einfällt, wieso manche Leute ihn als Arschgeige bezeichnen. »Ja, das stimmt. Aber ich trainiere dort nicht, Treppen nach oben zu rennen. Eindeutig ein Fehler.«

»Schön, dir beim Identifizieren dieser Schwäche im Trainingsplan geholfen zu haben. Aber ... wolltest du etwas Bestimmtes?« Ich möchte jetzt wirklich gerne Rob finden. Nach den emotionalen Höhenflügen dieses Tages brauche ich meine Kuscheleinheiten.

Er grinst mich zähnebleckend an, und plötzlich habe ich den Drang, zu fliehen. »Ich habe das Gerücht gehört, du würdest mit einem Menschen Fleisch rösten.«

Ich muss wider Willen lachen. »Du bist so ein Arsch, Hagen. Wieso benutzt du diesen Ausdruck immer noch? Du weißt genau, dass er sich ganz und gar nicht gut übersetzen lässt.«

Er zuckt die Achseln. »Hauptsächlich wegen des Schock-Effektes. Und jetzt erzähl mir alles von deinem Menschen.«

»Ernsthaft? Du bist drei Stockwerke nach oben gerannt, um mich über Rob auszufragen?«

»Rob? Rob und weiter?«

»Hagen.« Ich stemme die Hände in die Hüften und funkele ihn mit vernichtendem Blick an.

»Dustin«, kontert er, verschränkt die Arme und hebt eine Augenbraue.

»Äh, Entschuldigung?«

Wir drehen uns beide zu der Stimme um, die zu einem Sukkubus mittleren Alters gehört, die mit Aktenordnern beladen neben uns steht.

»Könnte ich bitte zum Fahrstuhl durch?«

»Sorry«, murmeln wir beide und machen Platz. Auf der anderen Seite des Raumes wirft Candice, die Dämonin am Empfang, uns einen entnervten Blick zu. Ich winke ihr zu.

»Ich meine ja nur«, sagt Hagen beharrlich, »dass du deinen Mann nicht ewig für dich behalten kannst.«

»Und ob ich das kann«, sage ich scharf, schon bei dem Gedanken empört, Rob zu teilen. Meinen Rob!

Hagen verdreht die Augen. »Reg dich ab, okay? Ich will dir deinen Menschen ja nicht wegschnappen. Aber ob es dir gefällt oder nicht: Du bist eine Person des öffentlichen Lebens, und die Öffentlichkeit möchte ihren Prinzen verliebt und glücklich sehen. Lass uns mit den Leuten hier in der DEA anfangen. Wir gehen abends etwas trinken, und zwar bald.«

Ich zögere. »Ich bin keine Person des öffentlichen Lebens«, murmele ich trotzig. Da ist wieder dieses blöde alte Prinz-Dustin-Ding. »Das ist mein Großvater.«

»Und damit bist auch du automatisch eine. Und selbst wenn nicht – einige von uns mögen dich und würden gern deinen festen Freund kennenlernen.«

Ohh. Das ist schon süß.

»Und ihm Sachen erzählen, die du früher angestellt hast, und von denen er wahrscheinlich noch keine Ahnung hat.«

Oder doch nicht süß.

»Rob und ich haben keine Geheimnisse voreinander«, verkünde ich würdevoll, denn das sagt man doch so, oder? Es ist natürlich eine Lüge. Ich habe Rob zwar erzählt, dass ich verwöhnt und ungestüm und wild war, aber ich glaube nicht, dass ihm wirklich klar ist, was das alles beinhaltet, und Details habe ich ihm ganz gewiss keine verraten. Er liebt mich, und es gibt keinen Grund, das Schicksal herauszufordern.

Hagen ist so mit Lachen beschäftigt, dass er sich nicht wehrt, als ich ihn kneife.

»Keine Geheimnisse«, keucht er, während er sich Lachtränen abwischt. »Oh, bitte. Als ob.«

»Hast du denn Geheimnisse in deiner Beziehung?«, frage ich. Er ist jetzt seit über vier Jahren mit seinem Freund, dem Makler, durch den wir an »Lass es Drachen« gekommen sind, zusammen. Die beiden sprechen gegenseitig ihre Sätze zu Ende. Nie im Leben hält Hagen etwas vor ihm geheim.

»Keine wichtigen«, gibt er zu. »Aber Dummheiten, die ich in der Vergangenheit angestellt habe, die keinerlei Auswirkung auf mein heutiges Leben haben? Klar. Er braucht auch nicht zu wissen, was er zum Geburtstag bekommt, und dass ich heimlich hier im Büro Schokolade esse, obwohl wir beide weniger Zucker zu uns nehmen wollten.«

Ich schürze die Lippen. »Ich glaube, bei dem letzten Punkt wäre er anderer Meinung.«

Hagen nickt weise. »Vermutlich. Darum braucht er es auch nie zu erfahren. Und wann«, fragt er, während er sich vorbeugt, »lernen wir deinen Freund nun kennen?«

Da werde ich wohl nicht wieder rauskommen. Ich wusste, dass es früher oder später so kommen würde, hatte aber gehofft, es noch etwas hinauszögern zu können. Ich weiß, dass Rob mich liebt, aber ich wollte ihn wirklich sicher an mich binden, bevor er Leute kennenlernt, die ihn doch noch in die Flucht schlagen könnten.

Seufzend sage ich also: »Lass mich mit ihm reden. Dann veranstalten wir ein Grillfest auf »Lass es Drachen«, aber ich weiß noch nicht genau, wann.« Wir könnten auch Robs

Eltern und seine Stiefgeschwister einladen. Julians Kinder habe ich auch noch nicht kennengelernt, obwohl ich es gerne würde.

»Ich werde es kundtun«, verspricht Hagen, dann verschwindet er wieder im Treppenhaus, noch bevor ich widersprechen kann. Ach ja. Ich will Rob meine anderen Freunde schon vorstellen. Bestimmt benehmen sie sich vorbildlich.

Vielleicht.

Ich ignoriere die aufkommende Panik, winke der telefonierenden Candice noch einmal zu und laufe den Flur entlang zu dem Besprechungsraum, in dem Rob und Noah trainieren. Vor der Tür halte ich inne und lausche, um ein Gefühl dafür zu bekommen, ob es gut läuft oder nicht, aber es ist nichts zu hören. Rob hatte mir schon erzählt, dass Noah immer einen Schutzzauber einrichtet, damit niemand hereinplatzt. Ich klopfe an.

Ein finster blickender Noah öffnet die Tür. »Oh, du bist es«, sagt er, und seine Miene wird etwas freundlicher. »Komm rein.«

»Wer denn sonst?« Ich laufe an ihm vorbei zu Rob, der am Tisch sitzt, und lächle ihn an. Er wirkt konzentriert und eifrig. So ernsthaft finde ich ihn besonders sexy. Noch attraktiver wird er allerdings, als er bei meinem Anblick zurücklächelt.

»Mein dämlicher fester Freund«, knurrt Noah, während er die Tür wieder zumacht und abschließt. Der Luftdruck verändert sich leicht. Wie ich erfahren habe, geschieht das, wenn Menschen zaubern. Vermutlich hat er den Schutzzauber wieder eingerichtet.

Rob steht vom Tisch auf, um mir einen Kuss zu geben, den ich wie so oft für meinen Schatz einfange. »Wie lief es bei der Besprechung?«, fragt er, während er die Nase an meinem Hals reibt.

»Mm.«

Er lacht leise. »Dustin?«

Ich schiebe die warmen, kuscheligen Gefühle beiseite, die ich bekomme, wenn Rob mich in den Armen hält und ich seine Lippen an meiner Haut spüre. »Äh ... ja. Es lief gut. Sehr gut sogar.« Ich trete einen Schritt zurück und zwinge mich, mein Gehirn wieder zu aktivieren. »Und das Training?«

Rob strahlt. »Gar nicht so übel.«

Mit einem Schnauben läuft Noah an uns vorbei und nimmt am Tisch Platz. »Er ist zu bescheiden. Am Anfang fiel ihm die Meditation schwer, aber inzwischen hat er sie richtig gut drauf.«

»Ehrlich?«, frage ich hoffnungsvoll. Je früher er das lernt, desto sicherer kann ich sein, viel länger Zeit mit ihm zu haben.

»Zeig es ihm«, schlägt Noah vor.

Mein Geliebter mustert mich, dann schwebt auf einmal eine leuchtende Kugel in der Luft zwischen uns. Ich klatsche in die Hände, schon drauf und dran, mich in seine Arme zu werfen, aber dann wechselt die Kugel die Farbe zu einem warmen, rosigen Pink, und formt sich zu einem Herz.

Ich lege die Hand auf den Mund, dann schwebt das Herz auf mich zu, formt sich zu einem Mund und streift meine Wange.

»Noch ein Kuss zum Horten«, murmelt Rob, und mir steigen Tränen in die Augen. »Was? Nein! Ich wollte dich nicht traurig machen«, ruft er, und der Mund verschwindet wieder.

Mit einem erstickten Lachen, das auch ein Schluchzen sein könnte, tupfe ich mir die Tränen ab, während er auf mich zugeht und mich in die Arme schließt. »Ich bin nicht traurig«, versichere ich und kuschele mich an ihn. »Ich bin so glücklich. Und du bist so romantisch. Wieso habe ich eigentlich so ein Glück?«

»Äh, Leute, ihr wisst schon, dass ich auch noch da bin, oder?«, unterbricht Noah. Wir drehen uns beide um und sehen ihn an.

»Oh ja«, sage ich schnell. »Klar. Ich wusste genau, dass du da bist. Na logisch.« Was für ein Glück, dass ich nicht meinem ersten Impuls gefolgt bin, Rob ausgezogen und am ganzen Körper mit Küssen bedeckt habe. Ich weiche einen Schritt zurück, um nicht in Versuchung zu kommen.

Noah verdreht die Augen. »Schon klar.«

KAPITEL 17

ROB

Meine Lehrkraft ist etwa so alt wie meine Doktoranden; wenn er die Augen verdreht, fühle ich mich ein paar Millionen Jahre alt.

»Schon klar«, sagt er. »Jedenfalls hat Rob das mit dem Zaubern gut drauf, wie du gesehen hast.«

»Manchmal«, füge ich einschränkend hinzu. Ich bin schon viel besser geworden, aber es gibt nach wie vor Dinge, die ich nicht schaffe. Trotzdem habe ich mittlerweile das Gefühl, als könnte ich den Mount Everest besteigen – so schwer fiel mir die Meditation anfangs noch. In den ersten Wochen war ich überzeugt, niemals dahinter zu kommen. So sehr ich mich auch bemühte, es wollte mir nicht gelingen, die existenzielle Magie zu erspüren, trotz Noahs Beteuerungen, sie sei da. Ich wollte Dustin keinesfalls merken lassen, wie entmutigt ich war. Aber schließlich kam der Punkt, an dem ich glaubte, akzeptieren zu müssen, dass ich doch nur noch vierzig Jahre mit Dustin haben würde.

Und dann klappte es auf einmal.

Vielleicht war ich zu verkrampft. Ich werde es nie wissen, aber als ich einmal das Pulsieren der Magie gespürt hatte, die mich wie Gezeiten umspülte, war es soweit. Ich kann sie jetzt immer spüren, eine Präsenz im Hintergrund, die ich bei Bedarf immer anzapfen kann. Das Anzapfen selbst ist nicht immer einfach, aber meine »magischen Muskeln«, wie Noah das nennt, werden kräftiger, und je mehr ich übe, zu desto mehr bin ich in der Lage. Es ist *wunderbar*. Ein wahr gewordener Traum.

Anfangs war Noah noch sehr streng, entspannte sich aber zusehends, als er merkte, wie entschlossen ich war und wie viel ich außerhalb seiner Lehrstunden übte. Wir hatten ein sehr langes, ausführliches Gespräch dazu, wie die Magie bei Menschen genau funktioniert, dass es im Prinzip nichts anderes ist als die Erfüllung von Wünschen, und dass wir »vorsichtig« damit sein müssen, was wir uns wünschen; er hat das sehr anschaulich mit der Horrorgeschichte belegt, wie es ihn fast das Leben gekostet hatte, versuchsweise etwas zu tun, wozu der menschliche Körper gar nicht in der Lage ist. Da es mir in der Hauptsache darum geht, mein Leben zu verlängern, werde ich den Teufel tun, solche Risiken einzugehen.

»Das machst du toll«, sagt Dustin mit einem liebevollen Lächeln. Ich mag es wirklich, wenn er mich so anschaut. Ich fühle mich dann wie ein Gott.

»Das ist wahr«, fügt Noah hinzu, bevor ich widersprechen kann. »Hör mal auf, so unsicher zu sein. Wenn du Mist bauen würdest, würde ich es dir sagen.«

»Würde er«, sagt Dustin zustimmend, dann geht er zum Tisch und nimmt Platz. »Noah ist eine ehrliche Haut.«

Na dann.

»Noch ein paar Wochen, dann solltest du in der Lage sein, die Magie so umzuleiten, dass sie dich ständig heilt. Dadurch wird das Altern unterbunden«, erklärt Noah. »Es ist ein recht simpler Prozess, aber ich will sichergehen, dass du gut einschätzen kannst, wie sich gesunde Magie anfühlt und was die Warnsignale für eine Überstrapazierung sind.«

»Das finde ich gut.« Ich will es richtig machen. »Aber es macht mir viel Spaß«, füge ich hinzu. Das ist die reine Wahrheit. Abgesehen von solchen netten Tricks, wie der, den ich Dustin gerade vorgemacht habe, lerne ich lauter kleine Dinge, die mir im Alltag sehr nützlich sein werden, außerdem ein paar größere, die mich geistig fordern. Ich hatte ganz vergessen, was es für einen Spaß macht, etwas Neues zu lernen.

Noah und Dustin beginnen, über ihre unterschiedlichen Herangehensweisen beim Nutzen von Magie zu fachsimpeln, und ich höre nur mit halbem Ohr zu. Es ist faszinierend, wie viele verschiedene Methoden es gibt – obwohl man wahrscheinlich sagen könnte, dass nur die menschliche Methode die Magie wirklich »benutzt«, im Sinne des Umleitens der existenziellen Magie, aus der das Universum besteht. Zauberer ziehen ihre Magie aus ihrer eigenen, angeborenen inneren Energie und »weben« sie nach ihren Wünschen. Wie das funktioniert, habe ich nie wirklich verstanden. Die Zauber, die Elfen wirken, kommen dem, was Menschen machen, schon näher. Mir wurde es als eine Kombination aus den Geweben der Zauberer und der Manipulierung, mit der Menschen arbeiten, erklärt. Sie greifen dabei auf ihre innere Kraft und die existenzielle Magie zu und mischen die beiden. Und Drachen ... tja, die sind anders als alles andere. Seit ich mit Dustin zusammen bin, habe ich viel über Drachen gelernt. Zum Beispiel sind Drachen, anders als die Shifter-Spezies hier auf der Erde, keine

Shifter im gleichen Sinne. Sie *entscheiden* sich einfach, zweibeinige Gestalt anzunehmen, um mit den anderen Spezies zu interagieren. Im Laufe der Jahrtausende haben sie sich so an die Dinge gewöhnt, die sie als Zweibeiner tun können, aber nicht als Drachen – Sex zum Beispiel – wow, dazu hatte ich wirklich eine Menge Fragen! – sodass es jetzt einfach Teil ihres Lebens ist. Und doch sind sie nicht auf natürliche Weise halb das eine und halb das andere, wie die anderen Spezies.

Tatsache ist, dass sie im Grunde gar keine körperlichen Wesen sind. Als ich Interesse an der Geschichte der Drachen zeigte, bekam ich einen kurzen Vortrag über ihre Entstehung von Fabian. Die ersten hundert Generationen waren ganz und gar ätherisch und bestanden aus reiner Energie – Fabian hat es als eine Art elektrischer Impulse bezeichnet, aber damit kenne ich mich nicht allzu gut aus. Eines Tages beim Spielen stellten sie fest, dass sie ihre Energie in feste Materie verwandeln konnten, und beschlossen dann im Verlauf der nächsten Generationen, dass es mehr Spaß machen würde, körperlich zu sein. Auch wenn sie heute nicht mehr in der Lage sind, ätherisch zu werden, sind sie dennoch aus Energie bestehende Wesen und deshalb in der Lage, Dinge zu tun, die andere Spezies nicht können. Es ist ehrfurchtgebietend und auch beängstigend, zu wissen, wie mächtig diese Wesen sind, obwohl sie sich darüber zanken, welches Gemüse den besseren Superhelden abgeben würde, wenn Gemüse Superhelden sein könnten. Spoilerwarnung: niemand stimmte für Brokkoli.

Das ist jetzt mein Leben, und ich liebe es. Ich will nicht lügen – anfangs hatte ich Bedenken. Auch wenn ich wusste, dass Dustin wirklich kein abgeschlossenes Studium brauchte und andere Dinge hatte, mit denen er sich beschäftigen wollte, konnte ich nicht verhindern, mich unwillkürlich schuldig zu fühlen. Aber wenn ich sehe, wie glücklich er seit dem Abbruch des Studiums mit der Arbeit an seinem sozialen Jugendprogramm ist, bin ich beruhigt. Es hätte wirklich keinen Sinn ergeben, ihn zu weiteren zwei Jahren Studium zu zwingen, in denen wir nicht hätten zusammen sein können.

Andere verstehen diese Logik nicht ganz so gut. Als Gerald erfuhr, dass Dustin sein Studium abgebrochen hat, kam er *sehr* besorgt auf mich zu. Da ich nicht die Absicht habe, aus der Beziehung zu Dustin ein Geheimnis zu machen, musste ich gestehen, dass wir jetzt ein Paar sind. Gerald war nicht begeistert. Obwohl ich ihm erklärt habe, dass Dustin ins »Familienunternehmen« eingestiegen ist und nur zum Spaß die Erfahrung am College machen wollte, war das ganze Professor-Studenten-Thema, genau wie der Altersunterschied, zu viel für ihn. Und natürlich konnte ich ihm nicht verraten, dass Dustin ein viertausend Jahre alter Drache mit reichlich Lebenserfahrung ist. Unsere Freundschaft hat sehr darunter gelitten.

Das bedaure ich wirklich, aber ich kann trotzdem nicht bereuen, Dustin in meinem Leben zu haben. Wir sind noch nicht lange zusammen, und eine kleine zweifelnde Stimme in meinem Hinterkopf spricht von der Flitterwochenphase; andererseits ist es auch nicht meine erste Beziehung, und ich habe noch nie so etwas empfunden wie jetzt. Selbst im ersten wunderbaren Rausch hatte ich niemals das bis ins tiefste Innere reichende Gefühl der Zugehörigkeit, das ich bei Dustin habe.

Ich lächle ihn liebevoll an, und als würde er es spüren, schaut er zu mir herüber. Sein ganzes Gesicht verändert sich, als er meinen Blick sieht, seine Augen strahlen, er schürzt die Lippen und auf seinen Wangen erscheint eine leichte Röte.

»Ihr beiden seid das Letzte«, stellt Noah fest. »Geht nach Hause und tobt euch aus.«

Ich lache verlegen, während eine Hitzewelle mich durchläuft. »Upps. Sorry, Noah.« Ich fühle mich wie ein Teenager, der von seinen Eltern beim Knutschen erwischt wurde.

»Entschuldige dich nicht bei ihm«, sagt Dustin. »Was wir fühlen, ist wunderschön.«

Da kann ich nicht widersprechen.

VIEL SPÄTER AM Abend liege ich rücklings im Bett in meinen Kissen und konzentriere mich auf die drei leuchtenden Kugeln, die über mir schweben. Es ist eine supereinfache Übung, vergleichbar mit Dehnübungen. Mir muss sie aber in Fleisch und Blut übergehen. Es muss so selbstverständlich für mich werden wie Atmen, und ich muss diese Licht-Kugeln auch im Schlaf aufrecht erhalten können. Wenn ich in der Lage bin, einen so einfachen Zauber ständig im Hintergrund laufen zu lassen, bin ich soweit, an dem Heilzauber zu arbeiten, der mein Leben verlängern wird.

Das ist mir noch nicht gelungen – die Lichtkugeln sind immer morgens beim Aufwachen wieder verschwunden – aber ich bin entschlossen.

Ich höre Schritte im Flur und schaue zur Tür, in der Dustin erscheint.

»Tut mir leid, dass es so lange gedauert hat«, sagt er, während er seine Kleider abstreift auf den Boden fallen lässt, bevor er ins Bett kommt.

Ich seufze.

Er seufzt.

Dann steht er auf, hebt die fallen gelassenen Kleidungsstücke auf und knäult sie auf den Stuhl in der Ecke.

»Besser?«, fragt er mit trotzig in die Hüften gestemmten Händen. Ich lasse den Blick über seinen schönen, schlanken Körper wandern und bleibe an seinem bereits halb steifen Penis hängen.

»Danke.«

Er zieht die Nase hoch und legt sich wieder hin. »Nur für dich würde ich extra aufstehen, um Kleider wegzuräumen. Du hast Glück, dass ich dich liebe.«

Ich habe es ihn schon so oft sagen hören, aber die Worte erfüllen mich jedes Mal mit Wärme. Ich weiß jetzt, dass er es ernst meint. Ich weiß, dass die Energie, aus der er besteht, schon auf den ersten Blick etwas in mir erkannte, und dass er mich schon geliebt hat, bevor er mich überhaupt kannte. Es ist das wunderbarste aller Gefühle. Und er zeigt mir seine Liebe auf millionenfache Weise – zum Beispiel, indem er aufsteht und seine Kleider wegräumt, obwohl er es mit Leichtigkeit auch mithilfe seiner Magie hätte tun können. Ehrlich gesagt wäre mir das auch recht. Ich will nur nicht darüber stolpern, wenn ich mitten in der Nacht zur Toilette muss. Aber für ihn ist dieses kleine Bisschen Extra-Mühe eine Liebeserklärung an mich, und ich kann nicht anders, als ihn dafür zu vergöttern.

»Wie lief es?«, frage ich, weil ich das besprechen möchte, bevor wir abgelenkt werden. Es ist schon schwer genug, einen klaren Gedanken zu fassen, wenn er nackt neben mir liegt.

Er brummt. »Es wird ein bisschen Arbeit. Hauptsächlich Papierkram. Vielleicht ein paar Bestechungen.«

Ich ziehe eine Grimasse. Bestechung spielt seit Langem eine Rolle beim Geheimhalten der Community vor den Menschen, und ihnen trotzdem die notwendige Unterstützung zu gewährleisten. Die menschliche Bürokratie beruht auf Bestechung, wie allgemein bekannt ist. Und doch missfällt es mir. Wahrscheinlich liegt das an der vielen Zeit, die ich mich mit klassischer Literatur und Figuren mit reinem Herzen beschäftigt habe. Das hat offensichtlich mehr Spuren hinterlassen, als mir bewusst war.

Dustin hat den Großteil des Abends am Telefon mit Stadträten verbracht, im Versuch, die letzten Prozesse etwas zu beschleunigen und das Grundstück für das erste Sozialzentrum genehmigen zu lassen. Eigentlich ist alles bereits geregelt, aber die finale Zusage lässt auf sich warten. Wahrscheinlich hilft es nicht, dass Dustin etwas schummeln musste ... den Menschen alle Einzelheiten über ein Jugendzentrum für Nicht-Menschen zu verraten wäre sicher eine schlechte Idee gewesen.

Aber mein Partner hat sich der übernommenen Aufgabe gewachsen gezeigt.

»Werdet ihr nach wie vor im Dezember eröffnen? Ich weiß, wie sehr du dich darauf freust, mit missmutigen Teenagern Weihnachtslieder zu singen.« Obwohl ich zugeben muss, dass ich es noch nicht mal im Ansatz verstehe.

»Alles wie geplant«, bestätigt er. »Aber selbst wenn es verschoben werden müsste, würde ich bei der Weihnachtslieder-Party deiner Mutter auf meine Kosten kommen.«

Ich spüre einen Klumpen im Magen. »Welche Weihnachtslieder-Party?« Mom gibt diese Partys schon seit zwanzig Jahren nicht mehr. Sie sagte, die Höllenhunde wären dabei viel zu kompetitiv geworden. Denn selbstverständlich sind Höllenhunde in der Lage, aus dem Singen von Weihnachtsliedern einen Wettstreit zu machen.

Ich kann mir kaum vorstellen, dass das bei Drachen besser ist.

»Oh, sie hat mir von den Weihnachtslieder-Partys von früher erzählt, und es klang nach so viel Spaß, dass ich sie überredet habe, dieses Jahr wieder eine zu veranstalten.« Er kniet sich hin und wippt aufgeregt auf und ab, was ich normalerweise sehr interessant finden würde, aber ... eine Weihnachtslieder-Party?

»Suuuper«, murmele ich.

Er lacht. »Wie wäre es damit? Du bekommst für jedes Weihnachtslied, das wir bei dieser Party singen, einen Blowjob, zu einem Zeitpunkt und an einem Ort deiner Wahl.«

Und schon bin ich hart. Ich räuspere mich. »Das würdest du doch ohnehin machen«, widerspreche ich. Dustin ist mehr als großzügig zu meinem Penis.

»Stimmt schon«, sagt er. »Womit kann ich dich denn sonst noch bestechen? Toys? Kostüme? Handschellen?«

Ich schürze die Lippen, um mir das Lächeln zu verkneifen. »Das haben wir alles schon gemacht.«

Er schnappt dramatisch nach Luft und legt den Handrücken an die Stirn. »Haben wir? Oh nein, wird unser Sexleben etwa langweilig?«

Ich platze laut heraus, werfe mich nach vorne, packe ihn und ziehe ihn auf meinen Schoß. »Ich liebe dich. Du brauchst mich nicht zu bestechen, Dinge zu tun, die dich glücklich machen«, murmele ich zwischen Küssen. Er hortet sie, und die bunten Indizien für meine Liebe umflattern unsere Köpfe. So wird er nie daran zweifeln können, wie sehr ich ihn will.

Für alle Ewigkeit.

Danke, dass ihr *Der Professor und sein Drache* gelesen habt! Wenn ihr die Geschichte von Brandt und Percy noch nicht kennt, empfehle ich euch auch *Drachenlieben leicht Gemacht*.

Eine Bonus-Szene, in der Dustin etwas über Weihnachten lernt, erhaltet ihr beim Abonnieren meines Newsletters auf https://www.louisamasters.com/translations

Fabians Buch kommt als nächstes!

EBENFALLS VON LOUISA MASTERS

DEUTSCHE VERSIONEN

Teufel sind auch nur Menschen

Ein Dämon fürs Herz

Vampire sind die besseren Liebhaber

Da wird ja der Hund in der Hölle verrückt

Liebe wie von Zauberhand

Geister inklusive

Spuk und Schmied

Drama und Dämonenjäger

Franklin U

Mr. Romance

Also by Louisa Masters

Elemental Men

Aether

Aqua

Flame

Zephyr

Pebble

The Collective

Higher Demon

Demon Hunter

Demons-In-Law

Asher

Micah

Zachary

Franklin U

Mr. Romance

The Holigay Hookup *related novella

Batting Style

Ghostly Guardians

Spirited Situation

Vortex Conundrum

Conduit Crisis

Gateway Catastrophe

Here Be Dragons

Dragon Ever After

The Professor's Dragon

The Dragon Experiment

Conspiracy of Dragons

Hidden Species

Demons Do It Better

One Bite With A Vampire

Hijinks With A Hellhound

Sorcerers Always Satisfy

Hidden Species Box Set

Met His Match

Charming Him

Offside Rules

A Christmas Chance (novella)

Between the Covers (M/F)

Joy Universe

I've Got This

Follow My Lead

In Your Hands

Take Us There

Novellas

Fake It 'Til You Make It (permafree)

One Golden Night

O Hell, All Ye Shoppers

Out of the Office

After the Blaze

Blokes Down Under Novella Collection

ÜBER DIE AUTORIN

Louisa Masters hat mit dem Lesen von Romanzen früher angefangen, als es ihrer Mutter recht war. Während sich andere Teenager aus dem Haus schlichen, hat Louisa herausgefunden, wie sie romantische Bücher lesen konnte, ohne erwischt zu werden. Als Erwachsene fördert sie ihre Sucht in jeder freien Sekunde, wobei sie sich nur gelegentlich davon losreißt, um Dinge zu tun wie zum Beispiel Telefonanrufe zu beantworten oder Rechnungen zu bezahlen.

Louisa hat eine lange Liste von Orten, die sie zuerst in Büchern entdeckt hat und besuchen will, und hin und wieder überwindet sie ihre Abneigung gegen Jetlags und unternimmt Reisen, die ihre Fantasie ankurbeln. Sie lebt in Melbourne, Australien, wo sie sich zwar die meiste Zeit des Jahres über das Wetter beschwert, aber insgeheim weiß, dass sie wahrscheinlich nie von dort wegziehen wird.